Oliver Twist

푸른숲
징검다리
클래식
006

올리버 트위스트

Oliver Twist

찰스 디킨스 지음
왕은철 옮김

푸른숲주니어

| 기획위원의 말 |

'푸른숲 징검다리 클래식'을 펴내며

　어린 시절, 할머니께서 조근조근 들려주시던 옛날이야기는 새로운 세상과 통하는 작은 창이었다. 상상의 날개를 달고 떠나는 창 너머 세상으로의 여행은 들어도 들어도 질리지 않는 재미와 마음속 깊은 곳을 울리는 감동을 선사해 주곤 했다. 그뿐 아니라 우리의 삶을 어떻게 꾸려 가야 하는지 곰곰이 생각해 보게 하는 지혜를 가르쳐 주었다. 말하자면 우리는 그 이야기들을 통해 '삶'을 배운 셈이다.
　우리가 문학 작품을 읽어야 하는 까닭 또한 '삶을 배운다'는 점에서 크게 다르지 않다. 우리는 한 편 한 편의 문학 작품을 만나 사랑을 배우고, 우정을 배우고, 진실을 배우고, 지혜를 배운다.
　그런 점에서 '푸른숲 징검다리 클래식'은 참 의미가 깊다. 오랜 세월을 거치며 각 나라의 문학사에 확고히 자리매김한 작품들을 한데 모았기 때문이다. 문학을 사랑하는 사람들이 즐겨 읽어 세계적인 명저로 일컬어지는 작품들……. 이를테면 우리 부모 세대, 아니 그 이전 세대부터 즐겨 읽었던 작품들로 많은 이들에게 삶의 의미와 가치를 일러주고, 또 '인생'이란 망망대해에서 등대 역할을 담당했던 것들이다.

세월이 흘러 사람들이 사는 모습도 달라지고 생각도 달라졌다. 그러나 시대와 장소를 뛰어넘어 변하지 않는 것이 있다. 바로 '삶'이다. 사람이 있는 곳이라면 어디든지 존재하는 삶은 항상 저마다의 무게를 떠안고 있다. 그 무게는 진실이라는 옷을 입고 문학 작품 속에 영원한 생명을 불어넣는다. 우리는 그것을 '고전'이라 부른다.

그러나 제아무리 훌륭한 고전이라 해도 독자가 읽고 소화할 수 없다면 아무런 소용이 없다. 지나치게 방대한 분량과 길고 어려운 문장은 책을 읽으려는 청소년들의 의지를 꺾을 뿐 아니라 좌절감마저 불러일으킨다.

'푸른숲 징검다리 클래식'은 바로 그러한 점을 염두에 두고 기획된 세계 명작 시리즈이다. 작품이 본디 지닌 맛과 재미를 고스란히 살리면서 우리 청소년들이 읽고 소화하기 쉽게 글을 다듬었다.

그리고 본문 뒤에는 현직 국어 교사들이 직접 쓴 해설을 붙였다. 작가나 작품에 대한 풍부한 설명은 물론, 그 작품들이 지니고 있는 현재적 의미까지 상세하게 짚어 보이고 있다. 아울러 해설 곳곳에 관련 정보를 담은 팁과 시각 자료를 배치해, 읽는 재미를 넘어 보는 재미까지 만끽할 수 있도록 했다.

아무쪼록 '푸른숲 징검다리 클래식'을 통해 우리 청소년들의 삶이 더욱더 깊고 풍성해지기를…….

2006년 4월
기획위원 강혜원·계득성·전종옥

| 차례 |

기획위원의 말 004

제1장 구빈원에서 태어난 아이 ·················· 009
제2장 장의사의 도제가 되다 ·················· 021
제3장 이상한 놀이 ································ 044
제4장 친절한 브라운로우 씨 ·················· 059
제5장 다시 도둑 소굴로 ························ 084
제6장 도둑이 될 뻔하다 ························ 110
제7장 페긴과 멍크스의 음모 ·················· 124
제8장 행복이 찾아오다 ························· 135

제 9 장 증거가 강물 속으로 ·················· 156

제 10 장 낸시와 로즈의 만남 ················ 173

제 11 장 낸시의 희생 ························· 195

제 12 장 올리버를 둘러싼 비밀들 ············ 218

제 13 장 사이크스와 페긴의 최후 ············ 229

제 14 장 행복한 미래 ························· 246

《올리버 트위스트》 제대로 읽기 249

제 1 장
구빈원에서 태어난 아이

그곳이 어딘지 자세하게 알 필요도 없는 어느 작은 도시에 유난히 눈에 띄는 허름한 건물이 있었다. 크고 작은 도시들에는 으레 하나쯤 있기 마련인 구빈원(빈민이나 고아들을 수용하여 구호하고 일자리를 제공하기도 했던 기관—옮긴이)이었다.

어느 날 그 구빈원에서 아이가 한 명 태어났다. 의사의 손에 이끌려 슬픔과 고통으로 가득 찬 이 세상으로 겨우 나왔지만, 아무리 보아도 숨이나 제대로 쉴 수 있을지 의문이었다. 만약 그 아이가 곧바로 죽었다면 아이의 일생을 담은 이 책은 세상의 빛을 보지 못했을 것이다. 설령 나왔다 하더라도 두어 쪽에 불과하여, 이 세상에서 가장 짧은 전기문으로 남았으리라.

힘겹기는 하지만 살기 위해서 반드시 해야 하는 일이 숨쉬기이다. 그런데 갓 태어난 올리버 트위스트는 숨 쉬는 것을 몹시 힘들어했다. 아이는 얇은 이불 위에 누워 숨을 가쁘게 할딱거리며 삶과 죽음의 문턱을 오락가락하고 있었다.
 만약 그때 올리버 트위스트 곁에 새 생명을 정성스레 돌보는 마음씨 좋은 할머니나 경험이 많은 간호사, 혹은 실력이 뛰어난 의사가 있었다면 아이는 금방 죽어 버렸을지도 모른다. 그러나 아이 옆에는 술에 잔뜩 취해 정신이 몽롱한 간호사 노파와 건성으로 일하러 온 의사뿐이었다. 올리버는 저승사자와 힘겨운 싸움을 벌이며 제힘으로 살길을 찾고 있었다.
 마침내 아이는 숨을 크게 내쉬고 재채기를 하더니, 곧이어 울음을 터뜨렸다. 태어난 지 삼 분 만에 목소리를 냈기 때문인지 여느 아이보다 울음소리가 더 우렁찼다. 그제야 구빈원 사람들은 떠맡아야 할 짐이 하나 더 늘었다는 사실을 알게 되었다.
 아이가 큰 울음으로 이 세상에 태어났다는 사실을 분명하게 알리자, 낡은 이불이 부스럭거렸다. 창백한 얼굴의 젊디젊은 여자가 침대에서 간신히 몸을 일으키며 힘없는 목소리로 말했다.
 "죽기 전에 아기를 한번 안아 보고 싶어요."
 의사는 난롯가에 앉아 불을 쬐고 있다가 그 말을 듣고는 벌떡 일어나 침대 옆으로 다가왔다. 그러고는 전혀 어울릴 것 같지 않은 친절한 목소리로 말했다.

"죽다니, 아직은 그런 소리 하면 안 돼요."

그러자 방 한구석에서 술을 홀짝이고 있던 노파가 술병을 황급히 주머니에 넣으며 말했다.

"죽는다는 말은 함부로 하는 게 아니야. 어미가 된다는 게 얼마나 대단한 건데……. 소중한 아기를 생각해서라도 그런 말은 꿈에도 말아요."

그러나 엄마가 된다는 희망도 어린 산모에게는 아무런 위로가 되지 못한 모양이었다. 그녀는 힘없이 고개를 가로저으며 아이 쪽으로 손을 내밀 뿐이었다. 의사가 아이를 그녀의 품에 안겨 주었다. 산모는 새파랗게 질린 차가운 입술로 아이의 이마에 입을 맞추었다. 그러고는 한 손으로 자신의 메마른 얼굴을 쓰다듬은 후, 고개를 들어 주위를 한번 둘러보더니 순식간에 몸을 축 늘어뜨렸다.

의사와 노파가 산모의 몸을 세게 문질러 보았지만 그녀의 몸은 점점 차갑게 굳어 갔다. 의사가 말했다.

"다 끝났군."

그러자 노파가 혀를 차며 대꾸했다.

"쯧쯧, 그렇군요. 가엾어라!"

의사는 모자를 쓰고 밖으로 나가려다가 침대 옆에서 걸음을 멈추었다. 그는 죽은 여자를 내려다보며 말했다.

"참 예쁘게 생긴 여자였는데, 거참 안됐군. 그런데 어디에서 온 여자요?"

"어젯밤에 거리에 쓰러져 있던 걸 데려왔대요. 꽤 먼 길을 걸어온 모양이우. 신발이 다 떨어져서 너덜너덜하던걸요. 하지만 어디서 왔는지, 어디로 가는 길인지는 아무도 모른다우."

의사가 죽은 여자의 왼손을 들어 올리며 고개를 저었다.

"대충 알 만한 경우로군. 보시오, 결혼반지도 없잖소. 그럼 나는 이만 갑니다."

의사가 나가자, 노파는 술을 한 모금 더 마신 후 갓난아이에게 옷을 입히기 시작했다. 그러자 엄마를 잃은 아이는 목청이 터질 듯 큰 울음을 터뜨렸다. 구빈원에서 살아갈 자신의 미래를 알았더라면 아마 더 큰 소리로 울어 댔으리라.

올리버는 그 후 거의 열 달 동안을 구빈원에서 지냈다. 도맡아 보살펴 준 사람이 아무도 없었기에, 누군가 잊지 않고 우유를 챙겨 줄 때만 배를 채울 수 있었다.

열 달이 지나자, 구빈원 관리자들은 올리버를 그곳에서 오 킬로미터가량 떨어진 보육원으로 보냈다. 그 보육원은 서른 명 정도의 고아들이 누구의 간섭이나 보살핌도 받지 않은 채 하루 종일 마루 위에서 데굴데굴 구르며 지내는 곳이었다. 너무 많이 먹어 배가 아플까 봐 염려할 필요도, 옷을 많이 입어 불편할까 봐 걱정할 필요도 없었다.

그곳의 아이들을 친자식처럼 돌보고 있는 사람은 만 부인이었다. 그녀는 아이 한 명당 매주 칠 펜스 반을 정부 보조금으로 받았다. 일주일에 칠 펜스 반이면 한 아이를 배불리 먹이고 입힐 수 있을 만한 돈이었다. 그러나 만 부인은 지혜와 경험이 풍부한 사람인지라, 아이들에게는 무엇이 좋고 자기에게는 무엇이 좋은지 잘 알고 있었다. 그래서 보조금의 대부분을 빼돌려 자기 몫으로 챙겼고, 아이들을 위해서는 겨우 굶어 죽지 않을 만큼만 썼다.

이처럼 관리가 엉망인 곳에서 아이들이 건강하게 자라 주기를 기대할 수는 없을 것이다. 아이들은 굶주림과 추위에 시달렸고, 그중 대부분은 일찌감치 하늘에 계신 아버지의 부름을 받았다.

올리버가 아홉 번째 생일을 맞이하게 되었을 때, 그 아이는 키도 작고 깡마른 데다 얼굴에서 혈색이라고는 찾아볼 수 없는 아주 허약한 아이가 되어 있었다. 하지만 강인한 정신을 타고난 덕분인지 기백만은 넘쳐흘렀다.

아홉 살이 된 그날, 올리버는 다른 아이 두 명과 함께 만 부인에게 감히 배가 고프다는 말을 하고 말았다. 화가 난 만 부인은 세 아이를 흠씬 두들겨 팬 다음 석탄 창고에 가두어 버렸다. 이때, 누군가 세차게 문을 두드렸다. 만 부인이 창밖을 내다보니 구빈원의 말단 사무관인 범블이 문 앞에 서 있었다. 그녀는 몹시 당황하여 다급한 목소리로 부하 직원에게 올리버와 두 아이를 데려다가 세수를 시키라고 했다.

뚱뚱한 몸집의 범블은 화를 잘 내는 데다 거들먹거리기를 좋아하는 사람이었다. 안에서 기척이 없자 그는 문을 세차게 걷어차며 성을 냈다. 만 부인은 세 아이가 석탄 창고에서 나온 것을 확인하고는 서둘러 문을 열며 호들갑스럽게 범블을 맞았다.

"어머나, 죄송해요, 범블 씨! 귀여운 아이들을 돌보느라 오신 걸 몰랐답니다. 어서 들어오세요."

그러나 범블은 분이 풀리지 않는지 계속 씩씩거렸다. 만 부인은 그를 달랠 양으로 술을 한 잔 내왔다. 범블은 술을 단숨에 들이켜고 나서 말했다.

"올리버 트위스트란 아이가 오늘로 아홉 살이 됩니다. 하지만 그 아이의 부모가 누구이고 어디 출신인지, 아이의 진짜 이름이 뭔지 아무것도 알아내지 못했소."

만 부인은 놀란 표정으로 물었다.

"그러면 올리버 트위스트란 이름은 어떻게 생긴 건가요?"

범블이 우쭐하며 대답했다.

"구빈원에서 태어난 아이들 이름은 거의 다 내가 지었소. 성은 알파벳 순서대로 붙여 주었지. 트위스트보다 먼저 들어온 아이가 스워블이었으니, 그 다음에 들어온 올리버는 T를 써서 트위스트라 지은 거요."

"오호, 놀라워라. 정말 대단한 능력이십니다."

그 말에 범블은 기분이 좋아져서 아주 흡족한 미소를 띠었다.

"글쎄, 뭐 그 정도야……. 어쨌든 올리버는 나이 때문에 더 이상 이곳에 있을 수가 없소. 다시 구빈원으로 가야 하니 당장 아이를 데려오시오."

만 부인은 얼른 방에서 나가 올리버를 데려왔다. 그녀는 올리버의 머리를 억지로 수그리게 하며 말했다.

"올리버, 범블 씨께 인사드려라."

올리버는 어정쩡한 자세로 꾸벅 인사를 했다. 범블이 근엄한 목소리로 말했다.

"올리버, 나하고 같이 갈 테냐?"

올리버는 누구라도 기꺼이 따라가겠다고 말하려다가, 범블의 뒤에 서서 험악한 표정으로 자신을 노려보고 있는 만 부인과 눈이 마주쳤다. 가엾은 아이는 그 표정이 무슨 의미인지 즉시 알아채고는 범블에게 이렇게 물었다.

"만 원장님도 저하고 같이 가시나요?"

"아니, 그럴 수는 없다. 하지만 너를 보러 가끔 오실 거야."

올리버는 떠나는 것이 몹시 슬픈 듯한 표정을 지어 보였다. 억지로 눈물을 흘리는 것은 아주 쉬운 일이었다. 배고프고 학대 당한 기억을 떠올리면 그만이었다. 올리버는 아주 자연스럽게 굵은 눈물방울을 뚝뚝 떨어뜨렸다. 그러자 만 부인은 안타깝다는 듯 올리버의 이마에 입을 맞추고는 빵 한 조각을 건네주었다. 그것은 올리버가 구빈원에 도착했을 때 너무 허기져 보이지 않도록 하기 위한 배려였다.

 올리버는 한 손에 빵을 꼭 쥐고서 범블을 따라 보육원에서 나왔다. 지금까지 단 한 번도 따뜻한 말이나 눈길을 받아 보지 못했던 곳이었다. 그 끔찍한 곳을 떠나는 것이니 기분이 좋아야 했다. 그러나 보육원 친구들과 헤어진다는 생각에 별안간 슬픔이 밀려와 또다시 눈물을 흘리고 말았다. 게다가 넓디넓은 세상에 홀로 남겨질 생각을 하니, 가슴을 짓누르는 듯한 외로움이 파고들었다.

 구빈원에 도착하자마자 범블은 올리버를 데리고 교구 위원회에 참석했다. 범블이 말했다.

 "올리버, 위원님들께 인사드려라."

 올리버가 두려움에 가득 찬 얼굴로 눈물을 글썽이며 인사를 하자, 흰색 조끼를 입은 신사가 말했다.

 "네가 고아라는 사실은 알고 있겠지?"

 "그게 뭔데요?"

 올리버는 정말 몰라서 그렇게 물었다. 그러나 흰 조끼를 입은 신사는 한심하다는 듯한 표정으로 말했다.

 "흠, 이 녀석은 진짜 바보로군……. 너는 부모가 없기 때문에 교구에서 길러 준다는 사실을 알고 있냐는 말이다."

 "네, 나리."

올리버는 서럽게 울며 대답했다. 그러자 가장 높은 의자에 앉아 있던 신사가 말했다.

"너는 여기에서 지내면서 여러 가지 쓸모 있는 일을 배우게 될 게다. 내일 아침 여섯 시부터 낡은 밧줄의 실을 푸는 일을 시작하거라."

그 말로 위원회는 끝이 났다. 올리버는 범블을 따라 앞으로 자신이 머무르게 될 방으로 들어갔다. 그러고는 다 낡아 빠진 딱딱한 침대 위에서 훌쩍거리다 잠이 들었다. 가엾은 올리버는 그날 교구 위원들이 자신의 미래에 엄청난 영향을 끼칠 어떤 중요한 결정을 내렸다는 사실을 전혀 알지 못했다.

교구 위원들은 구빈원에 빌붙어 사는 사람들이 너무 많다고 생각했다. 사람들이 구빈원을 놀고먹을 수 있는 곳으로 여겨 그 숫자가 자꾸만 늘어난다는 것이었다. 그러다 보니 무엇보다 돈이 많이 들어갔다. 교구 위원들은 구빈원의 운영 방식을 획기적으로 바꾸기로 했다.

가장 먼저 구빈원에 머무는 사람들을 줄이기 위해 배급하는 음식의 양을 줄였다. 하루 세 끼는 희멀건 죽만 주었고, 일주일에 두 번만 죽에 양파를 조금 섞어 주었다. 그리고 일요일에는 빵 반쪽을 주었다. 이 밖에도 비용을 절감하기 위해 여러 가지 조치가 취해졌다.

올리버가 구빈원에 온 후 여섯 달 동안은 이러한 제도가 완벽

하게 이루어졌다. 초반에는 되레 돈이 더 많이 들었다. 굶어 죽는 사람이 많아져 장례 비용이 늘었기 때문이다. 게다가 영양부족으로 몸이 비쩍 말라 가니 옷이 헐렁해져서, 그 옷을 줄여 주는 데 또 돈이 들어갔다. 그렇지만 교구 위원들은 구빈원 사람들의 몸이 홀쭉해지는 동시에 숫자도 줄고 있다며 오히려 만족스러워했다.

구빈원의 아이들이 식사를 하는 곳은 바닥이 차가운 돌로 된 널따란 식당이었다. 식사 시간이 되면 구빈원 원장이 두 명의 여자를 데리고 식당 한쪽 끝에 있는 커다란 솥 옆에 서서 아이들에게 국자로 죽을 퍼 주었다.

아이들은 빵 반쪽을 먹을 수 있는 일요일을 제외하고는 작은 그릇에 죽을 딱 한 사발만 받아 먹었다. 그릇은 씻을 필요가 없었다. 반짝반짝 빛이 날 때까지 숟가락으로 박박 긁어 먹었기 때문이다. 그러면서 아이들은 간절한 눈길로 솥을 바라보았다. 어찌나 배가 고픈지 그 솥마저 집어삼킬 듯한 눈빛이었다.

석 달 동안 올리버를 비롯한 아이들은 아무 말 없이 배고픔을 견뎌 냈다. 하지만 시간이 흐를수록 허기를 참는 것이 힘들어지면서 점점 사납게 변해 갔다.

어느 날, 나이에 비해 키가 큰 어떤 아이가 하루에 죽을 한 그릇씩 더 먹지 못한다면 아마 옆에서 자는 아이를 잡아먹게 될지도 모르겠다고 선언했다. 그의 눈은 배고픔 때문에 잔뜩 사나워져 있어서, 아이들은 그가 정말 그렇게 할 거라고 믿고 말았다. 그래서 회의 끝에 구빈원 원장에게 죽을 더 달라고 말할 사람을 뽑기로 했다. 제비뽑기를 한 결과, 올리버가 그 일을 하게 되었다.

저녁 식사 시간이 되자 아이들이 식당으로 모였다. 앞치마를 두른 구빈원 원장이 솥 옆에 서 있었고, 여자 두 명이 아이들에게 죽을 나누어 주었다. 늘 그렇듯 그릇이 금세 바닥을 보이자, 아이들은 소곤거리며 올리버에게 신호를 보냈다. 올리버는 그릇을 들고 원장한테 다가갔다. 그는 워낙 배고픔에 시달린 탓에 두려움도 잊은 채 자신의 용기에 스스로 놀라워하며 입을 열었다.

"원장님, 죽 한 그릇만 더 주세요. 배가 너무 고파요."

통통하고 혈색이 좋은 원장의 얼굴이 삽시간에 창백해졌다. 그는 두렵기도 하고 놀랍기도 하다는 듯한 눈초리로 아주 잠깐 그 작은 아이를 내려다보았다. 식당 안에 있던 사람들은 모두 공포에 떨며 올리버를 주시했다.

마침내 원장이 나지막한 목소리로 물었다.

"뭐, 뭐라고?"

"저기…… 제발 조금만 더 주세요!"

원장은 큼직한 국자로 올리버의 머리를 세게 내려치고는 팔을 꽉 움켜쥐었다. 그러고는 소리를 꽥 질러 범블을 불렀다. 범블이 허둥지둥 달려왔다. 그는 무슨 일이 벌어졌는지 상황을 파악한 후 교구 위원회가 열리고 있는 방으로 급히 뛰어가, 가장 높은 의자에 앉아 있는 신사에게 말했다.
"죄송합니다, 림킨스 씨. 글쎄, 올리버 트위스트란 놈이 죽을 더 달라고 했답니다."

모두 깜짝 놀라는 표정이었다. 마치 이런 일은 생전 처음이라는 듯.

림킨스가 말했다.

"더 달라고 했다고? 범블, 침착하게 설명해 보게. 그 애가 규정대로 준 저녁을 다 먹고도 더 달라고 했다는 말인가?"

"예, 그렇습니다."

흰 조끼를 입은 남자가 끼어들었다.

"이런, 이런! 그놈은 앞으로 교수형을 당할 거야. 언젠가는 교수형을 받고 죽어도 싼 놈이라고!"

그들은 이 심각한 문제를 해결하기 위해 부지런히 토론을 벌였다. 다음 날 아침, 구빈원 대문에 공고문이 나붙었다. 올리버 트위스트를 데려가는 사람에게 오 파운드를 더 얹어 주겠다는 내용이었다.

제 2 장

장의사의 도제가 되다

올리버는 감히 더 달라고 한, 죄 아닌 죄를 저지른 뒤로 며칠 동안 컴컴한 독방에 갇히는 벌을 받았다. 그러나 독방에 갇혀 있다고 해서 운동을 못 하거나 친구들을 못 만나는 것은 아니었다.

올리버는 매일 아침 추운 날씨에도 불구하고 마당으로 끌려 나와, 범블이 지켜보는 앞에서 찬물로 몸을 씻었다. 그것이 올리버의 운동이었다. 그때마다 범블은 올리버가 감기에 걸리지 않도록 심하게 매질을 해서 화끈한 기운이 온몸에 퍼지게 배려했다.

친구들을 만나기도 했다. 올리버는 이틀에 한 번씩 저녁 식사 때마다 식당으로 끌려가, 아이들이 보는 앞에서 시범적으로 매를 맞았다. 다른 아이들에게 경고를 하기 위해서였다. 이로써 올리버는 자기도 모르게 못된 아이로 낙인찍혔다.

어느 날 아침, 굴뚝 청소부 갬필드는 밀린 집세를 어떻게 낼 것인지 걱정하며 구빈원 앞을 지나가고 있었다. 아무리 머리를 굴려 계산을 해 봐도 오 파운드가 더 있어야 했다. 그때 구빈원의 대문에 붙은 공고문이 그의 눈에 들어왔다. 그는 문 앞으로 가까이 다가가 그것을 읽었다.

마침 교구 위원 한 사람이 대문가에 나와 있던 참이었다. 그는 굴뚝 청소부가 올리버를 데리고 가기에 딱 알맞은 사람이라고 생각하며 기대에 찬 미소를 지었다. 굴뚝 청소부 역시 회심의 미소를 지어 보였는데, 오 파운드는 자기에게 꼭 필요한 금액이었던 것이다. 게다가 구빈원에서 자란 아이라면 몸이 비쩍 말랐을 테니 굴뚝 청소를 하기에도 그만이었다.

갬필드는 대문 옆에 서 있던 교구 위원에게 자기가 아이를 데려가겠다고 말했다. 교구 위원은 굴뚝 청소부를 위원실로 데리고 갔다. 교구 위원들은 자기들끼리 얼굴을 맞대고 작은 목소리로 이야기를 나누었다. 이야기를 마친 후 한 사람이 굴뚝 청소부에게 말했다.

"올리버를 자네한테 보낼 수 없네. 아이한테 굴뚝 청소는 너무 더럽고 힘든 일이야."

말은 이렇게 했지만, 실상은 올리버를 위해서가 아니라 돈을 깎아 볼 요량이었다. 곧이어 갬필드와 교구 위원들 사이에 흥정이 벌어졌고, 마침내 삼 파운드 십 실링에 데려가기로 합의를 보았다. 림킨스는 범블에게 치안 판사에게 허락을 받아 오라고 명령을 내렸다.

그날 오후 범블은 올리버를 데리고 길을 나서며 말했다.

"올리버, 넌 이제 굴뚝 청소부의 도제(徒弟, 직업에 필요한 지식과 기능을 배우기 위해 스승 밑에서 일하는 사람—옮긴이)가 되는 거다."

"도제요?"

올리버가 두려움에 가득 찬 목소리로 되물었다. 어느새 눈에는 그렁그렁한 눈물이 맺혔다.

"그래, 도제 말이다. 부모 없는 너를 보살펴 주셨던 저 훌륭한 위원님들이 네놈의 장래를 위해 도제 자리를 마련해 놓으신 거야. 아무짝에도 쓸모없는 고아 놈한테 삼 파운드 십 실링이나 써 가면서 말이지."

올리버의 얼굴에 서러운 눈물이 흘러내렸다.

"자, 그만 울어라! 그만! 가서 치안 판사가 굴뚝 청소부의 도제가 되고 싶으냐고 물으면, 아주 행복한 표정으로 좋다고 말해야 한다. 알겠냐?"

범블은 무서운 얼굴로 을러댔다.

마침내 그들은 치안 판사의 사무실에 도착했다. 치안 판사는 머리가 하얗게 센 노인이었는데, 알이 두꺼운 안경을 쓰고 책상 앞에 앉아 꾸벅꾸벅 졸고 있었다. 범블이 두 손을 비비며 조심스레 말했다.

"판사님, 이 아이가 말씀드린 그 아이입니다. 올리버, 판사님께 인사드려야지."

올리버는 고개를 숙여 인사를 했다. 그러자 치안 판사가 가늘게 눈을 뜨고 올리버를 바라보며 물었다.

"네가 굴뚝 청소 일을 좋아한다는 거냐?"

범블은 위협적인 눈길로 올리버를 내려다보며 입으로만 상냥하게 대답했다.

"예, 그럼요, 판사님. 아주 좋아한답니다."

치안 판사가 갬필드에게 물었다.

"당신이 이 아이의 주인이 될 사람인가? 아이를 잘 먹이고 잘 대해 주겠지?"

갬필드가 거칠게 대답했다.

"아무렴요, 판사님. 제가 하겠다면 하는 겁니다."

"말투가 좀 거칠지만 정직하고 친절한 사람 같군."

갬필드의 얼굴에는 거친 말투만큼이나 잔인한 면모가 여실히 배어 있었다. 하지만 치안 판사는 눈이 워낙 나빠서 누구나 볼 수 있는 것도 제대로 못 보았다.

치안 판사는 코에 간신히 걸쳐져 있는 안경을 똑바로 쓰고 나서 펜을 들더니 잉크병을 찾기 시작했다. 서류에 서명을 하기 위해서였다. 그러니까 올리버의 미래를 결정하는 아주 중요한 순간이었던 셈이다. 만약 잉크병이 치안 판사가 생각했던 자리에 있었다면 올리버는 당장 끌려갔을 것이다. 하지만 늙은 판사는 코앞에 있는 잉크병을 보지 못한 채 한참이나 책상 위를 헤맸다.

그 와중에 그는 올리버의 얼굴을 자세히 보게 되었다. 올리버는 공포와 두려움이 가득한 얼굴로 주인이 될 사람을 바라보고 있었다. 치안 판사가 아무리 눈이 나쁘다 해도 그 표정을 놓칠 수 없을 정도였다. 판사는 행동을 멈추고 펜을 내려놓은 다음, 책상 위로 몸을 수그리며 말을 걸었다.

"얘야."

올리버는 예상치 못한 다정한 말투에 오히려 겁이 나 부르르 몸을 떨며 울음을 터뜨렸다. 그러자 치안 판사가 부드러운 목소리로 다시 말했다.

"얘야! 네 얼굴이 몹시 창백하구나. 무슨 일이냐? 범블 씨, 그 애한테서 좀 떨어져 보시오. 얘야, 겁내지 말고 무엇 때문에 그러는지 말해 봐라."

올리버는 무릎을 꿇은 채 두 손을 맞잡고 애원했다.

"판사님, 저는 따라가기 싫어요. 차라리 저를 다시 깜깜한 독방에 가두어 주세요. 거기서 맞아 죽든지 굶어 죽든지 할게요."

순간 범블은 손을 추켜들며 눈을 부릅떴다.

"이런! 이렇게 은혜를 모르는 놈은 세상에서 처음 보네. 염치도 없는 놈 같으니라고!"

치안 판사는 서류를 내던지며 말했다.

"닥치시오! 나는 이 서류에 서명을 해 줄 수 없소."

범블은 당황한 나머지 떠듬떠듬 말했다.

"판사님, 고아 놈이 아무것도 모르고 멋대로 말하는 겁니다. 다시 한 번……."

"조용히 해요! 아이를 다시 구빈원으로 데려가 애정을 갖고 보살피시오. 이 아이한테는 정이 필요한 것 같으니."

올리버는 그날 저녁 구빈원으로 돌아와 다시 독방에 갇혔다. 그래서 다음 날 아침, 구빈원 대문에는 올리버 트위스트를 데려가는 사람에게 오 파운드를 주겠다는 공고문이 다시 붙었다.

며칠 뒤 범블은 밖에서 일을 보고 돌아오다가 구빈원 대문 앞에서 장의사인 소어베리를 만났다. 소어베리는 키가 크고 깡마른 사람으로, 여기저기 기운 낡은 검은색 양복을 입고 있었다. 그는 범블에게 악수를 청하며 말했다.

"범블 씨, 지난밤에 여자 두 명이 죽어서 관 치수를 재고 나오는 길입니다."

"금방 부자가 되겠구려, 소어베리 씨."

"글쎄요, 위원회에서 워낙 값을 박하게 쳐줘서 그렇지도 않아요."

"돈이 적은 만큼 관 크기도 작지 않소."

이 말에 소어베리는 숨도 쉬지 않고 한참 동안 껄껄 웃고 나서 말했다.

"맞아요, 맞아, 범블 씨. 그건 사실이지요. 새로운 급식 체제를 도입한 다음부터 전보다 관이 조금 작아지긴 했으니까요. 하지만 범블 씨, 우리도 뭐 남는 게 있어야지요. 목재 값이 하루가 다르게 오르고 있거든요."

"글쎄, 뭐……. 무슨 사업이든 저마다 어려운 점이 있기 마련이니까요. 그건 그렇고 혹시 주변에 사내아이가 필요한 사람 없소? 아주 좋은 조건에 데려갈 수 있는데."

범블은 지팡이를 들어 올려 대문에 붙어 있는 공고문을 탁탁 두드렸다. 커다란 글씨로 씌어 있는 '오 파운드'라는 글자에 소어베리의 눈이 휘둥그레졌다. 그는 큰 소리로 말했다.

"아! 그게 바로 제가 말씀드리려고 했던 겁니다. 범블 씨, 제가 그 아이를 데려가면 어떨까요?"

범블은 기다렸다는 듯이 장의사의 팔을 잡아끌고 안으로 들어갔다. 소어베리는 오랫동안 교구 위원들과 중요한 밀담을 나누었다. 그리하여 올리버를 일단 '시험 삼아' 일을 시켜 본 다음에 데리고 있을지 말지를 결정하기로 했다.

그날 저녁 올리버는 위원들 앞으로 불려가 자신이 장의사의 도제로 가게 되었다는 이야기를 들었다. 올리버는 미동도 없이 멍한 표정으로 듣고 있었으나, 실은 너무나 절망스러워 자포자기하는 심정이었다.

올리버는 짐 꾸러미 하나만 달랑 챙겨 든 채 범블에게 이끌려 또 다른 고통을 당하게 될 곳으로 향했다. 그들은 얼마 동안 아무 말 없이 걸었다. 범블은 고개를 꼿꼿이 쳐들고 걷다가, 소어베리의 가게가 가까워지자 아이가 새 주인의 눈에 들 만한 상태인지 살펴보았다.

"올리버! 눈이 잘 보이게 모자를 올려 쓰고 고개를 똑바로 들어라."

올리버는 즉시 그 명령에 따랐다. 하지만 범블을 올려다보는 그의 눈에는 눈물이 고여 있었다. 범블은 올리버를 차디찬 눈빛으로 쏘아보았다. 올리버의 눈에서 눈물이 한 방울 두 방울 떨어져 내리기 시작했다. 참으려고 무진 애를 썼지만 소용없는 노릇이었다. 아이는 두 손으로 눈물을 훔쳤다.

범블은 갑자기 걸음을 멈추더니 악의에 가득 찬 눈길로 올리버를 내려다보며 소리쳤다.

"이놈아! 네놈은 내가 지금까지 겪어 본 놈 중에 최고로 불쾌하고 배은망덕한 녀석이야. 너야말로……."

올리버가 범블의 팔에 매달리며 울먹였다.

"아니에요, 아니에요! 그렇지 않아요, 나리. 앞으로 착하게 굴게요. 정말로 그럴게요. 저는 그냥 어린애일 뿐이에요. 그래서 너무…….”

"그래서 어쨌단 말이냐?"

"너무너무 외로워요! 정말 외로워요! 그러니 제발 화내지 마세요."

올리버는 다시 펑펑 울었다. 범블은 꽤 놀란 표정으로 그 가엾은 아이를 잠시 바라보다가 서너 번 헛기침을 하더니 뭐라고 중얼거렸다. 잠시 후 그는 올리버에게 눈물을 닦고 얌전히 굴라고 말한 다음, 다시 올리버의 손을 잡고 말없이 걸었다.

두 사람이 소어베리의 가게에 도착했을 때, 그는 가게 문을 막 닫은 후 어둠침침한 불빛 아래서 장부를 정리하는 중이었다. 범블이 가게로 들어서며 말했다.

"소어베리 씨, 아이를 데려왔소."

장의사는 올리버를 자세히 보려고 머리 위로 촛불을 들어 올리며 말했다.

"아, 얘가 그 아이인가요? 여보, 잠깐 밖으로 나와 보구려."

가게 뒤편에 있는 작은 방에서 소어베리 부인이 나왔다. 몹시 신경질적으로 보이는, 마르고 땅딸막한 여자였다. 소어베리가 부인을 향해 다정하게 말했다.

"여보, 내가 아까 얘기했던 바로 그 아이라오."

"세상에! 얘는 너무 작아요."

범블이 대답했다.

"네, 조금 작긴 하지요. 하지만 소어베리 부인, 곧 클 겁니다."

소어베리 부인은 화가 난 말투로 쏘아붙였다.

"아, 물론 크겠지요. 우리가 주는 밥 먹고, 우리 집 물 마시고 말이에요. 구빈원 애들은 아무짝에도 쓸모가 없다니까. 입히고 먹이는 데 돈이 더 들어간다고요. 남자들은 뭘 몰라! 이 말라비틀어진 뼈다귀 같은 놈아, 저 아래로 냉큼 내려가!"

그녀는 쪽문을 열고 가파른 계단 아래에 있는 부엌으로 올리버를 밀쳤다. 어둡고 축축한 그곳에는 너덜너덜한 신발에 여기저기 기운 스타킹을 신은 여자아이 하나가 앉아 있었다. 올리버를 뒤따라 내려온 소어베리 부인이 그 여자아이한테 말했다.

"샬럿, 개밥 하려고 남겨 놓은 고기 찌꺼기를 이 아이한테 줘라. 그놈의 개는 아침에 나가더니 들어올 생각을 안 하네. 개가 먹든지 말든지 내버려 두고 이 아이한테 먼저 줘."

고기라는 말에 올리버의 눈이 번쩍 빛났다. 접시에 담겨 나온 고기는 뼈에 붙은 찌꺼기에 불과했지만, 올리버는 정신없이 먹어치웠다. 소어베리 부인은 그 모습을 보고 질색하여 할 말을 잊고 말았다.

올리버가 다 먹자, 소어베리 부인은 기름때가 덕지덕지 앉은 더러운 등불을 들고 위층으로 올라가며 말했다.

"날 따라와. 잠은 계산대 밑에서 자거라. 싫으면 관 사이에서 자든지. 네가 좋든 싫든 상관없어. 어차피 거기 말고는 잘 데도 없으니까. 빨리 올라와! 내가 밤새 널 기다려야 하겠니?"

올리버는 그녀의 말에 고분고분 따랐다.

올리버는 가게 안에 혼자 남게 되자, 등불을 의자 위에 올려놓고 주위를 둘러보았다. 가게 한가운데에 자리한 작업대 위에는 아직 완성되지 않은 검은색 관이 있었다. 그쪽으로 눈길이 갈 때마다 몸이 부들부들 떨렸다. 무시무시한 시체가 천천히 고개를 들고 일어나 관 밖으로 튀어나올 것만 같았다. 게다가 방 안은 후텁지근하기 짝이 없었고, 관 냄새까지 공기에 배어 코를 찔렀다. 그 때문인지 올리버의 잠자리인 계산대 밑은 마치 무덤처럼 보였다.

하지만 이런 암울한 환경 때문에 올리버의 마음이 괴로운 것은 아니었다. 돌봐 줄 가족이나 마음을 터놓을 친구 하나 없는 낯선 곳에 혼자 있다는 사실이 너무나 슬펐다. 올리버는 무거운 마음으로 비좁은 잠자리로 기어 들어갔다. 그러고는 곧 깊은 잠 속으로 빠져 들었다.

다음 날 아침, 올리버는 가게 문을 쾅쾅 걷어차는 소리에 잠에서 깨어났다. 황급히 옷을 걸치는 동안 그 소리는 점점 더 거세졌다. 올리버는 서둘러 문으로 가서 사슬을 벗기기 시작했다. 문밖에 있는 사람이 신경질을 내며 닦달했다.

"빨리 열란 말이야!"

올리버는 사슬을 벗기고 자물쇠를 열면서 말했다.

"잠시만요. 다 됐어요."

"새로 온 놈이야?"

"네."

"몇 살이냐?"

"열 살이에요."

"그래, 들어가면 회초리로 흠씬 때려 주지."

그가 갑자기 휘파람을 불기 시작했다. 올리버는 숱한 경험을 통해 잠시 후 무슨 일을 당하게 될지 쉬이 짐작할 수 있었기에, 덜덜 떨리는 손으로 빗장을 풀고 문을 열었다. 그러고는 거리의 이쪽저쪽을 살펴보았다. 하지만 가게 앞에 앉아서 빵을 먹고 있는, 자기보다 약간 나이가 많아 보이는 소년 외에는 아무도 없었다. 올리버는 그에게 말을 걸었다.

"실례지만 문을 두드렸나요?"

"아니, 내가 발로 찼다."

"관이 필요하신가요?"

소년은 사나운 눈빛으로 올리버를 쏘아보며, 손윗사람한테 그런 식으로 농담을 하면 머지않아 관 속에 눕게 될 것이라고 으름장을 놓았다.

"야, 구빈원 명청이! 너, 내가 누군지 모르지?"

"몰라요."

"나는 노아 클레이폴 님이시다. 넌 바로 내 밑에서 일하게 되는 거야. 어서 가서 가게 덧문이나 떼."

노아는 올리버의 정강이를 한 대 걷어차고는 거드름을 피우며 안으로 들어갔다. 올리버는 가게 덧문을 떼어 안뜰로 옮기다가, 문짝의 무게를 이기지 못하고 떨어뜨려 유리창 하나를 깨고 말았다. 때마침 소어베리 부부가 나타나는 바람에 올리버는 호되게 야단을 맞았다.

아침을 먹으러 부엌으로 내려가니, 노아가 벌써 자리를 잡고 앉아 있었다. 샬럿이 말했다.

"노아, 여기 불 가까이로 와. 너 주려고 주인 어른 아침상에서 베이컨을 한 조각 챙겨 놓았어. 올리버, 넌 저 바구니에 있는 빵이나 한 조각 먹어. 차도 있으니까 저기 상자 있는 데로 갖고 가서 마시고. 알아듣겠니?"

노아가 샬럿의 마지막 말을 따라 했다.

"야, 구빈원! 알아듣겠니?"

샬럿이 웃음을 터뜨리자 노아도 따라 웃었다. 올리버는 난롯가에서 가장 멀리 떨어져 있는 차가운 상자 위에 앉아 쉰내 나는 빵을 먹었다. 두 사람은 그런 올리버를 경멸하는 눈초리로 바라보았다.

노아는 고아가 아니라 생활 보호 대상자로, 그의 부모는 그와 한동네에 살고 있었다. 아버지는 쥐꼬리만 한 연금을 받는 퇴역 군인이었다. 동네에서 유명한 술주정뱅이였기 때문에 어머니가 빨래를 해서 생계를 이어 갔다. 말하자면 노아는 생계가 어려워 장의사 밑에서 일하게 된 것이었다.

한 달 뒤 올리버는 장의사의 정식 직원이 되었다. 때마침 전염병이 돌아 관 주문이 쉴 새 없이 이어졌다. 소어베리는 장례식 때마다 올리버를 데리고 다녔다. 그는 어린 올리버가 검은색 상복을 입고 너무나 슬픈 얼굴로 장례 행렬의 맨 앞에 서면 사람들의 눈길을 사로잡을 것이라 예상했다. 소어베리의 의도는 딱 맞아떨어져 생각보다 더 큰 성공을 거두었다.

올리버가 장례식에 따라다니는 일이 잦을수록 노아는 점점 더 올리버를 못살게 굴었다. 고참인 자기는 처음과 별반 달라진 것이 없는데, 들어온 지 한 달밖에 안 된 올리버는 상복에 모자를 쓰고 지팡이까지 쥐고 다니니, 부아가 치밀고 속이 뒤틀렸다. 노아가 그러니 샬럿도 덩달아 올리버를 학대했다. 소어베리 부인 역시 그랬는데, 남편이 올리버를 감싸고 돌았기 때문이다.

그러던 어느 날, 간접적이기는 하지만 올리버의 삶에 전환점이 될 만한 사건이 일어났다. 그날 올리버와 노아는 여느 때처럼 저녁을 먹으러 부엌으로 내려갔다. 마침 소어베리 부인이 샬럿을 부르는 바람에 두 사람은 그녀가 돌아오기를 기다리고 있었다. 노아는 배도 고프고 심술이 나서 괜스레 올리버를 괴롭히기 시작했다.

　노아는 식탁 위로 발을 턱 올려놓고는 올리버의 머리카락을 잡아당기거나 귀를 꼬집으며 약을 올렸다. 그런데도 아무런 반응을 보이지 않자, 노아는 더 약이 올라 올리버의 가장 아픈 곳을 공격하기 시작했다.

　"야, 구빈원 멍청아! 네 엄마는 어디 간 거냐?"

　"돌아가셨어. 그러니까 우리 엄마 얘기는 하지 마."

　올리버의 얼굴이 벌게지고 입과 코가 심하게 일그러졌다. 그 모습을 본 노아는 올리버가 곧 울음을 터뜨릴 거라고 생각하고 더 약을 올렸다.

　"어떻게 죽었는데, 구빈원?"

　"마음이 너무 아파서 돌아가셨대. 엄마를 간호했던 할머니가 그랬어."

　올리버는 작은 목소리로 다시 중얼거렸다.

　"그렇게 죽는 게 어떤 건지 알 것 같아."

　올리버의 뺨을 타고 한 줄기 눈물이 흘러내렸다. 그러자 노아가 낄낄거리며 말했다.

　"그런데 왜 훌쩍거리냐? 얼간이 같으니라고."

　올리버는 재빨리 눈물을 닦으며 대꾸했다.

　"너 때문에 우는 건 아니니까 착각하지 마. 이제 그만 해. 우리 엄마 얘기는 더 이상 하지 말라고!"

"하지 말라고? 쳇, 하지 말라고! 구빈원에서 온 주제에 건방지기는. 야, 네 엄마가 막 굴러먹은 헤픈 여자였다는 사실은 알고 있냐?"

올리버가 차갑게 맞받아쳤다.

"뭐라고? 지금 뭐라고 했어?"

"구빈원 놈아, 네 엄마는 행실이 형편없는 여자였다고. 그러니까 그때 잘 죽은 거야. 안 그랬으면 감옥에서 중노동을 하다 죽거나 교수형을 당했을 테니까."

올리버는 분노에 사로잡힌 나머지 노아에게 미친 듯이 달려들어 그의 목을 틀어쥐고 흔들어 대다가 바닥에 때려눕혔다. 그동안 모진 학대를 말없이 참아 내던 올리버였다. 그런데 죽은 어머니에 대한 모욕이 잠자던 올리버의 용기를 깨웠던 것이다. 올리버는 꼿꼿하게 서서 바닥에 누워 있는 노아를 노려보았다. 노아는 겁에 질려 소리를 질러 댔다.

"사람 살려! 샬럿! 이놈이 날 죽이려고 해! 주인 마님! 올리버가 미쳤어요! 사람 살려! 사람 살려! 샤-알-럿!"

노아의 고함 소리를 듣고 샬럿과 소어베리 부인이 비명을 지르며 부엌으로 달려왔다.

"이 무지막지한 놈아!"

샬럿은 온 힘을 다해 올리버를 잡아당기더니 웬만한 사내 뺨칠 정도로 억센 주먹을 마구 날렸다. 옆에서 지켜보던 소어베리 부인은 그 정도로는 모자란다고 생각했는지 직접 샬럿을 거들고 나섰다. 그녀는 한 손으로 올리버의 몸을 잡고 날카로운 손톱으로 얼굴을 마구 할퀴었다. 상황이 유리해지자 노아는 바닥에서 일어나 올리버의 등을 후려쳤다.

그러다 금세 기운이 빠져 버린 세 사람은 몸부림을 치며 소리를 지르는 올리버를 질질 끌고 가서 광에다 가두어 버렸다. 사태가 끝나자 소어베리 부인은 의자에 주저앉아 울음을 터뜨렸다.

"이걸 어쩌나! 노아, 마님이 기절하실 것 같아. 어서 물을 가져와, 빨리!"

샬럿의 말에 노아는 찬물을 가져와 소어베리 부인의 얼굴에 끼얹었다. 소어베리 부인이 겨우 숨을 내뱉으며 말했다.

"오, 샬럿! 잠자는 동안에 봉변을 당하지 않은 게 얼마나 다행이냐!"

"정말로 다행스러운 일이고말고요, 마님. 이번 일을 거울삼아 주인 어른께서도 태생조차 알 수 없는 저런 끔찍한 인간들을 더 이상 데려오지 않았으면 좋겠어요. 아, 가엾은 노아!"

소어베리 부인은 노아를 측은한 눈길로 바라보며 말했다.

"가엾어라! 노아, 어떻게 하면 좋으냐? 주인 양반은 집에 없고, 집 안에는 남자 어른이 한 명도 없잖니? 올리버란 놈은 금세라도 문을 박차고 나올 기세인데 말이다."

소어베리 부인의 말은 틀리지 않았다. 올리버는 계속해서 문을 걷어차고 있었기 때문이다. 샬럿이 말했다.

"이걸 어쩌죠, 마님. 경찰을 부를까요?"

소어베리 부인이 말했다.

"아니, 아니다. 노아, 네가 범블 씨한테 다녀오너라. 가서 당장 여기로 오시라고 해. 애야, 모자는 쓸 것 없다. 빨리 갔다 와, 어서!"

노아는 구빈원에 도착할 때까지 정신없이 달렸다. 구빈원 대문 앞에 도착하자 곧바로 안으로 들어가지 않고, 잠시 서서 억지 눈물을 짜낸 다음 문을 쾅쾅 두드렸다.

"범블 씨! 범블 씨!"

범블은 근처에 있었는데, 노아가 너무 큰 소리로 불러 대는 바람에 깜짝 놀라 모자도 쓰지 않고 뜰로 나왔다.

"오, 범블 씨! 올리버가……."

"무슨 일이냐? 올리버가 도망이라도 쳤느냐? 노아, 그놈이 도망을 친 건 아니겠지?"

"아니에요, 도망친 건 아니고요. 미쳐 날뛰고 있어요. 저를 죽이려고 했어요. 샬럿하고 마님한테도 죽일 듯이 달려들었다니까요! 그놈 때문에 얼마나 아픈지 몰라요."

노아는 일부러 뱀처럼 몸을 비틀며 몸에 난 상처를 보여 주었다. 그것을 본 범블이 안타까운 표정을 짓자, 노아는 더 크게 울먹이며 말했다.

"지금은 주인 어른도 안 계세요. 그래서 마님이 범블 씨를 당장 모셔 오라고 했어요."

"물론이지, 얘야. 물론 그래야지."

범블은 안으로 들어가 모자와 지팡이를 들고 나왔다. 그러고는 노아와 함께 쏜살같이 소어베리의 가게로 달려갔다.

소어베리는 아직 돌아오지 않은 상태였고, 올리버는 여전히 문을 세차게 걷어차며 소리를 지르고 있었다. 범블은 먼저 말로 기를 꺾어 놓는 것이 좋겠다고 생각했다. 그는 올리버를 조용히 시킬 요량으로 문을 한 번 걷어찬 다음, 열쇠 구멍에 입을 대고 위엄 있는 목소리로 말했다.

"올리버!"

올리버가 안에서 대답했다.

"내보내 줘요!"

"올리버, 내 목소리를 알아듣겠냐?"

"알아요."

"두렵지 않으냐? 내 목소리를 들으니까 오금이 저리지?"

올리버가 자신 있게 대답했다.

"하나도 안 무서워요!"

범블은 예상외의 대답에 너무나 놀라서 한 발짝 뒤로 물러났다. 그러고는 아무 말 없이 지켜보고 있는 사람들을 차례로 쳐다보았다. 소어베리 부인이 말했다.

"범블 씨, 저놈이 미친 게 틀림없어요. 제정신이라면 저렇게 대꾸할 리가 없잖아요."

범블은 잠시 생각에 잠겼다가 입을 열었다.

"부인, 저 애는 미친 게 아니오. 바로 고기 때문입니다. 부인이 저놈한테 고기를 너무 많이 먹였어요. 고기를 먹으니 저렇게 기운이 세져서 날뛰는 겁니다. 죽만 먹였다면 이런 일은 없었을 거요."

소어베리 부인이 소리쳤다.

"이걸 어쩌나! 내가 너무 잘해 줘서 이런 일이 생기다니!"

범블이 말했다.

"지금 우리가 할 수 있는 일은 저놈을 한 이틀 가둬 두는 것이오. 배가 고프면 정신을 좀 차리겠지. 풀어 준 다음부터는 죽만 먹이시오. 소어베리 부인, 저놈은 본디 종자가 악질이오. 저놈의 어미를 돌보았던 할멈과 의사도 그러더군요. 다른 여자들 같았으면 벌써 몇 주 전에 죽었을 텐데 그 여자는 달랐답니다. 그토록 심한 고통을 질기게 참아 내며 구빈원으로 기어들었다는 거요."

그 말은 갇혀 있던 올리버에게도 정확히 다 들렸다. 올리버는 자신의 어머니를 험담하는 말에 분노하여 다시 한 번 무섭게 문을 걷어차기 시작했다. 그때 소어베리가 돌아왔다. 소어베리 부인이 올리버의 행동을 심하게 과장해서 설명하자, 그는 곧장 광으로 들어가 올리버의 멱살을 잡아끌고 나왔다.

올리버는 옷이 갈기갈기 찢겨서 너덜너덜했고, 머리카락은 온통 헝클어져 있었다. 얼굴은 상처와 멍투성이인 데다 화가 가라앉지 않아 벌겋게 달아올라 있었다. 그는 광에서 끌려 나온 뒤에도 무서운 눈으로 노아를 노려보았다.

소어베리는 올리버의 어깨를 잡아 흔들고 수차례 뺨을 갈기며 말했다.

"무슨 일이냐?"

"노아가 우리 엄마를 욕했어요."

소어베리 부인이 끼어들었다.

"이 배은망덕한 놈아, 저 애가 그랬다 하더라도 네가 어쩔 테냐? 네 어미는 노아가 말한 그대로야. 아니, 그 이상이었을지도 모르지."

"아니에요!"

"아니긴 뭐가 아니야."

"거짓말이야!"

올리버가 거칠게 대꾸하자 소어베리 부인은 갑자기 울음을 터뜨렸다. 아내의 울음보가 터지는 순간, 소어베리에게는 선택의 여지가 없어져 버렸다. 올리버한테 잘해 주고 싶었지만 이제는 어쩔 수 없었다.

소어베리는 올리버를 흠씬 두들겨 패서, 아내의 비위를 맞추고 범블이 따로 매를 때릴 필요도 없게 상황을 정리했다. 올리버는 그날 하루 종일 광에 갇혀 있었다. 밤이 되자 소어베리 부인이 와서 올리버의 어머니에 관한 험담을 줄줄 늘어놓다가, 대단한 은혜라도 베풀 듯 올리버를 잠자리로 올려 보냈다.

어둠침침하고 고요한 가게 안에 혼자 있게 되자, 올리버는 자신의 감정에 충실해질 수 있었다. 올리버는 지금까지 그들의 모욕적인 말들을 참아 내고, 심하게 매를 맞으면서도 눈물을 보이지 않았다. 그러나 마주 볼 사람도, 이야기를 들어 주는 사람도 없자 눈물을 주체할 수가 없었다. 올리버는 무릎을 꿇고 두 손으로 얼굴을 가린 채 하염없이 울었다. 그렇게 어린 나이에, 그렇게 구슬프게 우는 이가 이 세상 천지에 또 누가 있으랴!

올리버는 오랫동안 그런 자세로 있었다. 실컷 울고 난 후 자리에서 일어났을 때는 촛불이 꺼져 가고 있었다. 천천히 주위를 둘러보면서 무슨 소리가 나지 않는지 귀를 기울였다. 그러고는 살짝 문을 열고 밖을 내다보았다.

칠흑같이 어두운 밤이었다. 바람 한 점 불지 않았지만 살이 에이는 듯 추웠다. 땅에 드리워진 나무의 그림자가 유령처럼 보였다. 올리버는 다시 문을 닫고 얼마 안 되는 소지품을 챙겨 보따리를 꾸렸다. 그런 다음 의자에 앉아서 아침이 오기를 기다렸다.

새벽빛이 창문으로 어스름히 흘러들었다. 올리버는 자리에서 일어나 문을 열고 살그머니 주위를 둘러본 후, 문간에서 잠시 멈칫거리다가 밖으로 나왔다. 그는 차가운 텅 빈 거리에서 옷깃을 여미고 한동안 서성거렸다. 어느 쪽으로 가야 할지 막막하기만 했다. 문득 짐마차들이 기우뚱거리며 언덕 위로 올라가던 모습이 떠올랐다. 올리버는 그쪽을 향해 빠르게 걷기 시작했다.

제 3 장
이상한 놀이

올리버는 들판을 가로지르는 오솔길을 따라 한참 걸었다. 그 길 끝에 있는 울타리를 지나자 곧바로 큰길로 이어졌다. 어느덧 아침 여덟 시였다. 살던 도시에서 이미 팔 킬로미터나 멀리 떨어졌지만, 올리버는 누군가 자신을 잡으러 쫓아올까 봐 불안해서 뛰다가 숨다가를 되풀이했다.

정오쯤 되자 이정표가 하나 나타났다. 올리버는 그 옆에 앉아 쉬면서 처음으로 진지하게 어디로 가야 할지를 고민하기 시작했다. 이정표에는 거기서부터 런던까지 백십 킬로미터라고 씌어 있었다. 런던이라는 지명을 보자, 올리버의 머릿속에 여러 가지 생각들이 떠올랐다.

런던은 아주 큰 도시이므로 그곳으로 가면 아무도 자신을 찾을 수 없을 터였다. 구빈원에 있을 때 노인들한테 들은 이야기도 있었다. 배짱이 두둑한 젊은이라면 런던에서는 무얼 해서라도 먹고살 수 있다는 것이었다. 생각을 마친 올리버는 벌떡 일어나 다시 발걸음을 재촉했다.

그날 올리버는 바싹 마른 빵 한 쪽 외에는 아무것도 먹지 못한 채 삼십 킬로미터나 걸었다. 밤이 되자 들판에 쌓아 놓은 건초 더미 밑으로 기어 들어갔다. 스산한 바람이 윙윙 불어 댔다. 몹시 춥고 배가 고픈 데다 진한 외로움 같은 것이 몰려와 눈물이 날 것만 같았다. 그러나 무척 피곤했기에 금방 잠이 들 수 있었다.

다음 날 아침, 잠에서 깨니 으슬으슬 춥고 온몸이 뻣뻣하게 굳어 있었다. 너무나 배가 고픈 나머지, 처음 들어선 마을에서 주머니에 있는 몇 푼의 돈을 모두 털어 자그마한 빵을 하나 샀다. 그날은 채 이십 킬로미터도 가지 못했는데 다시 밤이 찾아왔다. 올리버는 또 들판에서 싸늘한 밤공기를 이불 삼아 잠을 자야 했다. 아침에 눈을 떴을 때는 너무나 지쳐서 기어갈 힘도 없었다.

가까스로 몸을 추스려 다음 마을로 갔다. 그 마을의 입구에는 눈에 띄는 표지판이 하나 있었는데, 구걸하는 사람은 모두 잡아서 감옥에 처넣겠다는 무시무시한 경고문이 붙어 있었다. 올리버는 재빨리 그곳을 벗어났다. 어떤 마을에서는 도둑 취급을 받고 헐레벌떡 도망치기도 했다.

길을 떠난 지 이레째 되던 날 아침, 올리버는 힘겨운 발걸음으로 작은 마을에 들어섰다. 이른 아침이라 그런지 거리는 텅 비어 있었다. 태양이 눈부시도록 아름답게 떠오르고 있었다. 그러나 그 찬란한 햇살은 먼지를 잔뜩 뒤집어쓴 채 어느 집 현관 계단에 앉아 피가 흐르는 더러운 발을 쉬고 있는 고아 소년에게 짙은 외로움만을 안겨 줄 뿐이었다.

올리버는 한참 동안 멍하니 마을을 바라보았다. 차츰 창문들이 열리고 사람들이 거리를 오가기 시작했다. 수많은 사람들이 올리버의 앞을 스쳐 지나갔다. 그러나 어느 누구 하나 말을 걸거나 도와주는 사람은 없었다.

그때 자신을 바라보는 시선이 느껴졌다. 조금 전에 건들거리며 올리버의 앞을 지나쳤던 소년이 맞은편에서 그를 유심히 관찰하며 서 있었다. 눈이 마주치자 그 소년이 길을 건너 올리버에게 다가왔다.

"어이! 무슨 문제라도 있냐?"

소년은 올리버와 비슷한 또래로 보였는데, 그가 지금까지 본 사람 중 가장 이상하게 생긴 아이였다. 넓적한 이마 아래로 들창코의 콧구멍이 인상적이었고, 작디작은 눈은 옆으로 쭉 찢어져 있었다. 모자를 머리에 어찌나 살짝 걸쳐 놓았는지 금방이라도 떨어질 것만 같았다. 게다가 옷자락이 거의 발뒤꿈치까지 내려오는 어른의 외투를 입고 있었다. 그래서 소매를 절반이나 걷어야 두 손이 간신히 밖으로 나왔는데, 그나마 그 손도 바지 주머니에 들어가 있었다. 키가 백시십 센티미터도 채 안 돼 보였지만, 누가 뭐래도 자신감에 찬 젊은 신사처럼 으스댔다.

올리버가 눈물을 글썽이며 말했다.

"너무 피곤하고 배가 고파. 먼 길을 걸어왔거든. 일주일 내내 걷기만 했어."

"일주일이나 걸었다고? 아이고, 대단하네. 내가 뭘 좀 사 줄게. 내 주머니도 말라붙었지만 한 끼 정도 살 돈은 있으니까. 자, 당장 일어나. 얼른!"

소년은 올리버를 부축해 일으키더니, 근처에 있는 식료품 가게로 데리고 가서 햄과 큼직한 빵 한 덩어리를 사 주었다. 그러고는 마치 어른이라도 된 양 거드름을 피우며 작은 술집으로 들어갔다. 그 소년은 맥주를 마시며 허겁지겁 식사를 하는 올리버를 자세히 관찰했다. 올리버가 식사를 마치자 소년이 물었다.

"런던에 가니?"

"응."

"묵을 곳은 있어?"

"없어."

"돈은?"

"없어."

소년은 갑자기 길게 휘파람을 불더니, 외투의 긴 소맷자락 때문에 불편해 하면서도 바지 주머니 깊숙이 손을 밀어 넣었다. 이번에는 올리버가 물었다.

"너는 런던에 살아?"

"집에 있을 때는 그래. 그런데 너 오늘 밤 잘 곳이 필요한 거 아니야?"

"맞아. 일주일 내내 밖에서만 잤어."

"그랬군. 이제 걱정 마. 나는 오늘 밤 안으로 런던에 가야 하거든. 거기 가면 아주 점잖은 어른이 한 분 계셔. 그분한테 가면 아주 잘 대해 주고 공짜로 재워 줄 거야. 꽤 괜찮은 일자리도 구해 줄 테고. 내가 그분을 잘 알아. 널 소개해 줄게."

올리버는 공짜로 잘 수 있다는 말에 귀가 솔깃해졌다. 더군다나 일자리도 구해 줄 수 있다고 하니 더욱더 거절할 수가 없었다. 서로에 대한 믿음이 생기자, 두 사람은 더 친근하게 이야기를 나누었다. 소년의 이름은 잭 도킨스였다. 친한 친구들 사이에서는 재주 많은 미꾸라지로 통한다고 했다.

올리버는 한시라도 빨리 그 어른을 만나고 싶었다. 하지만 미꾸라지는 해가 지고 난 뒤에 런던으로 들어가야 한다고 우겼다. 결국 두 사람이 런던의 변두리에 도착한 것은 밤 열한 시가 다 되어 갈 무렵이었다. 미꾸라지가 앞장서 걸었고 올리버가 뒤따랐다. 올리버는 미꾸라지 뒤에 바짝 붙어 가면서 이따금 주위를 살펴보았다. 올리버의 눈앞에 지금까지 본 어느 곳보다도 더 추악하고 더러운 광경이 펼쳐졌다. 거리는 흙탕물로 가득했고 곳곳에 오물이 쌓여 있었다. 악취가 어찌나 심한지 그는 자기도 모르게 코를 움켜잡고 말았다.

난잡한 술집들이 늘어선 거리를 지나는 동안 올리버는 이제라도 도망가는 편이 낫지 않을까 고민했다. 바로 그 순간 미꾸라지가 어느 집의 문을 열어젖히더니, 올리버를 그 안으로 데리고 들어가 재빨리 문을 닫아 버렸다.

미꾸라지가 휘파람을 불자 복도의 한쪽 끝에 있는 벽에 희미한 빛이 비쳤다. 잠시 뒤 촛불을 든 한 남자가 천천히 나타났다.

"미꾸라지구나. 그런데 또 한 놈은 누구야?"

미꾸라지가 올리버를 끌어당기며 말했다.

"새로 온 친구야. 페긴은 위층에 있어?"

"그래, 손수건을 추리고 있어. 어서 올라와!"

곧바로 불빛이 사라지고 남자의 얼굴도 사라졌다. 올리버는 한 손은 친구에게 맡기고 다른 한 손으로 앞을 더듬으며 삐걱거리는 계단을 올라갔다. 미꾸라지가 뒷방의 문을 활짝 열고는 올리버를 끌고 들어갔다.

그 방의 벽과 천장은 오래된 먼지가 덕지덕지 들러붙어 새까맸다. 난로 앞에 있는 나무 탁자 위에는 빈 맥주병에 꽂아 놓은 초가 불을 밝히고 있었고, 빵 한 덩어리와 버터, 그리고 컵 두어 개와 접시 한 개가 놓여 있었다. 난로 위에 올려놓은 프라이팬에서는 소시지가 익고 있었는데, 그 앞에서 쭈글쭈글하고 사악하게 생긴 유대인 영감이 커다란 포크를 들고 왔다 갔다 했다. 숱이 많은 붉은색 머리카락이 흘러내려서 얼굴이 잘 보이지 않았고, 기름때가 잔뜩 밴 더러운 가운을 입고 있었다.

방 한쪽에는 빨랫줄에 상당히 많은 비단 손수건들이 걸려 있었다. 유대인 영감은 프라이팬과 빨랫줄을 번갈아 쳐다보느라 바쁜 것 같았다. 바닥에는 볼품없는 침대 여러 개가 나란히 놓여 있었다. 탁자 주위에서 미꾸라지와 비슷한 나이로 보이는 사내아이 네댓 명이 술집에 모여 앉은 어른들처럼 기다란 사기 담뱃대로 담배를 피우고 술을 마셨다.

미꾸라지가 유대인 영감에게 뭐라고 귓속말을 하고 몸을 돌려 올리버를 쳐다보았다. 그걸 본 아이들이 유대인 영감 주위로 몰려들었다. 잠시 뒤 유대인 영감은 올리버를 바라보며 씩 웃었다. 미꾸라지가 말했다.

"페긴, 내 친구 올리버 트위스트예요."

페긴은 다시 한 번 올리버를 바라보며 알 수 없는 미소를 보냈다. 그는 가볍게 고개를 숙여 인사를 한 다음, 올리버에게 다가와 만나게 돼서 영광이라고 말하며 손을 잡고 흔들었다. 그러자 담뱃대를 문 아이들도 모두 몰려와 올리버의 두 손을 으스러져라 잡고 악수를 했다. 특히 짐 보따리를 들고 있는 손을 더 세게 흔들었다. 한 아이는 모자를 받아 주겠다고 했고, 다른 아이는 소지품을 꺼내 주겠다며 올리버의 주머니에 손을 쑤셔 넣었다. 페긴이 포크로 아이들의 머리를 내려치지 않았다면 이런 환영 인사는 계속되었을 것이다.

페긴이 미꾸라지한테 말했다.

"올리버가 먹을 소시지를 좀 가져오너라. 난로 옆으로 의자도 하나 더 가져오고."

그런 다음 올리버를 보며 말했다.

"오, 올리버, 손수건을 쳐다보는구나! 저건 모두 빨려고 걸어 놓은 거야. 그게 전부란다, 올리버. 하하하!"

페긴이 유쾌하게 웃자 아이들도 덩달아 큰 소리로 웃었다.

다음 날 아침, 올리버는 느지막이 잠에서 깨어났다. 눈은 떴지만 정신이 또렷하지 않아 멍하게 누워 있었다. 방 안에는 페긴 말고는 아무도 없었다. 그는 커피를 끓이면서 나직하게 휘파람을 불고 있었다.

올리버는 몽롱한 눈으로 계속해서 페긴의 움직임을 지켜보았다. 눈은 유대인 영감을 보고 있으나 머릿속은 꿈을 꾸고 있는 상태였다. 페긴은 커피를 준비해 놓고 다음에 무엇을 해야 할지 모르는 사람처럼 몇 분 동안 가만히 서 있다가, 갑자기 올리버 쪽을 돌아보며 이름을 불렀다.

아무런 대답이 없자 문 쪽으로 살그머니 다가가 조심스레 문을 잠갔다. 그런 다음 마룻바닥에 있는 비밀 구멍 같은 데서 작은 상자를 꺼내 탁자 위에 올려놓았다. 뚜껑을 열고 안을 들여다보는 그의 눈이 빛났다. 그는 상자 안에서 보석으로 장식되어 화려하게 번쩍이는 금시계를 꺼냈다. 그러고는 음흉한 미소를 띠며 혼잣말을 했다.

"아, 똑똑한 녀석들! 정말 똑똑하단 말이야! 끝까지 충성을 다하다니. 내 이름을 끝내 불지 않았단 말이지! 사실 불 이유도 없잖아? 어차피 교수형을 면치는 못했을 테니까. 분다고 목숨이 더 늘어나나? 아니지, 아냐. 멋진 녀석들이야! 아무렴!"

페긴은 금시계를 다시 상자에 넣은 후, 대여섯 개의 다른 시계를 더 꺼내 즐거운 표정으로 살펴보았다. 그 밖에도 아름다운 반지와 보석들을 꺼내 놓고, 그걸 보며 또 중얼중얼 혼잣말을 했다. 그러다가 갑자기 눈을 돌려 올리버의 얼굴을 바라보았다. 올리버는 호기심이 가득 어린 눈으로 그를 응시하고 있었다. 짧은 순간 두 사람의 눈이 마주쳤다. 페긴은 상자 뚜껑을 쾅 소리가 나도록 세게 닫고는 탁자 위에 있던 칼을 집어 들었다. 그는 몸을 부들부들 떨며 불같이 화를 냈다.

"이게 무슨 짓이냐? 왜 나를 쳐다보고 있는 거지? 잠에서 깼는데 왜 아무런 기척도 하지 않은 거야, 엉? 네가 본 게 뭐냐? 뭘 봤는지 빨리 말해!"

올리버는 겁에 질려 대답했다.

"그냥…… 그냥 잠이 깼어요. 방해가 됐다면 죄송해요."

페긴은 올리버를 위협적인 눈길로 쏘아보며 말했다.

"얼마나 됐냐? 한 시간 전부터 깨어 있었지?"

"아니요, 아니에요! 방금 깼어요."

"정말이냐?"

"네, 정말이에요."

페긴은 화난 표정을 약간 누그러뜨리며 물었다.

"정말이지?"

"맹세해요. 진짜로요."

"그럼 됐다, 됐어. 별일 아니다, 애야. 이젠 괜찮아."

페긴은 갑자기 말투를 바꾸며 어제의 모습으로 돌아갔다. 그러고는 그저 장난삼아 칼을 든 것처럼 잠시 동안 그걸 갖고 장난을 치다가 내려놓았다.

"애야, 나도 알고 있었어. 그냥 한번 너를 놀래 주려고 한 거야. 넌 참 용감하구나! 하하! 올리버, 넌 용감한 애야!"

페긴은 손을 비비며 아무 일 아니라는 듯 웃었지만, 여전히 미심쩍은 눈초리로 상자를 바라보았다. 잠시 뒤 그는 상자에 손을 얹으며 물었다.

"애야, 이 상자에 들어 있는 아름다운 것들을 봤니?"

"네."

페긴의 얼굴이 다소 창백해졌다.

"그래! 올리버, 저건 모두 내 것이란다. 나이가 들면 먹고살 재산이지. 애야, 사람들은 나를 구두쇠라고 한단다. 그래, 난 구두쇠일 뿐이야."

올리버는 페긴이 그렇게 많은 시계와 보석을 갖고 있으면서도 이렇게 허름한 곳에 사는 걸 보면 정말로 지독한 구두쇠가 틀림없다고 생각했다. 그러나 아이들을 돌보려면 돈이 많이 필요할 거라는 생각도 들었다. 올리버는 이제 일어나도 되는지 물었다.

"물론이지, 애야. 아, 잠깐만! 문 옆에 물통이 있으니 가져다가 세수를 해라."

올리버는 방을 가로질러 가 물통을 들려고 허리를 굽혔다. 그러고는 다시 고개를 돌렸을 때 상자는 이미 사라지고 없었다.

올리버가 세수를 마쳤을 즈음, 미꾸라지가 아주 활달한 아이한 명과 함께 돌아왔다. 전날 저녁에 담배를 피우던 아이들 중 하나로 이름은 찰리 베이츠라고 했다. 네 사람은 식탁에 둘러앉아 아침 식사를 했다.

페긴은 올리버를 힐끔 보면서 아이들에게 물었다.

"그래, 애들아, 오늘 아침에도 열심히 일을 했니?"

미꾸라지가 대답했다.

"열심히 했죠."

찰리가 덧붙였다.

"정말 힘들었어요."

"착하다, 착해! 그래, 미꾸라지는 뭘 가져왔니?"

"지갑 두 개요."

페긴은 지갑을 받아 안쪽을 샅샅이 살펴본 후 말했다.

"생각보다 그렇게 두둑하지는 않구나. 하지만 아주 맵시 있게 만든 지갑이야. 올리버, 기막힌 솜씨잖니?"

"정말 그러네요."

올리버의 대답을 듣고 찰리가 큰 소리로 웃어 댔다. 올리버는 당황한 기색을 감출 수 없었다. 그가 보기에는 하나도 우습지 않은 상황이었기 때문이다.

페긴이 이번에는 찰리 베이츠에게 물었다.

"얘야, 너는?"

"손수건이요."

찰리가 넉 장의 손수건을 건네자, 페긴은 매우 흡족한 표정으로 말했다.

"찰리, 상태가 아주 좋구나. 아주 좋아! 그런데 이름이 잘못 새겨져 있구나. 이건 바늘로 살살 뜯어내야 되겠다. 올리버한테 그 방법을 가르쳐 줘야겠는걸. 어떠냐, 올리버? 하하하!"

"원하시면 그렇게 하세요."

"얘야, 너도 찰리처럼 쉽게 손수건을 만들고 싶지 않니?"

"네, 그렇게 해 보고 싶어요. 가르쳐 주신다면요."

올리버가 대답하자, 찰리는 무엇이 또 그렇게 우스운지 크게 웃음을 터뜨렸다. 그는 숨도 못 쉴 정도로 웃다가 말했다.
"얘는 아직 너무 순진해요!"
순간 올리버의 얼굴이 발갛게 달아올랐다.
아침 식사를 마치자, 페긴과 두 소년은 아주 독특하고 이상한 놀이를 시작했다. 페긴은 바지 주머니 한쪽에 코담뱃갑을, 다른 쪽 주머니에는 지갑을 넣었다. 조끼 주머니에는 시계를 넣고, 셔츠에는 가짜 다이아몬드 핀을 꽂았다. 그러고는 외투의 단추를 단단히 채운 뒤 손수건을 주머니에 넣고서, 마치 거리를 산책하는 노인처럼 지팡이를 짚고 방 안을 이리저리 거닐었다.
페긴은 난로 앞에서 걸음을 멈추거나 문가에 멈춰 서기도 하고, 마치 가게 진열장을 들여다보는 것처럼 행동하기도 했다. 그럴 때마다 주위를 둘러보거나 소지품이 없어진 건 아닌지 확인하려고 자기 주머니를 더듬었다. 그 모습이 어찌나 우스꽝스럽던지 올리버는 눈물이 나올 정도로 웃었다.
그러는 동안 두 소년은 페긴의 뒤를 바짝 따라다니다가, 그가 돌아볼 때마다 재빨리 안 보이는 데로 숨어 버렸다. 동작이 어찌나 빠른지 그들의 움직임을 파악하기란 거의 불가능해 보였다.
그러다 미꾸라지가 실수로 페긴의 발을 밟는 척하자, 찰리가 거의 동시에 뒤쪽에서 몸을 부딪쳤다. 그 순간 그들은 그야말로 눈 깜빡할 새에 코담뱃갑, 지갑, 다이아몬드 핀과 손수건을 꺼냈다. 그런데 페긴이 자신의 주머니에 누군가 손을 넣었다고 알아채고 소리를 지르면, 그 놀이는 처음부터 다시 시작되는 것이었다.

그 놀이를 여러 번 되풀이하고 있는데, 젊은 여자 두 명이 찾아왔다. 한 명은 베트, 또 한 명은 낸시였다. 그들은 옷매무새가 단정치 못하고 얼굴도 그다지 예쁘지 않았지만, 화장을 잔뜩해서 그런지 꽤 건강해 보였다. 어찌나 거리낌 없고 유쾌하게 행동하던지, 올리버는 그것만 보고 그들을 아주 좋은 사람들이라고 생각하였다.

손님들은 한참 동안 머물면서 술을 마시고 재미있게 이야기를 나누었다. 그러다가 찰리가 나가서 좀 돌아보자며 자리에서 일어나자, 두 여자와 미꾸라지도 벌떡 일어났다. 그들은 페긴이 준 용돈을 받아 들고 우르르 밖으로 나갔다.

페긴이 올리버를 보며 말했다.

"올리버, 저게 바로 재미있게 사는 거란다. 저 애들은 이제 종일 신나게 놀 거야. 저 애들을 모범으로 삼고 말을 잘 들어라. 특히 미꾸라지의 말을 잘 들어야 해. 그 애는 대단한 사람이 될 거야. 그리고 네가 잘 따르기만 하면 너도 그렇게 될 거고. 그런데 얘야, 내 주머니에 있는 손수건이 보이니?"

"네."

"오늘 아침에 그 애들이 놀이하는 거 봤지? 너도 한번 해 볼래? 내가 눈치채지 못하게 손수건을 꺼내 봐라."

올리버는 미꾸라지가 그랬던 것처럼 한 손으로 주머니 밑을 잡고 다른 손으로 가볍게 손수건을 꺼냈다. 페긴이 큰 소리로 물었다.

"꺼냈니?"

올리버가 손수건을 보여 주며 말했다.

"여기 있어요."

페긴은 얼굴에 장난기 가득한 미소를 띠고 올리버의 머리를 대견스러운 듯 쓰다듬으며 말했다.

"아주 영리하구나. 너처럼 빠른 애는 처음이야. 자, 여기 용돈을 좀 주마. 이 길로 계속 나가면 넌 대단한 사람이 될 거야. 이쪽으로 와 봐라. 손수건에서 어떻게 이름을 뜯어내는지 가르쳐 주마."

올리버는 주머니에서 몰래 손수건을 빼내는 일을 하면 어떻게 대단한 사람이 된다는 것인지 궁금했다. 하지만 페긴이 가장 잘 알 것이라고 생각하고, 그를 따라 조용히 탁자로 가서 새로운 것을 열심히 배웠다.

제 4 장
친절한 브라운로우 씨

올리버는 여러 날 동안 방 안에만 있었다. 그곳에서 손수건에 새겨진 이름을 뜯어내고, 아침마다 하는 그 이상한 놀이를 함께 하기도 했다. 그런데 방 안에만 있다 보니 너무 답답해서 바깥바람이 쐬고 싶어졌다.

올리버는 두 친구와 함께 일을 하고 싶다고 여러 번 페긴을 졸랐다. 페긴은 쉽게 허락하지 않다가, 어느 날 아침 마침내 밖으로 나가도 좋다는 허락을 내렸다. 아이들이 며칠째 손수건을 가져오지 못해, 식탁이 다소 초라해지던 때였다.

세 아이들은 같이 집을 나섰다. 올리버는 빨리 가서 자기가 무슨 일을 하게 될지 알고 싶었다. 하지만 미꾸라지와 찰리는 일을 하러 갈 생각이 없는지 그냥 어슬렁어슬렁 거닐 뿐이었다. 게다가 미꾸라지는 만만한 어린애들을 볼 때마다 모자를 벗겨 떨어뜨렸고, 찰리는 노점상에서 파는 사과를 몰래 훔치곤 하는 것이었다.

그들이 못된 짓만 일삼고 다니자, 올리버는 혼자서라도 집으로 돌아가야겠다고 마음먹었다. 그때 미꾸라지가 갑자기 걸음을 멈추더니 올리버와 찰리를 잡아끌었다. 올리버가 물었다.

"왜 그래?"

"쉿! 서점 앞에 서 있는 저 늙은이 보이지?"

올리버가 대답했다.

"길 건너에 있는 신사 분 말이야?"

"저 사람이면 되겠어."

찰리도 한마디 거들었다.

"절호의 기회야."

올리버는 너무 놀라서 두 사람을 번갈아 보았다. 하지만 아무런 질문을 할 수가 없었다. 그들이 이미 재빠르게 길을 건너 노신사 뒤에 바짝 서 있었기 때문이었다. 올리버는 그들을 쫓아 몇 발짝 걸어가다가, 더 가야 할지 돌아서야 할지 몰라 멍하니 서 있었다.

노신사는 상당히 고급스러운 외투를 입고 금테 안경을 쓰고 있었다. 그는 서점의 가판대에서 책을 한 권 뽑아 들고는, 그 자리에 서서 마치 자신의 서재에 앉아 있기라도 한 양 열심히 읽기 시작했다. 책에 너무 열중한 나머지, 그의 눈에는 가게도 거리도 아이들도 들어오지 않는 것 같았다.

그때 미꾸라지가 노신사의 주머니에 손을 슬쩍 집어 넣어 손수건을 꺼냈다. 그는 훔친 손수건을 곧바로 찰리에게 건넸고, 두 사람은 골목을 돌아 전속력으로 줄행랑을 쳤다. 이 모든 것을 지켜보던 올리버는 이루 말할 수 없는 충격과 두려움에 사로잡혔다. 그제야 아침마다 했던 이상한 놀이, 손수건, 시계, 보석에 얽힌 비밀이 밝혀졌다. 올리버는 겁에 질려 잠시 멈칫거리다가 무작정 달아나기 시작했다.

이 모든 일이 단 일 분 만에 벌어졌다. 올리버가 달아나려는 순간, 노신사는 이상한 낌새를 느끼고 주머니에 손을 넣었다. 그가 손수건이 없어진 것을 알고 주위를 돌아보았을 때, 마침 아이 하나가 부리나케 도망치고 있었다. 그는 그 아이가 도둑이라고 생각했다.

"도둑놈 잡아라!"

노신사는 읽던 책을 손에 든 채 고함을 지르면서 올리버를 뒤쫓았다. 골목에 숨어 있던 미꾸라지와 찰리는 그것을 보고 사태가 어떻게 진전되는지 금세 알아차렸다. 그들은 재빨리 거리로 나와 소리쳤다.

"도둑놈 잡아라!"

그러고는 노신사와 함께 올리버를 뒤쫓기 시작했다.

"도둑이야! 도둑놈 잡아라!"

그 소리는 마치 마법 같았다. 지나가는 사람마다 그 소리를 따라 외치며 몰려들었고, 길모퉁이를 돌 때마다 사람들의 수가 점점 더 불어났다.

가엾은 올리버는 잔뜩 겁을 먹은 채 헐떡이며 달아나다 결국 붙잡히고 말았다. 올리버가 누군가한테 한 대 얻어맞고 길바닥에 쓰러지자 사람들이 그를 에워쌌다. 모두들 올리버의 모습을 보려고 밀치고 난리였다.

"옆으로 좀 비켜요!"

"이 아이가 맞아?"

"신사 양반은 어디 계시지?"

"저기 오네. 자리 좀 내드려."

"이 아이가 맞아요?"

"그렇소."

구경꾼 틈에 있던 노신사가 말했다.

올리버는 흙먼지를 뒤집어쓰고 입에서는 피를 흘리며 자기를 둘러싼 사람들의 얼굴을 올려다보았다. 그때 노신사가 사람들에게 떠밀리다시피 앞으로 밀려 나왔다. 그는 쓰러져 있는 올리버를 보며 말했다.

"이런, 불쌍해라! 다쳤구나!"

그때 몸집이 큰 사내 하나가 앞으로 나오며 말했다.

"저예요, 제가 잡았습니다. 제가 도망치지 못하게 놈을 때려눕혔지요."

그는 자신이 한 일에 수고비를 바라는 듯, 비열한 미소를 띠며 모자를 만지작거렸다. 노신사가 그를 혐오스럽다는 듯이 바라보았다. 그때 경관 한 명이 사람들을 헤치고 나타났다. 그는 다짜고짜 올리버의 멱살을 틀어쥐며 거칠게 말했다.

"어서 일어나!"

올리버는 두 손을 맞잡고 주위를 돌아보며 애처롭게 말했다.

"제가 한 게 아니에요. 정말이에요. 다른 아이들이 그랬어요. 이 근처 어딘가에 있을 거예요."

"이놈 봐라. 허튼소리를 하고 있네. 당장 일어나!"

노신사가 경관에게 간청했다.

"아이한테 너무 심하게 하지는 마시오."

경관은 올리버의 웃옷이 벗겨질 정도로 세게 잡아당기며 말했다.

"그럼요, 살살 다루겠습니다. 이놈아, 일어나! 내, 너 같은 놈들을 잘 알고 있지. 잔꾀 부리면 혼날 줄 알아! 어서 일어나, 이 악마 같은 놈아!"

올리버는 경관에게 멱살을 잡힌 채 빠른 속도로 질질 끌려갔다. 노신사는 안타까워 어쩔 줄 몰라 하며 그 뒤를 따라갔다.

올리버는 곧바로 즉결 재판소의 감방에 갇혔다. 노신사는 경관에게 손수건을 훔친 사람이 올리버인지는 확실치 않다고 말했다. 하지만 경관은 올리버가 재판을 받아야 한다고 했다. 노신사는 한숨을 내쉬며 중얼거렸다.
"저 아이는 나쁜 아이 같지 않아. 저 아이의 얼굴에는 뭔가가 있는 것 같은데……. 아! 저 얼굴을 어디서 봤더라?"
노신사는 자신의 기억 속에 남아 있는 수많은 인물들을 떠올렸다. 그러나 아무리 생각해도 올리버와 연관이 있을 만한 사람은 떠오르지 않았다.
잠시 뒤 올리버와 노신사는 법정으로 불려가 그 유명한 팽 치안 판사 앞에 서게 되었다. 팽 판사는 성격이 아주 급할 뿐 아니라 항상 취할 때까지 술을 마시는 사람이었다. 노신사는 머리를 수그리며 인사를 하고 치안 판사 앞으로 다가갔다. 그러고는 책상에 명함을 놓으며 말했다.
"제 이름과 주소입니다."
팽 판사는 신문 사설을 읽고 있었는데, 마침 그날의 사설은 최근에 그가 내린 판결이 부당하다는 내용이었다. 그는 잔뜩 성질이 나서 고개를 들고 화난 목소리로 물었다.
"당신은 누구요?"
노신사는 다소 놀라는 표정으로 명함을 가리켰다. 팽 판사는 경멸하는 듯한 태도로 명함을 툭 내던지며 경관에게 물었다.

"어이! 이 사람은 뭐야?"

노신사가 점잖게 말했다.

"제 이름은 브라운로우입니다. 판사로서 당연히 해야 할 일을 하시면서 왜 저 같은 선량한 시민을 모욕하시는 겁니까? 오히려 저는 그런 판사님의 성함을 알고 싶군요."

팽 판사가 신문을 한쪽으로 던지며 또다시 경관에게 말했다.

"이봐! 이 친구의 죄목이 뭐야?"

경관이 대답했다.

"이분은 용의자가 아니고 피해자입니다. 저 아이를 고소하러 온 겁니다."

팽 판사는 몹시 못마땅하다는 듯한 눈빛으로 브라운로우를 머리끝에서 발끝까지 훑어 내리며 말했다.

"저 아이를 고소했다고? 선서시켜!"

브라운로우가 말했다.

"선서를 하기 전에 한마디만 하게 해 주십시오. 저는 이런 경험이 없기 때문에 도저히······."

팽 판사가 말을 막았다.

"입 다물고 시키는 대로 하시오!"

노신사가 맞받아쳤다.

"그렇게 못 하겠소."

"당장 입 다물지 않으면 법정 밖으로 쫓아내겠소. 어디 감히 판사한테 대들어!"

그러고는 더욱더 화난 목소리로 서기에게 지시했다.

"당장 선서시켜!"

브라운로우는 몹시 화가 났지만, 화를 내면 아이한테 피해가 갈 것 같아 가까스로 감정을 억누르고 선서를 했다.

팽 판사가 말했다.

"아이한테 무슨 혐의가 있소? 할 말 있으면 해 보시오."

"제가 서점 가판대 앞에 서 있을 때……."

브라운로우가 말하려는 순간, 팽 판사는 손을 내저으며 다시 말을 가로막았다.

"선생은 입 다무시오! 경관! 경관은 어디 있는가? 경관을 선서시켜. 경관, 도대체 무슨 일인가?"

경관은 판사에게 올리버를 체포하게 된 정황을 공손하게 설명했다. 그리고 올리버의 몸을 뒤졌지만 아무것도 없었다는 말도 덧붙였다. 팽 판사가 물었다.

"그럼 증인은 있나?"

"없습니다."

팽 판사는 잠시 말없이 있다가 브라운로우를 향해 고개를 돌리더니 또다시 화를 내기 시작했다.

"이 아이를 고소할 거요, 말 거요? 똑바로 얘기하시오. 당신이 증언도 하지 않으면서 거기에 서 있으면 법정 모독죄로 처벌할 테니, 어디 두고 봅시다!"

　브라운로우는 수없이 말을 제지당하고 여러 번 모욕을 당하면서도 꾹 참고 사건의 자초지종을 설명했다. 그는 놀란 상황에서 아이가 달아나는 것을 보고 무작정 뒤쫓았을 뿐이라고 말했다. 그리고 이 아이가 진짜 소매치기와 관련이 있다 하더라도 관대한 처분을 내려 달라는 말도 잊지 않았다. 브라운로우는 팽 판사를 보며 마지막 말을 강조했다.

　"이 아이는 이미 다쳤소. 몸이 많이 아픈 것 같아 참으로 걱정입니다."

　팽 판사가 쓴웃음을 지으며 말했다.

　"알겠소. 이리 와, 이 꼬마 악당아. 여기에서 속임수를 쓸 생각은 아예 하지도 마. 안 통하니까 말이야. 그래, 이름이 뭐냐?"

　올리버는 대답을 하려고 했지만 입이 떨어지지 않았다. 짧은 시간 동안 그는 무섭도록 핼쑥해져 있었다. 세상이 빙글빙글 도는 것 같았다. 팽 판사는 계속 다그쳐 물었다. 올리버가 간신히 입을 떼며 애원했다.

　"물 좀…… 주세요……."

　팽 판사는 불같이 화를 냈다.

　"허튼수작 부리지 마! 누굴 바보로 아는 거냐?"

　올리버의 곁에 있던 인정 많은 경관이 정말로 많이 아픈 것 같다고 거들어 주었다. 결국 올리버는 바닥에 쓰러져 정신을 잃고 말았다. 법정 서기가 작은 목소리로 판사에게 물었다.

"판사님, 이 사건을 어떻게 처리하실 건가요?"

팽 판사가 판결을 내렸다.

"피고인을 석 달간 중노동형에 처한다. 이상! 모두 나가!"

경관 두 명이 정신을 잃은 올리버를 일으켜서 감방으로 데리고 가려고 했다. 그때 낡은 양복을 입은 중년의 남자가 법정 안으로 황급히 뛰어 들어왔다. 그는 숨을 헐떡이며 말했다.

"멈춰요! 잠깐 멈추란 말이오. 그 애를 끌고 가지 말아요! 제발 좀 멈추라고요!"

팽 판사가 소리를 질렀다.

"이건 또 뭐야? 이 사람은 누구야? 내쫓아 버려!"

그 남자가 말했다.

"제 이야기를 좀 들어 보세요. 하고 싶은 말을 다 하지 않고선 여기서 나가지 않겠습니다. 제가 모두 봤어요. 전 서점 주인입니다. 저한테 선서를 시켜 주세요."

팽 판사가 마지못해 으르렁거렸다.

"이봐, 선서시켜! 그래, 할 말이 뭐요?"

"제가 증인입니다. 여기 계신 신사 분이 가판대에 서서 책을 읽고 있는 동안, 맞은편 도로에 이 아이와 다른 두 명이 있더군요. 소매치기는 다른 두 아이가 저지른 짓입니다. 제 두 눈으로 똑똑히 봤어요. 이 아이가 놀라서 어안이 벙벙해 하는 것도 분명히 보았고요."

서점 주인의 이야기를 듣고 난 팽 판사가 물었다.

"왜 진작에 오지 않았소?"

"가게를 맡길 사람이 아무도 없었어요. 모두들 도둑을 잡는다고 몰려갔거든요. 겨우 사람 하나 붙잡아서 맡겨 놓고 곧장 여기로 달려온 겁니다."

팽 판사는 잠시 뭔가를 생각하더니 이렇게 물었다.

"그때 고소인이 읽고 있던 책이 손에 들고 있는 저 책이요?"

서점 주인은 브라운로우가 들고 있는 책을 보며 대답했다.

"네, 그렇습니다. 저 책이에요."

"책값은 냈나?"

"아니요, 아직 못 받았습니다."

노신사가 갑자기 생각난 듯 외쳤다.

"아이쿠, 이런! 까맣게 잊고 있었소!"

팽 판사는 브라운로우를 쏘아보며 말했다.

"그 주제에 불쌍한 아이를 죄인으로 만들고 있었군. 값도 치르지 않고 책을 갖다니. 이봐, 선생! 서점 주인이 당신을 고소하지 않은 걸 다행으로 생각하시오. 저 아이를 무죄 석방한다. 모두 퇴장!"

브라운로우는 팽 판사의 모욕에 분노가 치밀어 어쩔 줄 몰라 했다. 그러나 밖으로 나왔을 때 땅바닥에 쓰러져 있는 올리버의 처참한 모습을 보자 순식간에 화가 사라져 버렸다. 올리버는 정신을 차리지 못하고 온몸을 부들부들 떨었다.

"불쌍한 것! 이러다 큰일나겠어. 누가 마차 좀 불러 주시오!"

어디선가 마차가 나타났다. 브라운로우는 올리버를 안아 조심스럽게 마차 안에 눕힌 뒤, 그 옆에 앉았다. 서점 주인이 마차 안을 들여다보며 물었다.

"저도 태워 주실 수 있겠습니까?"

"이런, 내 정신 좀 보게! 당신을 잊었구려. 이 책도 계속 들고 있고. 어서 타시오. 한시가 급합니다."

서점 주인이 타자마자 마차가 달리기 시작했다.

마차는 펜튼빌 근처의 조용하고 품격 있는 저택 앞에서 멈춰 섰다. 브라운로우의 하인들이 서둘러 침대를 마련하고 올리버를 그쪽으로 조심스럽게 옮겼다. 올리버는 태어나서 처음으로 극진한 보살핌을 받았다.

그러나 올리버는 며칠이 지나도록 그들이 잘해 주고 있다는 사실을 알지 못했다. 열병을 심하게 앓았기 때문이다. 그러다가 마침내 긴 악몽에서 깨어났을 때는 전보다 훨씬 야위고 파리해진 모습이었다. 올리버는 힘겹게 침대에서 몸을 일으키고는 떨리는 팔에 머리를 기대며 불안한 듯 주위를 둘러보았다.

"여기가 어디지? 내가 왜 여기에 있는 거지?"

올리버는 힘없는 목소리로 아주 작게 중얼거렸지만, 그 말을 알아들은 사람이 있었다. 침대 머리맡에 처진 커튼이 열리더니 매우 따뜻한 인상의 노부인이 나타났다. 그녀는 브라운로우의 집안 살림을 맡고 있는 베드윈 부인이었다.

베드윈 부인이 상냥하고 부드러운 목소리로 말했다.

"쉿! 애야, 가만히 있어라. 움직이면 다시 도질지도 몰라. 넌 아주 심하게 앓았거든. 다시 자리에 누워라, 어서."

올리버는 순순히 그 말에 따랐다. 어떻게 이곳에 있게 된 건지 알 수는 없었지만, 저렇게 친절한 할머니가 시키는 것이니 따르고 싶었다. 사실 깨어 있을 만큼 좋은 상태도 아니었다.

올리버는 잠이 들었다가 얼마 뒤 눈앞에 불빛이 아른거리는 것을 느끼고 다시 잠에서 깼다. 의사가 한 손에 시계를 든 채 다른 손으로 올리버의 맥박을 재고 있었다. 올리버가 눈을 뜬 것을 보고 그가 말했다.

"많이 좋아졌구나, 애야. 너도 그렇게 느끼지?"

"네, 선생님."

의사가 베드윈 부인에게 당부했다.

"맥박도 정상이고 몸도 많이 좋아졌어요. 목이 마를 테니 차를 좀 주세요. 버터를 바르지 않은 토스트도 같이 먹이시고요. 참, 몸이 너무 덥거나 차가워지면 안 됩니다. 아시겠죠?"

베드윈 부인은 공손하게 고개를 끄덕였다. 의사는 곧 방에서 나갔다.

올리버가 다시 깊은 잠에 빠졌다가 깨어났을 때는 이미 한낮이었다. 몸이 가뿐해진 듯한 느낌이 들면서 기분이 한결 좋아졌다. 위험한 고비를 넘긴 것이었다.

사흘이 지나자, 올리버는 푹신한 의자에 쿠션을 잘 받쳐 주면 앉아 있을 수 있게 되었다. 하지만 아직 혼자 걷는 것은 무리였다. 베드윈 부인은 조심스럽게 올리버를 부축해 아래층에 있는 자기 방으로 데리고 갔다. 그녀는 올리버를 난로 앞에 앉힌 뒤 수프를 데우기 시작했다.

올리버는 방 안을 둘러보다가 맞은편 벽에 걸린 초상화에 시선이 머물렀다. 미동도 없이 한참이나 그림을 바라보고 있자, 베드윈 부인이 물었다.

"그림을 좋아하니?"

"잘 모르겠어요. 그림을 본 적이 별로 없어서요. 그런데 저 부인은 정말 아름다워요!"

"화가들은 원래 초상화를 그릴 때 실물보다 더 아름답게 그리는 법이지. 안 그러면 화가를 찾는 손님이 없거든."

올리버가 그림에서 눈을 떼지 않은 채 물었다.

"저 부인은 누구예요?"

"나도 잘 모르겠구나. 너나 내가 알 만한 사람은 아니겠지. 마음에 드는 모양이구나, 그렇지?"

"정말 아름다워요. 하지만 눈이 너무 슬퍼 보여요. 꼭 저랑 눈을 맞추고 있는 것 같아요. 저한테 말을 걸고 싶어 하는 것 같기도 하고……. 그래서 가슴이 막 뛰어요."

베드윈 부인이 놀란 표정으로 말했다.

"맙소사! 얘야, 그런 얘기는 하지 마라. 아파서 신경이 몹시 예민해진 탓일 게야. 그림이 안 보이게 의자를 돌려놓아야겠구나. 자, 이제 이 수프 좀 먹어야지?"

베드윈 부인이 의자를 돌려놓았지만, 올리버는 마음속으로 계속 초상화 속의 부인을 떠올렸다. 그러나 착한 베드윈 부인에게 걱정을 끼치고 싶지 않아 미소 띤 얼굴로 수프를 먹었다. 거의 다 먹었을 즈음, 브라운로우가 올리버를 보러 왔다.

"얘야, 기분이 어떠니?"

"아주 행복해요. 친절을 베풀어 주셔서 정말 고맙습니다."

"착한 아이로구나. 베드윈 부인, 이 아이가 뭘 좀 먹었나요?"

"그럼요, 방금 수프를 먹었답니다."

브라운로우는 만족스런 표정으로 올리버를 바라보다가, 올리버가 자신이 아는 누군가와 닮았다는 사실이 다시 떠올랐다. 그의 눈이 우연히 벽에 걸린 초상화로 향했다가 다시 올리버에게로 갔다. 그는 몹시 놀란 얼굴로 소리쳤다.

"오, 이럴 수가! 베드윈 부인, 이걸 보시오!"

브라운로우가 벽에 걸린 초상화와 올리버를 차례대로 가리켰다. 초상화 속의 얼굴과 올리버의 얼굴이 복제품처럼 똑같았다! 두 얼굴은 이목구비뿐만 아니라 심지어 표정까지도 베껴 놓은 듯 닮아 있었다.

올리버는 브라운로우가 왜 소리를 질렀는지 알 수 없었다. 몸이 워낙 허약해져 있던 탓에 갑작스런 고함 소리에 기절하고 말았던 것이다. 그러나 금방 정신을 차렸다. 그 후로 브라운로우와 베드윈 부인은 그 그림에 대한 언급을 피하고, 어쩌다 올리버가 얘기를 꺼내도 화제를 다른 데로 돌렸다. 올리버가 흥분할 만한 이야기나 슬퍼할 만한 이야기도 절대 꺼내지 않았다.

행복한 나날이 지나가는 동안 올리버의 건강도 차츰 회복되었다. 하루하루가 조용하고 평온한 날들이었고, 사람들 모두 친절하고 다정하게 대해 주었다. 얼마 지나지 않아 올리버는 어디든 돌아다닐 수 있을 정도로 기운을 차렸다.

그러자 브라운로우가 옷 한 벌과 모자, 구두를 새로 마련해 주었다. 올리버는 입던 옷을 마음대로 처분해도 좋다는 허락을 받은 뒤, 그것을 유달리 신경을 많이 써 준 하녀에게 주며 헌 옷을 팔아 그 돈을 가지라고 했다. 하녀는 곧 그 옷을 헌 옷 장수에게 팔아 버렸다.

어느 날 저녁, 올리버는 브라운로우가 서재에서 기다린다는 전갈을 받았다. 올리버가 서재로 들어갔을 때 그는 책을 읽고 있었다. 잠시 후 올리버를 보더니 책장을 덮으면서 책상 앞에 앉으라고 말했다. 올리버는 시키는 대로 자리에 앉으면서, 바닥에서 천장까지 책장에 빼곡히 들어찬 책들을 둘러보았다. 브라운로우는 눈이 휘둥그레지는 올리버를 보고 미소를 지으며 물었다.

"책이 참 많지?"

"네, 너무너무 많아요. 이렇게 많은 건 처음 봐요."

브라운로우가 다정하게 말했다.

"말을 잘 들으면 다 읽게 해 주마. 그냥 겉표지만 보는 것보다 직접 읽으면 훨씬 좋은 게 책이라는 거다. 어떤 책들은 표지만 그럴싸할 뿐 실속이 없거든. 애야, 똑똑한 사람이 돼서 책을 써 보면 어떻겠니?"

"그냥 읽는 게 더 좋을 것 같아요."

"왜? 책을 쓰는 것도 괜찮지 않을까?"

올리버는 잠시 생각에 잠겼다가 이렇게 말했다.

"음…… 책을 파는 사람이 되는 게 훨씬 나을 것 같아요."

브라운로우는 껄껄 웃었다.

"그래, 그래. 그것도 좋은 생각이구나."

브라운로우가 이번에는 진지하고 심각한 표정으로 말했다.

"올리버, 내가 하는 말을 잘 들어라. 나는 너한테 솔직하게 얘기를 할 거야. 네가 어른들처럼 내 말을 알아듣고 나를 이해할 수 있을 거라고 믿기 때문이지."

올리버는 브라운로우의 말투가 갑자기 심각해진 데 놀라 울음을 터뜨렸다.

"저를 쫓아낸다는 말씀만은 제발 하지 말아 주세요! 다시는 거리를 헤매고 싶지 않아요. 여기서 하인이 되어 살면 안 될까요? 가엾은 저를 불쌍히 여겨 주세요!"

올리버는 간절히 애원했다. 그러자 브라운로우가 안쓰럽다는 듯이 바라보며 말했다.

"올리버, 나는 너를 버리지 않을 거야. 그런 염려는 하지 않아도 된단다. 네 스스로 떠날 이유를 만든다면 몰라도 말이지. 알겠니?"

올리버는 다짐했다.

"그럴 일은 절대로, 절대로 없을 거예요."

"아무렴, 그래야지. 나도 네가 그런 짓을 하리라 생각하지 않는다. 예전에 나는 은혜를 베풀었던 사람한테 여러 번 실망한 적이 있었지. 그렇지만 이상하게도 너만은 믿고 싶구나. 그건 그렇고 얘야, 넌 이 세상에 혼자뿐인 고아라고 했잖니? 네 이야기를 좀 들어 보자. 이제 몸이 나았으니 네가 어떤 사람인지 직접 말해 줄 수 있겠지? 고향은 어디인지, 누가 너를 키웠는지, 지난번에 같이 있었던 아이들하고는 어떻게 만나게 됐는지 얘기해 보려무나. 사실대로 말한다면 내가 살아 있는 한 항상 네 곁에 있어 주마."

올리버는 울먹이며 슬픈 사연을 이야기하기 시작했다. 보육원에서 배를 곯며 자라다가 범블에게 이끌려 구빈원으로 가는 대목에 이르렀을 때, 누군가 현관문을 쾅쾅 두드렸다. 하인이 올라와 그림위그가 왔다고 알렸다.

올리버가 물었다.

"저는 나가 있을까요?"

"아니다, 그냥 있어라. 내 오랜 친구야. 좀 거칠게 굴더라도 심성은 본래 좋은 사람이니 마음 쓰지 말고."

잠시 뒤 살집이 있는 노신사가 두툼한 지팡이를 짚고 한쪽 다리를 절뚝거리며 나타났다. 그는 말을 할 때마다 머리를 한쪽으로 비틀면서 곁눈으로 상대를 흘겨보곤 했다. 그 모습을 보는 사람들은 영락없이 새를 떠올리지 않을 수 없었다. 그림위그는 서재에 들어서자마자 이런 모습으로 서서 오렌지 껍질을 내밀며 불평을 늘어놓았다.

"이보게, 이것 좀 보게! 내가 남의 집에 방문할 때마다 계단에 오렌지 껍질이 떨어져 있으니 정말 이상한 일이지 않나? 내 참! 전에도 이 오렌지 껍질 때문에 다리를 다친 적이 있었는데 말이야. 언젠간 난 이 오렌지 껍질 때문에 죽을지도 몰라. 진짜로 그럴 거라고! 아니면 내가 내 머리통을 먹어 버리겠네!"

그림위그는 늘 이런 식으로 말을 끝냈다.

"내가 내 머리를 먹는다니까."

그림위그는 지팡이로 바닥을 쾅 내리치며 자기가 한 말을 반복했다. 그러다가 올리버를 발견하고는 뒷걸음질을 쳤다.

"어, 이 아이는 누군가?"

"내가 전에 말했던 올리버 트위스트라네."

브라운로우가 소개하자 올리버는 고개를 숙여 인사를 했다. 그림위그가 조금 더 뒤로 물러나며 말했다.

"설마 이 아이가 열병에 걸렸다는 그 아이는 아니겠지? 잠깐! 아무 말도 하지 말게!"

그림위그는 흥분한 나머지 열병이 옮을까 봐 염려하던 것도 잊고 말을 계속했다.

"이 녀석이 오렌지를 먹은 아이로군! 그렇지? 이 아이가 오렌지 껍질을 계단에 버린 녀석이 아니라면, 난 내 머리도 먹고 이 아이의 머리도 먹어 버리겠네."

브라운로우가 웃으며 말했다.

"아니야, 그건 아니라네. 올리버는 오렌지를 먹지 않았어. 자, 모자나 벗고 내 어린 친구와 이야기를 좀 나눠 보게나."

그림위그는 장갑을 벗고 지팡이를 잡은 채 의자에 앉았다. 그는 검은색 줄이 달린 안경을 꺼내 쓰고는 올리버를 뚫어져라 살펴보았다. 올리버는 자신이 관찰 대상이라는 걸 알고 얼굴을 붉히며 다시 한 번 깍듯이 인사를 했다. 그림위그가 마침내 말을 걸었다.

"얘야, 몸은 어떠냐?"

올리버는 상냥하게 대답했다.

"많이 좋아졌어요. 걱정해 주셔서 감사합니다."

브라운로우는 자신의 친구가 뭔가 불쾌한 말을 할 것 같아, 올리버에게 베드윈 부인한테 가서 차가 다 준비되었는지 물어보라고 시켰다. 올리버는 그림위그의 성마른 눈빛이 불편했던 터라 얼른 아래층으로 내려갔다.

브라운로우가 물었다.

"참 착하게 생긴 아이지?"

"난 잘 모르겠네. 내가 보기에 아이들은 다 거기서 거기거든. 그런데 대체 어디서 온 아이인가? 뭐 하는 아인지 알고나 있나? 열병을 앓았다고? 하지만 착한 사람만 열병을 앓는 건 아니지 않은가?"

그림위그는 잔뜩 불퉁하게 말을 했지만, 사실은 그도 선한 외모에 몸가짐이 공손한 올리버에게 호감이 갔다. 그러나 그는 언제나 다른 사람들과 의견을 달리하고 싶어 하는 성격이었다. 결국은 올리버가 꼬마 도둑일 수도 있다면서, 어느 날 아침 은수저 몇 개가 사라진 것을 발견하게 될지도 모른다고 비아냥거렸다. 브라운로우는 친구의 별난 성격을 잘 알고 있었기에 그렇게 말하는 것을 기분 나쁘게 받아들이지 않았다.

그때 올리버가 다시 올라왔다. 차를 마시는 동안은 분위기가 한층 부드러워졌다. 올리버도 그림위그가 처음과는 달리 그렇게 무섭게 느껴지지 않아 편안한 마음으로 앉아 있었다. 차를 다 마실 무렵, 그림위그가 올리버를 곁눈으로 보며 물었다.

"그래, 올리버 트위스트가 살아온 진실하고 특별한 이야기는 언제 듣게 되는 거지?"

브라운로우가 말했다.

"내일 아침에 듣기로 하지. 올리버, 내일 아침 열 시에 나한테 오너라."

그 말에 그림위그가 다시 딱딱한 표정으로 올리버를 바라보았다. 올리버는 그림위그의 눈빛에 당황하여 잠시 머뭇거리다가 대답했다.

"네."

그러자 그림위그가 브라운로우에게 작은 목소리로 속삭였다.

"저 아이는 내일 아침에 자네한테 오지 않을 거야. 머뭇거리는 걸 봤거든. 저 아이는 지금 머릿속으로 계산하느라 바쁠 걸세. 자네를 속이고 있다고."

브라운로우가 부드럽게 말했다.

"장담하건대 절대 그렇지 않아."

"만약 그렇지 않다면 내가 내 머리를 먹겠네."

브라운로우는 치밀어 오르는 화를 가까스로 참으며 말했다.

"두고 보게나."

그림위그는 조롱하는 듯 웃으며 말했다.

"그렇겠지. 두고 보면 알겠지."

그때 베드윈 부인이 작은 책 꾸러미를 들고 들어왔다. 그것은 소매치기 사건이 있던 그날, 브라운로우가 서점에서 주문한 책들이었다. 브라운로우가 다급하게 말했다.

"베드윈 부인, 배달 온 아이를 붙들어 주시오. 돌려보낼 게 있으니까."

"벌써 가 버렸어요."

"그럼 쫓아가서 불러와요. 아직 책값도 안 치렀고 돌려줄 책도 있어요."

베드윈 부인은 급히 밖으로 나가 보았다. 그러나 배달 온 사내아이는 이미 사라진 후였다. 그녀가 서재로 돌아와 아이를 못 찾았다고 말하자, 그림위그는 의미심장한 웃음을 띠며 말했다.

"올리버에게 책을 갖다 주라고 하면 되지 않을까? 저 애라면 틀림없이 무사히 전하고 오지 않겠나?"

올리버가 말했다.

"허락하시면 제가 다녀올게요. 금방 갔다 올 수 있어요."

브라운로우는 아직은 밖으로 나갈 수 있을 만큼 회복되지 않았다고 말하려 했으나, 심술궂은 친구가 헛기침을 하며 비위를 건드리자 마음이 바뀌었다. 올리버에게 심부름을 시켜서 친구의 의심이 말도 안 되는 것임을 보여 주리라 작정했다.

"그래, 네가 좀 다녀와야겠다. 책상 옆 의자에 책이 있으니 가지고 가거라."

올리버는 뭔가 쓸모 있는 일을 하게 되었다는 기쁨에 들떠, 책을 들고 전할 말이 무엇인지 기다렸다. 브라운로우는 그림위그를 곁눈질로 보며 말했다.

"가서 그 책들을 돌려주고, 지난번에 치르지 않은 책값 사 파운드 십 실링을 전해 주러 왔다고 해라. 오 파운드짜리 지폐를 줄 테니 거스름돈으로 십 실링을 받아 와야 한다."

"십 분도 안 걸릴 거예요."

올리버는 외투 주머니에 지폐를 넣고 단추를 채웠다. 그러고는 책을 조심스럽게 겨드랑이에 끼고 공손하게 인사를 한 뒤 방에서 나왔다.

베드윈 부인이 대문까지 따라 나와 서점 이름과 그곳을 찾아가는 가장 쉬운 길을 알려 주었다. 그녀는 올리버가 감기에 걸리지 않도록 옷을 여며 준 다음 아이의 얼굴을 바라보며 말했다.

"사랑스러운 올리버, 잘 다녀오너라. 그런데 왠지 네 뒷모습을 차마 못 보겠구나!"

올리버는 씩씩하게 뛰어가다가 모퉁이를 돌기 바로 전에 뒤를 돌아보며 손을 흔들었다. 그러자 베드윈 부인도 웃으면서 손을 흔들어 주고는 문을 닫았다.

브라운로우가 시계를 꺼내 탁자 위에 놓으며 말했다.

"두고 보게나. 길어야 이십 분이면 돌아올 거야."

그림위그가 물었다.

"이봐! 자네는 그 애가 진짜 돌아올 거라고 기대하는 건가?"

브라운로우가 웃으며 되물었다.

"자네는 그렇지 않은가?"

상대방과 의견을 달리하고픈 그림위그의 버릇이 되살아났다. 친구가 자신감 넘치게 웃자, 더욱 삐딱하게 굴어 그를 자극하고 싶어졌다. 그림위그는 탁자를 쾅 내리치며 말했다.

"그래, 나는 그 아이가 돌아오지 않을 거라고 생각하네. 새 옷도 얻어 입었겠다, 값비싼 책도 갖고 있겠다, 게다가 주머니에는 오 파운드짜리 지폐도 들어 있겠다, 뭐가 아쉬워서 돌아오겠나? 아마 그 도둑놈 친구들한테 가서 자네를 실컷 비웃고 있을걸세. 만약에 그 애가 이 집으로 다시 돌아온다면, 내 머리통을 먹어 버리겠네!"

두 신사는 시계를 사이에 두고 말없이 앉아 있었다. 날이 점점 어두워지면서 시계 바늘을 분간하기가 어려워졌다. 그래도 두 사람은 시계를 사이에 두고 침묵 속에 앉아 있었다.

제 5 장
다시 도둑 소굴로

올리버가 도둑으로 몰려 판사 앞에 서게 된 그날, 올리버의 친구들은 어떻게 되었을까?

미꾸라지와 찰리는 사람들과 함께 올리버를 뒤쫓다가 어느 순간 속도를 늦춰 서서히 뒤로 처진 다음 옆 골목으로 빠졌다. 그리고는 좁고 복잡한 뒷골목을 한참 동안 달리다가 어두운 다리 밑에 멈춰 섰다. 숨을 돌리자 찰리가 깔깔거리며 웃기 시작했다. 미꾸라지가 퉁명스럽게 내뱉었다.

"왜 그래? 조용히 좀 해!"

"하하하! 아이고, 웃겨 죽겠네. 영문도 모르는 그 녀석은 죽어라 달리고, 훔친 우리는 뒤에서 꽥꽥거리며 쫓아가는 꼴이라니!

아하하!"
미꾸라지는 찰리가 잠시 웃음을 멈춘 틈을 타 말했다.
"페긴이 뭐라고 할까?"
"페긴? 글쎄, 뭐라고 할까……?"
미꾸라지는 아무 말 없이 모자를 고쳐 쓰고 걷기 시작했다. 찰리는 걱정스런 표정으로 그의 뒤를 따라갔다.
페긴은 빵 한 덩어리와 칼을 들고 벽난로 앞에 앉아 있었다. 계단이 삐걱대는 소리가 들리자 음흉한 미소를 지으며 문 쪽을 바라보았다. 그러나 두 소년이 문을 열고 들어서는 순간, 그의 얼굴이 험악하게 일그러졌다.
"올리버는 어디 있어? 무슨 일이 생긴 거 아냐?"
어린 도둑들은 예상치 못한 페긴의 분노에 놀라 걱정스러운 눈길로 서로를 바라보았다. 하지만 둘 중 누구도 입을 열지 못했다. 페긴이 미꾸라지의 멱살을 잡고 거세게 흔들었다.
"그 애한테 무슨 일이 생긴 거냐? 빨리 말하지 못해? 안 그러면 목을 졸라 죽여 버리겠어!"
미꾸라지가 퉁명스럽게 대답했다.
"경찰한테 잡혔어요. 말했으니까 이거 놔요. 놓으라니깐!"
미꾸라지는 몸을 비틀어 페긴한테서 빠져나왔다. 페긴의 손에는 헐렁한 외투만 남았다. 미꾸라지는 재빠르게 탁자 위에 있던 포크를 집어 들고 페긴의 배 쪽을 푹 찔렀다. 페긴은 노인답지 않은 민첩성을 발휘해 용케 뒤로 물러났다.

이번에는 페긴이 맥주잔을 집어 미꾸라지에게 던지려고 했다. 그 순간 찰리가 큰 소리로 울부짖자, 목표를 바꾸어 이 어린 신사에게 맥주잔을 던졌다. 그런데 그 맥주잔은 엉뚱하게도 방금 문으로 들어선 한 남자 쪽으로 날아갔다.

"누구야? 대체 어떤 놈이 나한테 맥주잔을 던진 거야? 맥주만 튀었으니 망정이지, 맥주잔에 맞았으면 누구든 잡아서 황천길로 보냈을걸! 페긴, 당신이야? 그렇지, 당신처럼 돈 많은 늙은이가 아니고서야 누가 이 비싼 맥주를 함부로 던지겠어. 페긴, 무슨 짓이야? 욕심쟁이 늙은이 같으니라고! 왜 애들을 못살게 구는 건데?"

서른 중반으로 보이는 그 남자는 몸집이 크고 어깨가 떡 벌어진 데다 몹시 험악한 인상이었다. 그는 시궁창에서 방금 나온 듯 몹시 더럽고 온통 상처투성이인 털복숭이 개를 데리고 들어오던 참이었다. 그는 건들거리는 폼으로 의자에 앉으며 말을 이었다.

"애들이 당신을 안 죽이는 게 정말 이상하다니까. 나 같으면 옛날에 당신을 해치워 버렸을 거야."

남자의 말에 페긴이 몸을 부들부들 떨며 말했다.

"쉿! 시끄러워! 사이크스 씨, 그렇게 큰 소리로 말하지 말란 말이야!"

"씨는 무슨 씨. 날 그렇게 부르지 마시오. 그럴 때마다 꼭 골치 아픈 문제가 생기더군. 그냥 이름만 부르라고."

"알았어. 그런데 빌, 기분이 별로 좋지 않은 모양이군."

"그럴지도 모르지. 술이나 한잔 주시오."

사이크스는 탁자 위에 모자를 놓으며 농담을 덧붙였다.

"그렇다고 독은 타지 말고."

그러나 그가 창백한 얼굴로 입술을 지그시 깨물며 돌아서는 페긴의 얼굴을 보았다면, 자신의 농담이 어떤 이에게는 진심으로 원하는 일일 수도 있음을 알아챘을 것이다.

사이크스는 술을 두어 잔 마신 뒤 어린 도둑들에게 무슨 일이 있었는지 물어보았다. 그들은 사실을 적당히 바꾸고 부풀려서 올리버가 붙잡히게 된 정황을 설명했다. 페긴이 걱정스런 말투로 말했다.

"혹시라도 그 녀석이 우리를 위험에 빠뜨릴 이야기를 하면 어쩌지?"

사이크스가 씩 웃으며 말했다.

"그럴 가능성이 높지. 그럼 이제 당신도 끝장이군."

페긴이 사이크스를 똑바로 바라보며 말했다.

"걱정이 또 하나 있는데, 내가 붙잡히면 끝장날 사람이 여럿 있다는 거야. 사실 나는 자네가 더 걱정이야. 이번에 잡히면 아주 오랫동안 감옥에 있게 되겠지."

사이크스가 사나운 얼굴로 페긴을 노려보았다. 잠시 뒤 그가 작은 목소리로 말했다.

"누구든 경찰서에 가서 일이 어떻게 처리되었는지 알아내야 겠군."

페긴이 머리를 끄덕였다. 하지만 불행하게도 페긴, 사이크스, 미꾸라지, 찰리 중 어느 누구도 경찰서에 가고 싶어 하지 않았다. 그들은 말없이 서로의 불안한 얼굴만 바라보고 있었다. 그때 낸시와 베트가 방 안으로 들어오지 않았더라면 얼마나 오랫동안 그러고 있었을지 알 수가 없을 지경이었다.

페긴이 반색을 하며 말했다.

"아주 잘됐어! 베트, 네가 다녀올래?"

"어딜요?"

"경찰서에 잠깐 갔다 오면 돼."

"안 돼요. 난 얼굴이 너무 알려져 있다고요."

베트가 거절하자, 페긴은 낸시에게 애원했다.

"낸시, 네가 갔다 와 줄래?"

"나도 안 가요."

사이크스가 끼어들었다.

"낸시가 갈 거요."

"아니, 안 갈 거예요."

결국 사이크스의 말이 맞았다. 낸시는 협박과 회유, 그리고 뇌

물에 넘어가 결국 승낙하고 말았다. 그녀는 흰 앞치마에 작은 바구니를 들고 소박한 차림새를 한 후 서둘러 밖으로 나갔다.

낸시는 경찰서에 도착하자마자 경관한테 다가가 눈물을 짜며 구슬픈 목소리로 말했다.

"오, 내 동생! 불쌍한 내 동생 올리버는 어떻게 됐나요? 어디에 있나요? 그 아이가 어떻게 됐는지 제발 알려 주세요."

낸시는 정말로 구슬프게 울었다. 그러자 그날 재판을 지켜본 늙은 경관이 다가와, 올리버는 다른 아이들이 도둑질한 것을 보았다는 목격자 덕분에 무죄 석방되었다고 얘기해 주었다. 그리고 병이 나서 쓰러졌는데, 피해자인 노신사가 펜튼빌 어딘가에 있는 자신의 집으로 데리고 갔다는 것이다.

낸시가 날카롭게 비명을 질렀다.

"세상에, 맙소사! 신사라고요?"

낸시는 몹시 불안한 마음으로 경찰서를 나섰다. 그러고는 자기가 생각해 낼 수 있는 가장 복잡하고 먼 길로 돌아 정신없이 페긴의 집으로 왔다. 사이크스는 낸시의 말을 듣자마자 인사도 하지 않고 그곳을 떠났다.

페긴은 몹시 흥분해서 말했다.

"너희들은 그 녀석이 어디에 있는지 꼭 알아내야 한다. 꼭 찾아내야 해!"

그는 떨리는 손으로 서랍을 열며 덧붙였다.

"자, 돈을 조금씩 주마. 오늘 밤부터 이 집 근처에는 절대로 얼씬거리지 마. 뭔가를 알아내면 당장 날 찾아오너라. 내가 어디에 있을지는 다들 알고 있지? 어서 나가라, 어서!"

페긴은 방에서 그들을 쫓아냈다. 그러고는 얼마 전에 올리버에게 들킨 그 상자를 꺼낸 후, 시계와 보석들을 재빨리 옷 속에 집어 넣었다.

올리버는 부지런히 서점을 향해 걸어갔다. 그는 요즈음 자신이 얼마나 행복하고 만족스러운지를 생각하며 발걸음을 재촉했다. 그때 어떤 여자가 크게 소리를 지르며 달려드는 바람에 깜짝 놀라 고개를 들었다.

"아, 내 동생이다!"

그녀는 올리버를 꽉 껴안으며 울부짖었다.

"아이고, 하느님! 드디어 널 찾았구나!"

올리버는 몸부림을 치며 말했다.

"이러지 말아요! 놔줘요! 왜 이래요?"

그 여자는 대답도 하지 않고 눈물을 펑펑 쏟으며 더 크게 소리를 질렀다.

"드디어 찾았어! 올리버, 이 못된 녀석아! 그 동안 널 찾아 얼마나 헤맸는 줄 아니? 어서 집으로 가자, 애야."

사람들이 웅성거리며 몰려들기 시작했다. 그 여자는 사람들에게 올리버가 집을 나가 나쁜 아이들과 어울리며 못된 짓을 일삼고 다닌다고 하소연했다. 그러자 올리버가 사람들을 향해 소리쳤다.

"아니에요! 전 이 사람을 몰라요. 전 고아라고요!"

여자는 사람들을 둘러보며 말했다.

"이 녀석 말하는 것 좀 보세요. 얼마나 막돼먹었는지!"

올리버가 그제서야 여자의 얼굴을 보고 놀라서 외쳤다.

"어, 낸시? 당신은 낸시잖아요!"

낸시가 의기양양하게 사람들을 보며 호소했다.

"이것 보세요. 절 알아보잖아요. 이젠 어쩔 수 없으니까요. 여러분! 이 녀석을 데리고 집으로 돌아가게 도와주세요."

그때 잔인한 인상의 한 남자가 개를 달고 다가와 소리쳤다.

"네 이놈! 어서 집으로 가거라. 아니, 그 책은 뭐냐? 또 훔친 거로구나. 에잇, 나쁜 놈!"

그 남자는 책을 빼앗아 올리버의 머리를 내리쳤다. 구경꾼들은 그 남자를 칭찬하며 못된 녀석한테는 매가 약이라고 입을 모았다. 올리버는 건강을 다 회복하지 못한 상태였기에 한 대 얻어맞자 정신이 흐릿해졌다. 게다가 사나운 개까지 으르렁거리니 겁에 질려 아무 말도 할 수 없었다. 날은 이미 어두워졌고, 그곳은 가난한 사람들이 사는 동네였다. 올리버를 도와줄 사람은 어디에도 없었다. 아무리 발버둥을 쳐 봤자 소용없는 일이었다.

그 시각, 베드윈 부인은 대문을 열어 놓은 채 걱정스런 얼굴로 올리버를 기다리고 있었다. 그리고 두 신사는 여전히 시계를 탁자 위에 올려놓은 채 어두운 거실에 앉아 있었다.

올리버는 어두운 골목으로 끌려가고 있었다. 낸시와 사이크스가 어찌나 급하게 등을 떠미는지 울음소리조차 낼 겨를이 없었다. 이윽고 좁다란 골목길이 끝나고 널찍하고 더러운 공터가 나왔다. 그 공터를 지나 인적이 거의 없는 길을 따라 삼십 분쯤 더 걸었다. 마침내 그들은 길 양쪽으로 헌 옷 가게들이 늘어서 있는 아주 더러운 골목으로 들어섰다. 개가 앞으로 달려가더니 어떤 가게의 문 앞에 가서 멈췄다.

그 집은 금방이라도 무너질 것처럼 위태로워 보였다. 사람이 사는 것 같지는 않았다. 문에는 '세 놓음'이라고 씌어진 나무판자가 붙어 있었는데, 몇 년 동안이나 그렇게 걸려 있던 듯 색이 바래 있었다. 사이크스가 주위를 조심스럽게 살피더니 말했다.

"됐어."

낸시가 손을 뻗어 초인종을 눌렀다. 세 사람이 길 건너편으로 가서 가로등 밑에 잠시 서 있으니, 작은 창문이 열리고 누군가가 내다보았다. 잠시 뒤 조용히 문이 열렸다. 그러자 사이크스가 겁에 질린 올리버의 목을 거칠게 휘어 감으며 서둘러 안으로 끌고 들어갔다.

복도는 무척 깜깜했다. 문을 열어 준 사람이 사슬을 채우고 빗장을 거는 동안, 세 사람은 그 자리에 서서 기다렸다.

사이크스가 물었다.

"페긴은 안에 있나?"

"물론 있지요. 당신을 보면 좋아할 거예요."

올리버에게는 그 목소리나 말투가 낯설지 않았다.

"왜 이리 어두워? 어서 초를 가져와."

"잠깐 기다려요."

잠시 뒤 불을 켜는 소리가 들렸다. 촛불을 든 미꾸라지가 올리버를 보며 슬쩍 웃었다. 그들이 텅 빈 부엌을 지나 작은 뒷방으로 들어가자, 갑자기 웃음소리가 터져 나왔다.

"아하하! 페긴, 저 애 좀 봐요! 저 애 좀 보라고요! 너무 웃겨요! 아이고, 우스워 죽겠네! 정말 못 봐 주겠어!"

찰리였다. 그는 웃음을 참지 못하고 바닥에서 데굴데굴 구르며 한 오 분쯤 그렇게 웃어 댔다. 페긴은 놀란 표정의 올리버를 보며 여러 차례 머리를 끄덕였다. 그 동안 미꾸라지는 올리버의 주머니를 샅샅이 뒤졌다. 찰리가 잠시 웃음을 멈추고 말했다.

"페긴, 애 옷 좀 봐요. 정말 근사하지 않아요? 진짜 죽이네! 어, 꼴에 책까지 들고 있네? 이거 완전 신사 나리잖아요!"

페긴이 굽실거리는 투로 여전히 머리를 끄덕이며 말했다.

"애야, 올리버, 건강해 보이니 참 좋구나. 미꾸라지가 다른 옷을 갖다 줄 거야. 그렇게 좋은 옷을 버리면 안 되잖니? 얘야, 온 다고 기별이라도 하지 그랬냐? 그랬다면 맛있는 저녁이라도 준비해 놓고 기다렸을 텐데 말이다."

그 말을 듣고 찰리가 또다시 웃음을 터뜨렸다. 그의 요란한 웃음소리에 페긴이 긴장을 푸는 듯하자, 미꾸라지도 덩달아 미소를 지었다. 이윽고 올리버의 주머니를 뒤지던 미꾸라지가 오 파운드짜리 지폐를 끄집어냈다. 페긴이 그 지폐를 움켜쥐는 순간, 사이크스가 한 걸음 나서며 말했다.

"이봐, 그건 내 거야."

페긴이 말했다.

"빌, 이건 내 거야. 자네는 책을 가지게."

사이크스는 모자를 쓰며 말했다.

"그 돈은 나하고 낸시가 나눠 가져야지. 돈을 안 주면 이 아이를 데리고 당장 여기서 나가겠어."

순간 페긴이 움찔 놀라며 사이크스를 빤히 쳐다보았다. 그러자 사이크스가 의기양양하게 말했다.

"자, 돈을 나한테 주시지?"

"빌, 그건 이치에 맞지 않아. 낸시, 네 생각은 어떠냐?"

사이크스가 맞받아쳤다.

"이치에 맞든 안 맞든 상관없으니까 내놔. 나하고 낸시가 그렇게 할 일이 없어서 당신이 부리는 아이를 번번이 붙잡아 바치는 줄 알아? 이 돼지 같은 욕심쟁이 늙은이야! 그 돈 이리 내놓으라니까!"

사이크스는 페긴이 들고 있던 돈을 잽싸게 빼앗아 챙겼다. 그러고는 얼이 빠진 페긴의 얼굴을 차갑게 쏘아보며 말했다.

"고생한 것에 비하면 한참 못 미치지만 이 정도로 참겠어. 그 빌어먹을 책에 관심이 있으면 당신이나 읽으라고. 싫으면 팔든가."

그때 올리버가 두 손을 꼭 맞잡고 입을 열었다.

"그건 그 신사 분의 책이에요. 제가 다 죽어 갈 때 집으로 데려가 간호해 준 그 친절한 신사 분의 것이라고요. 그분한테 그걸 돌려보내 주세요. 제발 책과 돈은 돌려보내 주세요. 저를 평생 여기에 가두어도 좋아요. 그분은 제가 그걸 훔쳤다고 생각하실 거예요. 제발, 제발 부탁이에요!"

올리버는 페긴의 발밑에 무릎을 꿇고 빌었다. 페긴은 흐뭇한 기색을 감추지 못하며 말했다.

"그래, 네 말이 옳구나. 올리버, 네가 맞아. 그 사람들은 네가 훔쳤다고 생각할 거야. 하하하! 우리가 일부러 일을 꾸몄더라도 이렇게 잘되지는 않았을걸."

사이크스도 거들었다.

"그건 그래. 이 녀석이 책을 끼고 걸어오는 걸 보는 순간 그렇게 생각했지. 그 사람들은 찬송가나 불러 대는 순해 빠진 것들

일걸. 그렇지 않다면 이놈을 집으로 데려가지도 않았을 테니까. 이제 애를 찾는다고 수소문하지도 않을 거야. 이놈을 찾는다는 건 바로 감옥으로 보내는 꼴이 되잖아? 하하하! 이놈은 우리와 함께 있는 게 더 안전하다고.”

그 말이 끝나자마자 올리버는 벌떡 일어나 살려 달라고 소리를 지르며 밖으로 뛰쳐나갔다. 페긴과 어린 도둑들이 올리버를 잡으려고 뒤쫓아 나갔다. 그러자 낸시가 얼른 문을 닫으며 소리쳤다.

“빌, 개 좀 잡아요! 개를 붙잡으란 말이에요! 개가 저 애를 물어뜯을 거야!”

사이크스는 자신을 붙잡고 있는 낸시를 거칠게 뿌리쳤다.

“저리 가지 못해! 안 그러면 네 머리통을 벽에다 짓이겨 버릴 거야!”

낸시는 악에 받친 듯 사납게 덤벼들며 말했다.

“상관없어! 개가 물어뜯게 놔둘 순 없단 말이야. 그러니까 나를 먼저 죽이라고!”

“애를 살리고 싶으면 당장 이것부터 놔!”

사이크스가 낸시를 한쪽 구석으로 밀쳤을 때, 페긴과 두 도둑이 올리버를 질질 끌고 돌아왔다. 페긴은 방 안 분위기가 심상치 않음을 느끼고 주위를 둘러보며 물었다.

“무슨 일이야?”

사이크스가 야만스럽게 내뱉었다.

"이년이 미친 모양이야."

낸시는 창백한 얼굴로 가쁜 숨을 몰아쉬며 말했다.

"난 미치지 않았어! 페긴, 난 미치지 않았다고요."

페긴은 협박하듯 말했다.

"그럼 가만히 있어!"

그러고는 화제를 돌릴 요량으로 난로 옆에 있던 뭉툭한 몽둥이를 집어 들며 올리버에게 말했다.

"그러니까 네가 도망을 치려고 했단 말이지?"

올리버는 아무 말도 못한 채 페긴의 움직임을 주시하며 숨을 몰아쉬었다. 페긴은 한 손으로 올리버의 팔을 세게 움켜잡았다.

"여기서 도망쳐 경찰을 부르려고 했단 말이지, 엉?"

그 말과 동시에 그는 몽둥이로 올리버의 어깨를 힘껏 후려쳤다. 그가 다시 몽둥이를 들어 올리는 순간, 낸시가 앞으로 달려 나왔다. 그녀는 페긴의 손에서 재빨리 몽둥이를 낚아채 난롯불 속으로 휙 던져 버렸다.

"더 이상은 못 봐 주겠어, 페긴! 아이를 잡았으면 됐지, 뭘 더 바라는 거예요? 그냥 내버려 둬요! 아이를 그냥 내버려 두란 말이야. 안 그러면 내가 무슨 짓을 할지 몰라!"

낸시가 몸을 부들부들 떨며 분노를 터뜨리자, 페긴은 당황한 나머지 몇 걸음 뒤로 물러났다. 그러고는 사이크스에게 구원을 요청하는 눈빛을 보냈다. 사이크스가 눈을 부라리며 말했다.

"너, 이게 무슨 짓이야? 지금 네 주제나 알고 설치는 거야?"

"아, 잘 알지. 그럼, 잘 알다마다."

"알면 입 닥치고 있어. 안 그러면 평생 입을 못 열게 만들어 줄 테니까. 도대체 뭐야? 착하고 인정 많은 척하다니! 이놈한테 연민이라도 느끼는 건가?"

낸시가 소리쳤다.

"세상에! 내가 이 아이를 여기에 데리고 오다니! 나는 벼락을 맞고 죽어도 싸. 얘는 오늘부터 도둑놈에, 거짓말쟁이에, 세상에 다시없는 몹쓸 악당이 되겠지. 나쁜 짓이란 나쁜 짓은 죄다 하게 될 거야. 그것만으로도 충분히 넘치는데 왜 때리기까지 하냐고!"

페긴이 손을 내저으며 말했다.

"됐어, 됐어! 우리, 서로 예의를 갖춰 얘기하자고."

낸시는 화가 머리끝까지 치밀어 고래고래 소리를 질렀다.

"이 악당아, 뭐? 예의를 갖추라고? 그래, 당신은 그런 대접을 받을 자격이 있다고 생각하겠지! 나는 얘보다 훨씬 더 어렸을 때부터 당신을 위해 도둑질을 했으니까! 그때부터 지금까지, 난 십이 년 동안 그 짓을 해 왔다고. 말해 봐요. 그걸 몰라?"

페긴은 분위기를 가라앉히려는 투로 대답했다.

"그래, 그래. 그렇지만 그게 네 직업이잖아."

"그래요, 그게 내 직업이지! 춥고, 눅눅하고, 더러운 거리가 내 집이고! 이 추악한 악당아! 당신이 오래전에 길거리로 내몬 거 잖아! 아마 내가 죽을 때까지 길바닥을 헤매게 하겠지!"

낸시의 말은 말이라기보다는 비명에 더 가까웠다. 페긴이 참지 못하고 으르렁거렸다.

"입 닥치치 못해? 한마디만 더 지껄이면 가만두지 않겠어!"

낸시는 더 이상 아무 말도 하지 않았지만 분노를 이기지 못하고 페긴을 향해 달려들었다. 그녀가 페긴의 얼굴에 복수의 흔적을 남기려는 순간, 사이크스가 그녀의 손목을 붙잡았다. 낸시는 손목을 빼내려고 몸부림을 치다가 기절해 버렸다. 페긴은 이마를 닦으며 씩 웃었다. 다른 도둑들도 늘상 일어나는 대수롭지 않은 일로 여기는 듯했다. 페긴이 찰리에게 말했다.

"찰리, 올리버를 데려다 재워라."

찰리가 물었다.

"올리버가 입고 있는 이 좋은 옷은 벗겨야겠죠?"

"당연하지."

찰리는 올리버를 잠자리가 있는 방으로 데리고 갔다. 그는 무엇이 그리 우스운지 연신 웃음을 터뜨리며 낡은 옷을 꺼냈다. 그것은 올리버가 브라운로우의 집에서 벗어 버린 옷이었다. 그 옷을 산 헌 옷 장수가 우연히 그것을 페긴에게 보여 주었고, 그 덕분에 페긴이 올리버의 행방을 알게 되었던 것이다.

찰리는 올리버가 벗은 새 옷을 들고 방에서 나간 후 문을 잠갔다. 어둠 속에 올리버 혼자만 남게 되었다.

다음 날, 정오쯤이 되자 미꾸라지와 찰리는 일을 하러 나갔다. 그사이에 페긴은 올리버를 앉혀 놓고, 걱정해 주는 친구들을 일부러 멀리한 것은 사람의 도리에 어긋나는 짓이라고 누누이 강조했다. 게다가 건강을 회복시켜 주려고 그렇게 많은 수고와 비용을 들였는데, 그것을 모른 체하고 도망치려고 했으니 정말 큰 죄를 저지른 것이라고 다그쳤다.

페긴은 자신이 받아 주지 않았다면 올리버가 길거리에서 굶어 죽었을 것이라는 사실을 상기시켰다. 그리고 언젠가 자기가 어떤 아이를 구해 준 적이 있었는데, 그 아이가 신의를 저버리고 자기를 경찰에 밀고하려다가 결국 교수형을 당하고 말았다는 얘기도 들려주었다. 페긴은 그 대목에서 자기 목을 만지며 교수형당하는 장면을 흉내 내기도 했다.

올리버는 페긴의 말 속에 담긴 무시무시한 협박을 알아채고 공포에 떨었다. 때로는 법이 무죄와 유죄를 혼동하기도 한다는 사실을 경험으로 알고 있었던 것이다. 올리버는 겁먹은 낯빛으로 위를 올려다보다가 자신을 탐색하고 있는 페긴과 눈이 마주쳤다. 페긴은 끔찍할 정도로 흉측한 미소를 지으며 올리버의 머리를 쓰다듬고는, 자기가 시키는 대로 조용히 일하면 예전처럼 다시 친구가 될 수 있다고 말했다. 그런 다음 낡은 외투를 걸친 후 밖으로 나가 문을 잠갔다.

그 후로 며칠 동안 올리버는 방 안에만 갇혀 지냈다. 이른 아침부터 한밤중까지 아무도 보지 못한 채 긴긴 시간을 혼자만의 슬픔에 잠겨 보내야 했다. 올리버의 생각은 언제나 친절하게 대해 준 고마운 사람들에게로 향했다. 하지만 생각의 끝이 항상 브라운로우가 자기를 나쁜 아이라고 오해할 거라는 결말에 도달하기에 더욱더 슬퍼지곤 했다.

일주일쯤 지나자 페긴이 집 안에서는 돌아다닐 수 있도록 허락해 주었다. 올리버는 이 방 저 방 돌아다니며 시간을 보냈다. 그러다 지치면 뒤쪽 다락방으로 가서 작은 창문으로 하염없이 밖을 내다보았다.

어느 날 오후, 미꾸라지와 찰리가 외출 준비를 하면서 올리버를 불렀다. 미꾸라지는 올리버에게 구두를 닦으라고 명령했다. 올리버는 누구든 얼굴을 맞대고 이야기를 나누고 싶었으므로 아무 말 없이 그의 명령에 따랐다. 미꾸라지는 잠시 올리버를 내려다보더니 크게 한숨을 쉬며 찰리에게 말했다.

"얘가 날치기가 아닌 게 참 안타깝단 말이야!"

찰리가 동의했다.

"그러게. 얘는 자기한테 뭐가 좋은지 모른다니까."

미꾸라지와 찰리는 한숨을 쉬며 파이프 담배를 피웠다. 잠시 후 미꾸라지가 올리버에게 물었다.

"너, 날치기가 뭔지 알아?"

"뭔지 알 것 같아. 그건 도……, 너도 그중 하나잖아."

"그렇지. 난 다른 일은 하라고 해도 안 해. 암, 그렇고말고."

찰리가 말했다.

"올리버, 너도 페긴 밑에서 일하는 게 어때? 그래서 한몫 단단히 잡으란 말이야."

올리버가 조심스럽게 대답했다.

"난 싫어. 난…… 난 그냥 이곳에서 벗어나고 싶어."

"하지만 페긴은 절대로 널 보내지 않을걸."

올리버 역시 그 사실을 잘 알고 있었으므로 그저 한숨만 내쉴 뿐이었다. 미꾸라지가 말했다.

"이 겁쟁이, 넌 자존심도 없냐? 언제까지 친구들한테 얹혀살 거야? 나라면 죽어도 그렇게 못해."

그러자 올리버가 쓴웃음을 지으며 말했다.

"그치만 넌 친구를 버리고 도망가는 짓은 하잖아. 그래서 다른 사람이 대신 잡혀가고 말이야."

"그건 페긴을 위해서 그랬던 거야. 우리가 잡히면 페긴도 걸려들 수 있거든. 찰리, 그렇지 않냐?"

찰리는 고개를 끄덕였다. 올리버가 일을 끝내자 미꾸라지가 구두를 훑어보며 말했다.

"올리버, 얼른 일을 시작하는 게 좋을 거야. 네가 손수건이나 시계를 가져오지 않으면 어차피 다른 놈이 가져갈 거라고. 그럼 가져간 놈만 신나지. 너나 잃어버린 놈은 좋을 게 하나도 없다니까."

그때 어느새 방에 들어온 페긴이 킬킬거리며 끼어들었다.

"맞는 말이야, 아무렴! 올리버, 미꾸라지의 말을 잘 들어라. 얘는 사는 데 필요한 게 뭔지 잘 알고 있거든."

그날부터 올리버는 혼자 있는 시간이 거의 없었다. 페긴은 찰리와 미꾸라지에게 올리버와 계속해서 이야기를 나누도록 시키고, 아침마다 했던 이상한 놀이도 다시 하게 했다. 가끔은 페긴이 직접 과거에 자신이 도둑질했던 이야기를 들려주곤 했다. 그 이야기가 어찌나 재미있던지, 올리버는 그러면 안 된다는 생각을 하면서도 자기도 모르게 웃음이 터져 나오는 것을 막을 수 없었다.

이 모든 것은 페긴이 만들어 놓은 덫이었다. 올리버를 외롭고 울적하게 한 다음, 혼자 있는 것보다는 아무리 나쁜 사람이라도 함께 지내는 편이 낫다고 생각하게끔 만드는 것이었다. 그리하여 착한 영혼을 서서히 악으로 물들이려는 계략이었다.

비바람이 세차게 불어 대는 어느 추운 밤이었다. 페긴이 외투를 단단히 여미고 옷깃을 귀까지 바짝 세운 후 집을 나섰다. 그는 어둡고 질퍽질퍽한 길을 한참 동안 걸어갔다. 그곳 지리가 익숙한지 큰길과 샛길을 번갈아 가며 재빠르게 걸어, 마침내 어느 집 앞에 다다랐다. 페긴이 문을 두드리자 이내 문이 열렸다. 그는 문을 열어 준 사람과 몇 마디를 나눈 다음 위층으로 올라갔다.

페긴이 방문 손잡이를 잡자마자 개가 무섭게 짖었다. 안에서 누구냐고 묻는 목소리가 들렸다. 페긴은 문을 열고 안을 들여다보며 말했다.

"빌, 날세. 나라고."

"들어오슈."

방 안으로 들어온 페긴은 낸시를 발견하고는 당혹해 하며 인사를 건넸다.

"이런, 낸시도 있었구먼!"

낸시는 난롯불 앞으로 의자를 끌어다 주며 페긴에게 앉으라고 했다. 페긴이 불에 손을 녹이며 말했다.

"낸시, 굉장히 추운걸. 추위가 뼛속까지 파고드는 것 같아."

사이크스가 말했다.

"낸시, 따뜻한 것 좀 가져와. 무덤에서 방금 나온 귀신마냥 덜덜 떠는 꼴을 보고 있으니 되레 내가 병이 나겠어. 그래, 용건이 뭐요?"

페긴이 손을 비비며 은밀한 목소리로 말했다.

"처트시에 있는 집 말이야. 언제 할 건가? 언제가 좋을까?"

"그게 뭐 어쨌다는 거요?"

"왜 이러나, 빌! 잘 알면서 왜 그래?"

"아니, 잘 모르겠는데."

사이크스가 비아냥거렸다. 그러나 그도 이 일에 관련이 있는지라 곧 조용해졌다. 페긴이 달래듯이 말했다.

"이봐, 집 안에 은이 그렇게 많다는 데 말이야. 기가 막히다고 하더군. 언제 할 거야?"

"안 할 거요."

페긴의 얼굴이 하얗게 질렸다.

"안 한다고? 안 한다고! 일을 제대로 추진한 거야? 난 그런 얘기를 들으려고 온 게 아니야!"

"토비 크래킷이 보름 동안이나 그 집 주변에서 얼쩡거렸지만 하인 하나도 꼬드길 수 없었다고. 그 집 하인들이 거기서 일한 지가 이십 년이 넘는대요. 억만금을 준다고 해도 우리 일에 낄 사람들이 아니라는군."

페긴은 무릎 위에 있던 두 손을 툭 떨어뜨리며 말했다.

"그렇게 공을 들였는데 아무것도 할 수 없다니! 정말 안타까운 일이야!"

"그건 그래. 재수가 없나 보지, 뭐!"

순간 페긴의 얼굴이 일그러졌다. 낸시는 멍하니 앉아 타오르는 불길만 바라보았다. 잠시 침묵이 흘렀다. 사이크스가 곁눈질로 페긴을 힐끔거리다가 입을 열며 깊은 정적을 깨뜨렸다.

"페긴, 내 힘으로 일을 안전하게 끝내면 말이오. 나한테 금화 오십 냥을 더 얹어 줄 수 있소?"

페긴이 자리에서 벌떡 일어났다. 그의 눈이 반짝 빛을 발했다.

"물론이지."

"그럼 빠른 시일 내에 하도록 합시다. 지난밤에 토비하고 내가 담장을 넘어가 문이랑 창문을 모두 다 조사해 봤소. 그 집은 밤에는 물샐틈없이 문을 잠그더라고. 그런데 딱 한 군데, 우리가 조용히 들어갈 수 있는 데가 있었지."

"그게 어딘데?"

페긴이 얼굴을 앞으로 쑥 내밀며 물었다. 사이크스는 거만하게 대답했다.

"당신이 알 필요는 없지. 내 도움이 없다면 당신이 그 일을 할 수 없다는 건 잘 알지만, 당신이라는 사람이 누군데 내가 그걸 알려 주겠나? 당신같이 사악한 악당을 상대할 때는 조심하는 게 최고지."

"좋을 대로 하게. 그런데 토비 말고 더 필요한 사람은 없나?"

"몸집이 작은 어린애가 하나 필요하긴 한데……."

"어린애라고? 그럼 작은 창을 이용하겠구먼."

페긴은 잠시 생각에 잠겼다가 낸시를 한번 흘끗 바라보고는 낮게 속삭였다.

"이 사람아, 올리버는 어떤가? 지난 몇 주 동안 훈련을 잘 시켜 놓았다네. 이제 그 녀석도 밥벌이를 할 때가 됐지. 게다가 다른 애들은 몸집이 너무 크잖아."

"좋소, 그 녀석 몸집이면 딱 적당하지."

"자네가 확실히 겁을 주면 잘 해낼 거야."

사이크스는 갑자기 쇠몽둥이를 꺼내 휘두르며 말했다.

"겁을 주라고? 분명히 말해 두겠는데, 혹시라도 그놈이 내 말을 안 들으면 살아서 그놈을 볼 일은 없을 거요. 그러니 그놈을 여기로 보내기 전에 잘 생각해 보쇼."

페긴이 말했다.

"나도 다 생각이 있다고. 그 애를 아주 자세히 살펴봤지. 일단은 그 녀석이 우리랑 같은 일을 했으니 자기도 도둑이라는 사실을 각인시키는 거야. 그런 생각을 심어 놓기만 하면, 녀석은 우리 것이 되는 거지!"

사이크스가 정색하며 물었다.

"그런데 왜 그런 조무래기 놈 하나에 그렇게 신경을 쓰는 거요? 지금 당장 길거리에 나가도 골라잡을 놈들이 깔렸을 텐데."

페긴은 당황한 듯 더듬거렸다.

"왜, 왜냐하면…… 그놈들은 나한테 쓸모가 없으니까. 다른 놈들은 생겨 먹은 모양 때문에 잡히기만 하면 곧바로 감옥행이거든. 올리버는 잘만 다루면 다른 놈들 스무 명을 갖고도 못할 일을 할 수 있지. 그 녀석이 도둑질을 했다는 사실만으로도 난 그놈을 꼼짝달싹할 수 없도록 움켜쥘 수 있어. 내가 원하는 건 그뿐이야. 그것뿐이라고."

내내 잠자코 있던 낸시가 물었다.

"언제 할 거예요?"

사이크스가 퉁명스럽게 대답했다.

"토비하고는 모레 밤에 하기로 계획을 세워 놓았어. 별일이 없다면 말이지."

페긴이 말했다.

"좋아, 그날은 그믐이라 달도 없을 거야. 그리고 또……."

사이크스가 말을 막았다.

"아, 다른 건 신경 쓰지 말고 내일 밤 그놈을 여기로 데려오기나 하쇼. 새벽에 출발할 테니까."

세 사람은 구체적인 계획을 세우기 시작했다. 다음 날 저녁에 낸시가 올리버를 데려오기로 했다. 페긴의 판단으로는, 올리버가 설령 그 일을 하기 싫어한다 하더라도 자신의 편을 들어 준 낸시라면 믿고 따를 것이라고 했다. 그리고 일단 올리버를 데려오면 그 순간부터 전적으로 사이크스가 판단하여 책임지기로 했다.

이야기를 마친 후, 사이크스는 쉬지 않고 술을 들이키더니 금세 잔뜩 취해 곯아떨어졌다. 페긴은 외투를 입으며 돌아갈 준비를 했다.

"낸시, 잘 자라."

"잘 가요, 페긴."

페긴은 집을 나서면서 낸시를 유심히 살폈다. 낸시는 별다른 기색이 없었다. 그러자 페긴은 그녀가 일을 잘 처리할 것이라 생각하고 안심했다. 그가 더럽고 질척거리는 길을 걸어 집으로 돌아왔을 때, 올리버는 깊은 잠에 빠져 있었다.

제 6 장
도둑이 될 뻔하다

다음 날 아침, 잠에서 깬 올리버는 머리맡에 새 신발이 놓여 있는 것을 발견했다. 처음에는 자기를 풀어 주려는 것인가 싶어 기대감에 부풀었다. 하지만 기대는 곧 실망으로 바뀌었다. 아침 식탁에 앉았을 때 페긴이 말했다.

"올리버, 넌 오늘 저녁에 빌 사이크스의 집으로 가야 한단다."

올리버가 걱정스런 얼굴로 물었다.

"거기서…… 거기서 살아야 돼요?"

"아니, 그건 아니야. 걱정하지 마라, 올리버. 너는 우리한테 다시 올 테니까. 얘야, 무슨 일로 그 집에 가는지 알고 싶니?"

"네, 알고 싶어요."

"네 생각엔 어떠냐? 왜 가는 것 같니?"

페긴이 올리버를 떠보려고 말했다.

"저는 정말 모르겠어요."

페긴은 올리버의 순진한 얼굴을 찬찬히 살펴보다가 이내 실망한 표정으로 말했다.

"그럼 빌이 얘기해 줄 때까지 기다려라."

페긴은 올리버가 아무런 호기심을 보이지 않자 화가 난 듯했다. 그는 저녁때까지 퉁명스럽게 입을 다물고 있었다.

밤이 되자 페긴은 외출 준비를 했다. 그는 나가기 전에 올리버에게 양초와 책을 주며 말했다.

"촛불을 켜도 된다. 누가 너를 데리러 올 거야. 그때까지 이 책을 읽으면서 꼼짝 말고 있어라."

페긴은 문 쪽으로 걸어가다가 갑자기 멈춰 서더니, 고개를 돌려 올리버를 뚫어지게 바라보았다.

"올리버, 조심해라! 빌은 무서운 사람이야. 화가 나면 눈에 보이는 게 없는 사람이지. 무슨 일을 하게 되더라도 찍소리 말고 시키는 대로 해야 한다. 알았지?"

페긴은 말을 마친 후 고갯짓을 한 번 하고 밖으로 나갔다. 올리버는 페긴의 말이 무슨 뜻인지 알 수가 없어 혼란스러웠다. 그는 잠시 생각에 잠겨 있다가, 페긴이 주고 간 책을 읽기 시작했다. 그 책은 악명 높은 범죄자들의 일대기와 재판 과정이 담긴 것이었다. 섬뜩하고 무시무시한 범죄들이 묘사된 책을 읽고 있으니 식은땀이 절로 났다. 어찌나 실감나게 설명해 놓았던지 종이가 피로 새빨갛게 물드는 것만 같았다. 책 속의 말들이 유령의 속삭임처럼 귓가를 맴돌았다.

올리버는 공포에 질려 책을 덮고 한쪽으로 밀쳐놓았다. 그러고는 무릎을 꿇고 그런 짓을 하지 않게 해 달라고, 자기를 위험에서 구해 달라고 하느님께 기도를 드렸다. 그러자 마음이 점점 평온해지는 것 같았다. 올리버가 기도를 마치고 머리를 손으로 감싼 채 조용히 있을 때, 밖에서 부스럭거리는 소리가 났다. 올리버는 소스라치게 놀라 자리에서 벌떡 일어섰다.

"누구세요?"

누군가 떨리는 목소리로 대답했다.

"나야."

올리버는 머리 위로 촛불을 들어 올리고 문 쪽을 바라보았다. 낸시였다. 그녀가 고개를 돌리며 말했다.

"촛불을 내려놔. 눈이 부시다."

낸시의 얼굴빛이 몹시 창백했다. 올리버가 어디 아프냐고 물었지만, 그녀는 아무 대답도 하지 않고 의자에 털썩 주저앉았다. 잠시 뒤 낸시가 울부짖듯 외쳤다.

"하느님, 부디 저를 용서하세요! 이렇게 될 줄 정말 몰랐어요!"

그녀는 두 손으로 무릎을 치면서 발을 쿵쿵 구르다가 숄로 어깨를 둘렀다. 한기가 느껴지는지 몸을 심하게 떨었다. 올리버는 난로에 장작을 더 넣으며 물었다.

"낸시, 무슨 일이에요?"

낸시는 의자를 난로 가까이로 끌어다 놓고 아무 말 없이 잠시 앉아 있다가, 고개를 들고 주위를 둘러보았다.

"가끔 내가 왜 이러는지 나도 잘 모르겠다. 이 더럽고 추운 방 때문인지도 모르지. 올리버, 준비는 됐니?"

"같이 가야 해요?"

"그래, 빌이 보내서 왔어. 나랑 같이 가자."

올리버가 한 발짝 뒤로 물러나며 물었다.

"뭣 때문에 가는 거예요?"

낸시는 올리버의 눈을 피했다.

"무엇 때문이냐고? 아, 별일 아니야."

올리버가 그녀를 뚫어지게 응시했다.

"그 말을 못 믿겠어요."

"네 마음대로 생각하렴."

올리버는 낸시가 자신을 동정하고 있다는 것을 알고 있었기에 도망치게 도와 달라고 말하고 싶었다. 그러나 아직 열한 시도 안 되었으므로 밖에 나가 살려 달라고 소리를 치는 편이 더 나을 것 같다는 생각이 들었다. 누군가 자기의 이야기를 믿어 주고 도움을 줄 것만 같았다. 올리버는 서둘러 앞으로 나가면서 준비가 됐다고 말했다.

낸시는 올리버를 조심스럽게 바라보았다. 그녀는 올리버가 잠깐 동안 무슨 생각을 했는지 벌써 짐작했다. 그래서 주위를 한번 둘러보고는 낮은 목소리로 속삭였다.

"쉿! 소용없는 짓이야. 넌 지금 포위된 거나 마찬가지거든. 도망을 치더라도 지금은 아니야."

올리버는 깜짝 놀라 아무 말도 못 하고 낸시의 얼굴만 쳐다보았다. 낸시가 큰 목소리로 말했다.

"전에 네가 맞아 죽을 뻔했을 때, 내가 목숨을 걸고 막아 줬지? 앞으로 그런 일이 있다면 또 그럴 테고, 지금도 그러고 있는 거야. 내가 아니라 다른 사람이 왔다면 훨씬 더 거칠게 굴었을걸. 나는 네가 얌전히 굴 거라고 장담했어. 네가 그렇게 하지 않는다면 너뿐만 아니라 나한테도 해를 끼칠 거야. 이것 좀 봐. 너 때문에 이렇게 당했다는 걸 네가 알았으면 좋겠구나."

낸시는 자신의 목과 팔에 난 검푸른 상처를 보여 주었다.

"꼭 명심해라! 너 때문에 내가 더 이상 고통받지 않게 해 줘. 너를 도울 수 있다면 얼마든지 그렇게 할 거야. 하지만 지금 나한테는 힘이 없단다. 내 손을 잡아, 빨리! 손을 이리 줘!"

낸시는 입김을 불어 촛불을 끈 다음 올리버의 손을 잡고 서둘러 계단을 내려갔다. 누군가가 기다렸다는 듯 문을 열어 주었고, 그들이 나가자마자 재빨리 닫았다. 마차가 기다리고 있었다. 그녀는 올리버를 데리고 마차 안으로 들어가 얼른 커튼을 쳤다.

 마부는 행선지를 묻지도 않고 전속력으로 마차를 몰았다. 올리버는 거리를 향해 살려 달라고 소리치고 싶었지만, 낸시가 가여워 차마 입을 열지 못했다. 머뭇거리는 동안 기회는 사라졌고, 어느새 마차는 빌 사이크스의 집 앞에서 멈췄다. 그들이 안으로 들어서자 곧 문이 닫혔다.

 촛불을 든 사이크스가 계단 꼭대기에 나타났다.

 "왔구먼! 어서 올라와. 조용히 따라왔겠지?"

 낸시가 대답했다.

 "양처럼 순하게 따라왔어요."

 사이크스가 올리버를 매섭게 내려다보며 말했다.

 "아무렴, 그래야지. 안 그랬다면 네 몸이 성치 못했을 거다! 이리 와, 올리버. 이리 와서 내가 하는 말을 잘 들어라."

 사이크스는 의자에 앉은 후 올리버의 어깨를 잡아끌어 앞에 세웠다. 그러고는 탁자 위에 있던 권총을 집어 들며 물었다.

 "너, 이게 뭔지 아느냐?"

 "네, 알아요."

 "좋았어. 이것도 봐라. 이건 화약이고 이건 총알이지."

 사이크스는 권총에 총알을 장전한 다음 총구를 올리버의 관자놀이에 바짝 대고 말했다.

 "밖에 나가면 내가 말을 걸 때를 제외하고는 찍소리도 하지

마. 입을 열었다간 이 권총이 너를 가만두지 않을 거야. 꼭 말을 하고 싶다면 우선 기도부터 해 놓는 게 좋을걸. 너 같은 놈 하나 없어진다고 해서 누가 신경이나 쓸 것 같아? 내가 수고스럽게 충고를 해 주는 것만도 고맙게 생각해. 알겠냐?"

올리버는 소스라치게 놀라 덜덜 떨며 고개를 끄덕였다. 사이크스는 만족한 듯 말했다.

"자, 이 녀석도 잘 알아들었을 테니, 저녁이나 먹고 한잠 자 둬야지. 낸시, 뭐 먹을 것 좀 내와 봐."

사이크스는 저녁을 먹은 뒤 잠자리에 들면서 낸시에게 새벽 다섯 시에 깨워 달라고 했다. 낸시는 난로 앞에 앉아 불기가 꺼지지 않도록 불을 뒤적거렸다. 올리버는 혹시 낸시가 무슨 말이라도 해 줄까 싶어 오랫동안 기다렸지만, 그녀는 아무 말 없이 타오르는 불꽃만 바라보고 있었다. 올리버는 어느새 스르르 잠이 들고 말았다.

다음 날 새벽, 올리버가 잠에서 깨어났을 때 사이크스는 여러 가지 장비들을 준비하느라 정신이 없었다. 낸시도 분주하게 아침을 차리고 있었다. 창 밖으로 보이는 하늘은 구름이 잔뜩 끼어 어두컴컴했고, 빗줄기가 요란하게 창문을 때리고 있었다.

아침을 먹고 모든 준비를 마친 후 사이크스는 올리버의 손을 단단히 잡고 집을 나섰다. 문 밖으로 나가기 전, 올리버는 혹시 낸시와 눈이 마주칠 수 있을까 기대하며 고개를 돌렸다. 그러나 낸시는 난로 앞에 꼼짝 않고 앉아 있을 뿐이었다.

무척이나 음산한 아침이었다. 밤새 내린 비로 거리 곳곳에 물웅덩이가 생겼고, 하수구에서는 더러운 물이 넘쳐흘렀다. 서서히 날이 밝아 오자 사람들이 거리로 쏟아져 나왔다. 마침 장이 서는 날이라 거리는 장사를 하러 나온 사람들과 장을 보러 나온 사람들, 그리고 그들이 끌고 온 온갖 가축들로 발디딜 틈이 없었다. 올리버는 낯선 소란함에 얼이 빠져 있었지만, 사이크스는 아랑곳하지 않고 거칠게 끌고 나갔다.

조금 한적한 곳에 이르렀을 때, 뒤쪽에서 빈 수레가 덜컹거리며 다가왔다. 사이크스는 마부에게 좀 태워 줄 수 있냐고 부탁을 했다. 여러 개의 이정표를 지난 후, 두 사람은 어느 술집 앞에서 내렸다. 사이크스는 그곳으로 올리버를 데리고 들어가 간단히 요기를 했다.

여행에 지쳐 있던 올리버는 배가 불러 오자 꾸벅꾸벅 졸기 시작했다. 한참 후에 사이크스가 올리버를 깨웠다. 그는 술집에서 만난 한 남자에게 마차를 부탁해 놓은 참이었다.

좁은 오솔길을 지나고 질퍽질퍽한 들판을 지나자 사방이 아주 어두워졌다. 짙은 안개가 피어올라 들판을 잠재웠고, 살을 에는 듯한 추위가 온몸을 싸고 돌았다. 오랜 시간을 달려 마차는 어느 낯선 거리에 멈춰 섰다.

사이크스는 올리버를 잡아끌고 다 쓰러져 가는 허름한 집으로 데리고 갔다. 사람이 살지 않는 듯 불빛 하나 보이지 않았다. 그런데 문을 살짝 열고 집 안으로 발을 들여놓자마자 어디선가 크고 거친 목소리가 울려 퍼졌다.

"누구야!"

사이크스가 문에 빗장을 지르며 말했다.

"젠장! 그렇게 큰 소리로 말하지 마. 불 좀 켜, 토비."

사이크스와 올리버는 천장이 낮은 어두운 방 안으로 들어갔다. 그곳에는 사내 하나가 금방이라도 꺼질 듯한 소파에 누워 담배를 피우고 있었다. 그가 거친 목소리의 주인공 토비였다.

"어이, 빌, 반갑군. 나는 자네 마음이 변해서 안 오는 줄 알았지. 자네가 오지 않으면 혼자서 일을 할 작정이었네."

토비는 소파에서 일어나다가 올리버를 발견하고는 놀란 눈빛으로 물었다.

"이 꼬마는 누구야?"

"페긴의 애들 중 하나야."

"페긴의 애라고? 순진하게 생긴 것이 예배당에서 늙은 마나님들 주머니 털기에 딱 좋겠군."

사이크스가 말을 막았다.

"자, 그만하고 먹을 거나 좀 줘. 기운을 차려야 뭘 해도 하지. 올리버, 너도 불가에 앉아서 좀 쉬어라. 오늘 밤에 또 나가야 하니까."
　토비가 식탁 위에 음식과 술병을 내려놓으며 말했다.
　"빌, 잔을 들게나. 자, 우리의 성공을 위해 건배!"
　사이크스와 토비는 벌컥벌컥 술을 들이키고 정신없이 음식을 집어 먹었다. 배를 채운 후, 두 사내는 의자에 몸을 기댄 채 잠이 들었다. 올리버도 낡은 소파에 누워 깊은 잠에 빠졌다.
　새벽 한 시 반이 되자 토비가 일어나 사이크스와 올리버를 깨웠다. 두 남자는 분주하게 떠날 준비를 했다. 토비는 벽장에서 장전된 권총 두 자루를 꺼내 주머니에 넣었다. 마스크와 송곳, 그리고 굵은 몽둥이도 챙겼다.
　사이크스가 올리버의 한쪽 손을 잡으며 토비에게 말했다.
　"준비가 다 됐나? 잊은 건 없지? 좋았어. 토비, 이 녀석 손을 잡아."
　두 사람은 올리버를 양쪽에서 잡고 밖으로 나갔다. 올리버는 잠이 덜 깬 데다 알 수 없는 이상한 분위기에 얼떨떨해져 기계적으로 발걸음을 옮겼다. 한밤중이라 거리는 텅텅 비어 있었고, 안개가 초저녁보다 훨씬 더 짙어져 무척이나 적막했다.
　그들은 눅눅한 공기를 가르며 다리를 건너 작은 불빛들이 빛나고 있는 쪽으로 계속 걸어갔다. 곧 처트시라는 이름의 작은 도시에 도착하자, 사이크스가 속삭였다.
　"시내를 질러 가자. 이 밤에 우리를 볼 사람은 없을 거야."

그들은 서둘러 큰길을 지나 시내를 빠져나왔다. 멀리서 교회의 종이 새벽 두 시를 알렸다. 왼쪽 골목으로 접어들어 몇 백 미터가량 더 걷자, 담으로 둘러싸인 고급스런 집이 나왔다. 토비가 눈 깜빡할 사이에 담장 위로 올라가 말했다.

"애를 들어 올려. 내가 잡을 테니까."

올리버가 주위를 둘러볼 겨를도 없이 사이크스는 올리버를 번쩍 안아 들어 올렸다. 올리버는 금세 담장 너머에 있는 잔디밭 위에 누워 있게 되었다. 사이크스가 뒤따라 담을 넘어왔다. 그들은 집 쪽으로 살금살금 걸음을 옮겼다.

올리버는 비로소 모든 것을 깨달았다. 그 먼 데까지 온 이유가 도둑질을 하기 위해서라는 사실을 알아채자 두려움으로 온몸이 떨려 왔다. 눈앞이 캄캄해지고 다리가 휘청거렸다. 얼굴이 순식간에 식은땀으로 범벅이 되더니, 두 다리에 힘이 빠지면서 이내 털썩 주저앉고 말았다.

화가 난 사이크스가 주머니에서 권총을 꺼내며 낮지만 강한 어조로 말했다.

"일어나! 안 그러면 네놈 머리통을 날려 버리겠어!"

올리버는 울면서 사정했다.

"제발 절 보내 주세요! 차라리 들판에서 죽게 놔주세요! 런던 근처에는 얼씬도 하지 않을게요. 맹세해요! 저를 불쌍히 여겨서 제발, 제발 도둑질만은 시키지 마세요!"

사이크스는 입에 담기도 힘든 무시무시한 욕을 퍼부으며 올리버에게 권총을 겨누었다. 그러자 토비가 사이크스의 손에서 권총을 빼앗고는 한 손으로 올리버의 입을 틀어막았다. 그는 올리버를 집 쪽으로 끌고 가면서 말했다.

"조용히 해! 여기서 총을 쏘면 안 돼. 이놈이 한마디만 더 하면 내 손으로 직접 머리통을 박살내 버릴 거야. 그렇게 되면 찍소리도 못할 테니 총으로 쏴 죽이는 거나 마찬가지겠지. 빌, 쓸데없는 짓 할 생각 말고 어서 창문이나 열어. 얘는 이제 괜찮을 거야. 이만한 나이에 겁먹는 건 당연하지 뭘 그래."

사이크스는 창의 덧문에 송곳을 지렛대처럼 끼워 부지런히 움직였다. 곧 덧문이 열리고 작은 격자창이 나왔다. 사이크스는 그 창도 손쉽게 열었다. 창문은 땅에서 백칠십 센티미터쯤 되는 높이에 있었는데, 그 안은 부엌에 딸린 창고인 듯했다.

창이 워낙 작아서 그랬는지 몰라도, 그 집 사람들은 그 창문만은 허술하게 단속해 놓고 있었다. 그러나 작긴 해도 올리버만 한 아이라면 충분히 들어갈 수 있을 정도의 크기였다. 사이크스가 주머니에서 작은 등 하나를 꺼내 불을 붙이며 속삭였다.

"잘 들어, 이 녀석아. 너를 저 창문으로 밀어 넣을 테니 앞에 있는 계단을 곧장 올라가라. 그런 다음 작은 거실을 지나서 현관문을 열면 우리가 들어갈 거야."

토비가 창문 아래쪽에서 무릎을 꿇고 엎드려 등으로 발판을 만들었다. 사이크스는 그의 등을 밟고 올라서서 올리버를 들어 올리고는, 다리부터 바닥에 닿게 창문 안으로 밀어 넣은 뒤 살며시 내려놓았다. 그는 방 안을 들여다보며 말했다.

"자, 이 등을 들고 가라. 저기 앞에 계단이 보이지?"

올리버가 죽어 가는 사람처럼 희미하게 대답했다.

"네."

사이크스가 권총으로 현관을 가리키며 빨리 하라는 신호를 보냈다.

"어서 가. 일 초라도 머뭇거리면 네놈을 바로 저 세상으로 보내 버릴 거다. 자, 순식간에 끝날 거야. 내가 널 놔주자마자 얘기한 대로 하거라. 가만, 잠깐!"

토비도 갑자기 귀를 기울이며 속삭였다.

"무슨 소리지?"

그들은 순간적으로 잔뜩 긴장했다. 잠시 깊은 정적이 흘렀다. 이윽고 사이크스가 올리버를 잡고 있던 손을 놓으며 말했다.

"아무것도 아냐. 자, 가라."

올리버는 갑자기 정신이 번쩍 들었다. 그는 총에 맞아 죽든 말든 위층으로 뛰어 올라가서 사람들을 깨워야겠다고 결심했다. 그리하여 대담하게 앞으로 걸어가는데, 갑자기 사이크스가 사방이 쩌렁쩌렁 울리도록 소리쳤다.

"돌아와! 다시 돌아와!"

곧이어 집 안에서 날카로운 고함 소리가 이어졌다. 올리버는 너무나 겁에 질려 들고 있던 등을 떨어뜨린 채 이러지도 저러지도 못하고 그 자리에 얼어붙어 버렸다.

고함 소리가 여러 번 반복되고 집 안에 환하게 불이 켜졌다. 계단 위에 잠옷 차림의 남자 두 명이 서 있는 게 보였다. 불빛이 번쩍이더니 어디선가 쾅 하는 소리가 들렸고, 곧이어 연기가 나면서 뭔가가 와르르 무너져 내리는 것 같았다. 올리버는 비틀거리며 창문 쪽으로 뒷걸음질을 쳤다.

사이크스가 잠깐 사라졌다가 다시 나타나 올리버의 옷깃을 잡았다. 그는 사람들을 향해 권총을 쏜 후 올리버를 끌어 올리며 말했다.

"나를 더 꼭 붙잡아."

그러고는 토비에게 소리쳤다.

"애가 총을 맞았어. 젠장, 피를 흘려!"

시끄러운 종소리, 누군가의 고함 소리, 권총이 발사되는 소리가 뒤섞였다. 올리버는 자신의 몸이 어딘가로 빠르게 실려 가는 느낌을 받았다. 혼란스러운 소리가 차츰 멀어지는 동시에 뭔지 모를 차갑고 끔찍한 느낌이 올리버의 가슴을 스치고 지나갔다. 올리버는 더 이상 아무것도 보지도 듣지도 못했다.

제 7 장
페긴과 멍크스의 음모

페긴이 난로 앞에 앉아 깊은 생각에 잠겨 있었다. 그 뒤에서는 미꾸라지와 찰리가 카드놀이를 하고 있었다. 카드를 나누던 미꾸라지가 갑자기 손을 멈추며 외쳤다.

"잠깐! 종소리가 났어요!"

미꾸라지는 촛불을 들고 조용히 위층으로 올라갔다. 잠시 뒤 미꾸라지가 다시 나타나 페긴에게 무슨 말인가를 속삭였다. 페긴이 사색이 되어 소리쳤다.

"뭐라고? 혼자서?"

미꾸라지가 고개를 끄덕였다.

"가서 데리고 와."

미꾸라지는 페긴의 말이 떨어지기가 무섭게 다시 나가더니 곧 허름한 차림의 사내를 데리고 들어왔다. 사내는 방 안을 한 번 훑어본 후 얼굴을 절반이나 가렸던 목도리를 풀어 모습을 드러냈다. 토비 크래킷이었다. 그는 고갯짓으로 인사를 건넸다.

"페긴, 어떻게 지내시오?"

그러고는 난롯가로 의자를 끌어당겨 앉으며 말을 이었다.

"그런 눈으로 쳐다보지 마쇼. 천천히 얘기할 테니. 일단 뭘 좀 먹어야 입이 열리겠어. 사흘 동안 제대로 먹은 적이 없거든."

페긴은 미꾸라지에게 음식을 있는 대로 모두 식탁에 갖다 놓으라고 일렀다. 그러고는 그 도둑 앞에 앉아서 그가 무슨 말을 할지 기다렸다.

토비는 서두르지 않았다. 그는 잔뜩 배가 부를 때까지 말없이 계속 먹기만 했다. 페긴은 속이 바짝바짝 타들어 가는 것 같아, 괜스레 방 안을 서성거렸다. 토비는 짐짓 태연스런 표정으로 음식을 다 먹은 뒤, 찰리와 미꾸라지를 밖으로 내보내고 문을 잠갔다. 그리고는 독한 술에 물을 섞어 휘저으며 말했다.

"그래, 페긴……."

페긴이 초조해 하며 재촉했다.

"그래, 그래. 어서 말해 보게."

"빌은 지금 어떤가요?"

페긴이 자리에서 벌떡 일어나며 비명을 지르듯 되물었다.

"뭐라고?"

토비의 얼굴빛이 창백해졌다.

"무슨 말……? 그렇다면……."

페긴은 화가 나서 발을 동동 구르며 악을 썼다.

"뭐라고? 어디 있는 거야? 빌과 그 아이 말이야! 어디 있지? 어디에 숨은 거야? 왜 이리로 안 온 거지?"

토비가 힘없이 말했다.

"실패했소."

페긴이 주머니에서 신문지 조각을 꺼내 툭 내던지며 말했다.

"그건 나도 알고 있어."

"애가 총에 맞았어요. 우리는 뒤쪽 벌판으로 냅다 달렸는데 그놈들이 어찌나 바짝 쫓아오던지……. 동네 사람들이 다 깨어나 난리를 치는 데다, 개들까지 몰려왔다고."

"아이는?"

"빌이 아이를 업고 도망쳤소. 그러다 애를 양쪽에서 끌어안고 뛰려고 멈췄는데, 이미 고개를 축 늘어뜨리고 차갑게 식어 버렸더라고. 게다가 사람들은 우리를 바짝 쫓고 있고. 우리도 살아야 했소. 어쩔 수 없이 아이를 바닥에 내려놓고 줄행랑을 쳤지. 죽었는지 살았는지는 나도 몰라요."

페긴은 더 이상 듣고 있을 수 없었다. 그는 고함을 지르더니 손으로 머리카락을 쥐어뜯으며 방에서 뛰쳐나갔다.

페긴은 골목을 빠져나와 큰길 모퉁이에 이르러서야 충격에서 벗어났다. 그는 분을 삭이지 못하고 씩씩거리면서 좁은 골목과 샛길만을 골라 재빠르게 걸었다. 얼마 뒤 그는 온갖 범죄자들이 득시글거리는 술집으로 들어갔다.

페긴은 곧바로 위층으로 올라가 문을 열었다. 그러고는 누군가를 찾는 것처럼 손을 이마에 대고 불안하게 주위를 둘러보았다. 가스등 두 개가 불을 밝히고 있었지만, 담배 연기가 워낙 자욱해서 잘 보이지 않았다. 하지만 차츰 익숙해지자 사람들이 기다란 탁자 주변에 모여 앉아 술을 마시며 떠드는 광경이 눈에 들어왔다.

페긴은 사람들의 얼굴을 이리저리 열심히 살펴보았다. 그러나 찾는 사람이 없는 모양이었다. 그러다 술집 주인과 눈길이 마주치자, 아는 체를 하며 나오라고 손짓을 했다. 주인이 그를 계단 앞까지 따라 나오며 물었다.

"페긴 씨, 무슨 일이오? 합석해서 같이 놉시다. 다들 반가워할 텐데."

페긴은 조급하게 고개를 저으며 낮은 목소리로 물었다.

"그 친구, 여기 왔나?"

주인이 잠시 뜸을 들이다가 되물었다.

"멍크스 말이오?"

"쉿! 왔나?"

주인이 주머니에서 시계를 꺼내 보며 말했다.
"안 왔소. 나도 기다리는 중이오. 한 십 분만 기다리면 만날 수 있을 텐데……."
페긴은 손을 내저으며 성급하게 말했다.
"아니, 아닐세. 그 사람한테 내가 왔었다고 하고, 오늘 밤 나한테 오라고 전해 주게."
페긴은 술집에서 나와 잠시 궁리를 하다가 사이크스의 집으로 향했다. 사이크스의 집에 도착한 그는 기척도 없이 문을 열고 들어갔다. 방 안은 몹시 지저분했고, 낸시는 술에 취한 듯 흐트러진 자세로 탁자에 엎드려 있었다.
인기척에 낸시가 깨어났다. 그녀가 고개를 들며 물었다.
"무슨 소식 있어요?"
페긴은 토비가 전해 준 이야기를 낸시에게 들려주었다. 이야기가 끝나자 낸시는 다시 탁자에 엎드리더니 한마디도 하지 않았다. 그저 탁자 위에 있던 촛불을 멀찍감치 밀어 놓을 뿐이었다. 페긴은 사이크스의 흔적이 있는지 방 안을 샅샅이 살펴보았지만 아무것도 발견하지 못했다. 그는 낸시를 살살 달래는 투로 물었다.
"낸시, 지금 빌이 어디에 있을 것 같니?"
"모르겠어요."
낸시는 울고 있는 것 같았다. 페긴은 낸시의 표정에서 단서를 찾아낼까 싶어 눈을 부릅뜨며 말했다.
"그 불쌍한 어린것을 버리고 혼자 도망치다니. 생각만 해도 마음이 아프구나."
낸시가 갑자기 고개를 들며 말했다.
"그 애는 차라리 거기에 있는 게 나아요. 우리랑 같이 있는 것보다 죽어 버리는 게 낫다고!"
페긴이 놀라 소리쳤다.
"뭐야? 뭐라고 지껄이는 거야, 지금!"
"그래요, 그게 더 나을지도 몰라! 내 눈앞에 다시는 그 애가 나타나지 않았으면 좋겠어요. 그 애를 보면 난 나도 모르게 당신들한테 대들게 된다고요!"
"취했군."
"취했다고요? 내가 취했다면 그건 바로 당신 탓이에요!"
페긴은 그날 저녁 내내 몹시 불안해 하던 참이었는데, 낸시가 자신을 함부로 대하자 화가 머리끝까지 솟아올라 참을 수가 없었다.
"내 말 잘 들어! 내 말 한마디면 빌은 바로 교수형을 당하게 될 거야. 만약 그놈이 혼자 돌아온다면, 만약 애가 죽었거나 도망가 버려서 나한테 돌려주지 못한다면 절대로 가만두지 않겠어! 명심하라고!"
"그게 무슨 소리예요?"

"올리버가 나한테 어떤 놈인지 알아? 그 녀석은 나한테 수백 파운드의 값어치가 나가는 놈이라고, 앉은 자리에서 돈을 벌 기회가 왔는데 그깟 주정뱅이 깡패 놈 때문에 그 돈을 날려 버려야겠어? 게다가 난…….."

너무나 흥분한 나머지 숨을 헐떡이며 말을 하던 페긴이 갑자기 움찔 놀라 입을 닫았다. 그는 자기가 무슨 비밀을 발설한 것은 아닐까 하는 걱정 어린 낯빛으로 낸시를 살폈다. 그러나 낸시는 그의 말을 주의 깊게 듣지 않았는지 아까처럼 멍한 표정이었다. 페긴은 작게 안도의 한숨을 내쉬며 평소의 말투로 돌아가 말했다.

"낸시, 내 말이 신경에 거슬렸나? 조금 전에 내가 한 말은 어떻게 생각해?"

"나한테 뭘 시키려고 말한 거면 처음부터 다시 얘기해야 할 거예요. 아니면 내일까지 기다리든가. 아깐 잠깐 정신이 들었는데 지금은 다시 어지럽거든요."

페긴은 자신의 말을 낸시가 정말로 못 알아들었는지 확인하려고 몇 가지 질문을 더 던졌다. 낸시는 계속 흐트러진 모습으로 횡설수설하다가 탁자에 엎드려 잠이 들었다. 페긴은 안심하고 집으로 향했다.

어느덧 밤 열한 시였다. 기분 나쁘게 매서운 바람이 불어 대는 통에 거리를 지나다니는 사람은 별로 없었고, 혹시 있다 해도 모두 서둘러 집으로 돌아가고 있었다. 페긴이 집 앞에 도착해 주머니에서 열쇠를 찾고 있는데 어둠 속에서 누군가가 미끄러지듯 다가와 속삭였다.

"페긴!"

페긴이 재빨리 몸을 돌려 상대를 살폈다.

"아! 자넨가?"

"여기에서 두 시간이나 기다리고 있었소. 도대체 어딜 다녀오는 거요?"

"자네 일 때문이야. 밤새도록 자네 일 때문에 돌아다녔네."

낯선 사내가 비비 꼬인 웃음을 띠며 말했다.

"아, 그야 그렇겠지! 그래, 어떻게 됐소?"

"별 소득이 없어."

그들은 집 안으로 들어갔다. 페긴은 사내를 이층으로 안내했다. 두 사람은 얼굴을 마주하고 앉아 작은 목소리로 대화를 나누었다. 낯선 사내의 물음에 페긴이 변명을 하고 있는 듯했다. 사내의 목소리가 약간 높아졌다.

"다시 한 번 얘기하지만 애초부터 계획을 잘못 세웠던 거요! 왜 그놈을 여기에 두고 소매치기를 시키지 않은 거요? 다른 애들한테는 늘 그렇게 했으면서 말이야. 조금만 참았더라면, 경찰이 그놈을 붙잡아다가 알아서 이 나라 밖으로 영원히 추방시켰을 텐데."

"그렇게 되면 누구 좋으라고?"

"물론 나요."

"그래, 멍크스, 자네한테나 좋겠지. 나한테는 좋을 게 없어. 거래를 할 때는 양쪽 다 이익을 봐야 하는 것 아닌가? 안 그래?"

"그래서 뭐요?"

"그 애한테 이 일을 시키는 게 쉽지 않았다는 말이야. 그 애는 다른 놈들하고는 좀 달랐거든."

"달랐겠지! 아니면 벌써 도둑놈이 됐을 것 아니오."

"그 애는 길들일 수가 없었어. 녀석을 겁줄 만한 게 뭐라도 있어야 말이지. 그러니 내가 뭘 할 수 있었겠는가? 미꾸라지와 찰리를 붙여 내보내야 했을까? 처음에 그랬다가 어떻게 됐나? 우리 모두 잡혀 들어갈까 봐 얼마나 걱정했는지 모른다네."

"그건 내 잘못이 아니오."

"물론 아니지, 아니야. 나는 자네를 탓하는 게 아니네. 그런 일이 없었다면, 자네가 그 애를 보고 누군지 알아챌 일도 없었을 테니까. 그런데 내가 그 여자를 시켜서 애를 찾아 놓으니까 이제 그 여자가 애를 싸고 도는 거야."

멍크스가 신경질을 내며 말했다.

"그런 년은 목을 졸라 없애 버리라고!"

페긴이 비열한 웃음을 띠며 말했다.

"지금은 그럴 때가 아니야. 물론 그렇게 하는 건 나한테 일도 아니지. 하지만 멍크스, 나는 그런 여자들의 생리를 잘 알고 있네. 그 꼬마가 도둑질을 아무렇지도 않게 생각하기 시작하면 그 여자도 더 이상 신경 쓰지 않을 거야. 나무토막만도 못하게 여길 거란 말일세! 자네는 그 애를 도둑놈으로 만들고 싶은 게 아닌가? 그 녀석이 살아만 있다면 당장이라도 그렇게 만들 수 있네. 하지만 만약…… 불행하게도 그 애가 죽었다면…….”

멍크스의 얼굴이 두려움에 휩싸였다. 그는 덜덜 떨리는 손으로 페긴의 팔을 꽉 움켜잡으며 말했다.

“그건 내 책임이 아니오, 페긴. 확실히 하라고! 나는 그 일에는 손가락 하나 까딱하지 않았어. 내가 언제 그 애를 죽이라고 말했소? 그냥 나쁘게만 만들어 달라고 했잖아. 만약 그 애가 죽었다 해도 그건 내 탓이 아니야! 알아듣겠소? 어, 저건 뭐야?”

페긴이 벌떡 일어났다.

“뭐가 말인가? 어디?”

멍크스가 맞은편 벽을 날카롭게 노려보며 외쳤다.

“저기요! 저 그림자! 웬 여자의 그림자가 벽을 따라 지나가는 걸 봤단 말이오!”

그들은 방에서 뛰어나갔다. 계단도 복도도 텅 비어 있었다. 그들은 잠시 귀를 기울였지만 자신들의 거친 숨소리 외에는 깊은 정적만이 감돌 뿐이었다. 페긴이 멍크스를 돌아보며 말했다.

“자네가 헛것을 봤구먼.”

멍크스가 두려움을 감추지 못하고 부르르 떨면서 말했다.

"틀림없이 봤다니까! 몸을 앞으로 숙이고 있다가 내가 소리를 지르니까 달아나 버렸다고!"

멍크스의 얼굴이 창백해졌다. 페긴은 경멸하는 눈초리로 그를 바라보다가 위층을 둘러보고 싶다면 둘러보라고 말했다. 그들은 방을 모조리 다 살펴보았지만 싸늘한 냉기만 돌 뿐 아무것도 없었다. 복도를 샅샅이 뒤지고 지하실도 내려가 보았지만, 모두 다 텅 빈 채 죽음처럼 고요할 뿐이었다.

제 8 장

행복이 찾아오다

사이크스는 피를 흘리고 있는 올리버를 마른 땅에 내려놓고 뒤를 돌아다보았다. 안개와 어둠 때문에 사람들의 모습은 보이지 않았지만, 고함 소리는 점점 더 가까이 들려왔다. 덩달아 동네 개들도 여기저기서 짖어 댔다. 토비가 저만치서 앞질러 도망치고 있었다. 사이크스가 소리쳤다.

"거기 서, 이 겁쟁이야! 당장 와서 아이를 같이 부축하자고!"

토비는 혹시라도 사이크스가 총을 쏠까 봐 멈칫했지만 돌아가지는 않았다. 그가 되돌아오는 시늉만 할 뿐 움직일 생각을 하지 않자, 사이크스는 권총을 꺼내 휘두르며 돌아오라고 다시 한 번 외쳤다. 그사이 사람들은 벌써 들판 울타리까지 뒤쫓아왔고, 사람들보다 앞서 달리던 개 두 마리는 벌써 사이크스의 바로 뒤꽁무니에 있었다.

"빌, 다 끝났어! 애를 놓고 도망쳐!"

토비가 소리쳤다. 그러고는 사람들에게 잡힐 바에는 차라리 친구의 총에 맞아 죽는 게 낫다고 생각했는지 뒤도 돌아보지 않고 전속력으로 달아났다.

사이크스는 황망하게 주위를 둘러보다가 쓰러져 있는 올리버의 몸 위에 외투를 던져 덮어 놓았다. 그러고는 뒤쫓아 오는 사람들에게 혼란을 줄 양으로, 올리버가 누워 있는 곳에서 맞은편에 있는 울타리로 곧장 달려갔다. 그는 거기서 잠깐 멈춰 권총을 하늘 높이 들어 한 발을 쏜 후 단숨에 울타리를 뛰어넘어 도망쳤다.

총소리가 울리자 도둑들의 뒤를 쫓던 사람들이 겁을 집어먹고 개들을 소리쳐 불렀다. 안개 속에서 남자 세 명의 형상이 서서히 나타났다. 그들은 몇 걸음 더 쫓아가다가 멈춰 서서 의논을 하기 시작했다. 그중 가장 뚱뚱한 남자가 먼저 입을 열었다.

"지금 즉시 집으로 가는 게 좋을 것 같아."

"자일스 씨 생각이 그렇다면 저도 찬성이에요."

먼저 말한 사람보다 키가 약간 작고 얼굴빛이 창백한 다른 남자가 대답했다. 그러자 개를 불러 세운 세 번째 사내가 말했다.

"나도 예의 없는 사람은 아니오. 자일스 씨가 알아서 잘 판단하신 거겠죠."

그들은 속으로는 몹시 두려워하고 있었지만, 자존심 때문에 그것을 드러내고 싶어 하지 않았다. 그런데 자일스가 돌아가자는 이야기를 꺼내자 이때다 싶어 찬성한 것이었다. 세 사람은 눈빛을 교환하며 서로의 속마음을 확인하자마자 동시에 뒤돌아 집으로 내달리기 시작했다.

자일스는 강도를 당할 뻔한 그 집의 집사였다. 창백한 안색의 남자는 그 집의 하인인 브리틀스로, 아주 어렸을 때부터 그 집에서 하인 생활을 시작해서 그런지 나이가 서른이 넘었는데도 여태 어린애 취급을 받고 있었다. 또 다른 남자는 개 두 마리를 데리고 그 집의 헛간에 머무르던 떠돌이 땜장이였다.

그들은 서로의 용기를 칭찬하면서 어깨를 나란히 하고 서둘러 집으로 돌아갔다. 하지만 바람이 불어 나뭇가지가 살짝 흔들리기라도 하면 겁먹은 얼굴로 주위를 둘러보았다.

밤이 깊어 갈수록 공기는 더욱 차가워졌다. 안개는 짙은 연기처럼 땅 위에 깔리기 시작했다. 올리버는 사이크스가 버리고 간 그 자리에 의식을 잃은 채 누워 있었다.

아침이 다가오자, 음침하고 흐릿한 하늘에서 굵은 빗방울이 떨어지기 시작했다. 비는 점점 거세졌지만 올리버는 아무것도 느끼지 못했다. 한참 후에 고통에 겨운 신음 소리가 정적을 깼다. 올리버가 힘겹게 눈을 떴다. 왼쪽 팔이 아무런 감각도 없이 축 늘어져 있었고, 몸을 덮은 외투는 피로 푹 절어 있었다. 올리버는 몸을 일으키려고 애쓰다가 다시 의식을 잃고 말았다.

꽤 오랜 시간이 지난 후에야 다시 정신이 든 올리버는 그 자리에 그냥 있다가는 죽고 말 것 같은 예감이 들었다. 그래서 가까스로 몸을 일으켜 비틀비틀 걸었다. 어디로 가는지도 알 수 없었다. 그는 울타리 틈새로 기어 나와 오솔길을 따라 걸었다. 눈앞에 시끄럽고 혼란스런 영상들이 스쳐 지나갔다.

갑작스럽게 빗줄기가 거세지는 바람에 올리버는 정신을 차리고 고개를 들어 앞을 바라보았다. 얼마 떨어지지 않은 곳에 큰 저택이 보였다. 그는 그 집 사람들이 동정을 베풀지도 모른다고 생각했다.

집 근처에 이르자, 그곳을 어디선가 본 적이 있다는 느낌이 들었다. 조금씩 기억이 되살아났다. 저 정원의 담벼락! 전날 밤 두 사내에게 살려 달라고 빌었던 그 잔디밭. 그 집은 바로 도둑질을 하려고 들어갔던 집이었다. 갑자기 두려움이 밀려왔다. 그러나 두려움도 잠시, 서 있을 힘조차 없었던 올리버는 본능적으로 대문을 밀었다.

대문은 잠겨 있지 않았다. 올리버는 비틀거리며 잔디밭을 가로질러 가 계단을 기어올랐다. 그러고는 마지막 힘을 다해 문을 두드린 후, 현관 기둥에 기대어 쓰러져 버리고 말았다.

그때는 마침 자일스와 브리틀스, 그리고 떠돌이 땜장이가 부엌에 모여 차를 마시던 참이었다. 자일스는 도둑이 들었을 때의 무용담을 자랑스레 떠벌리는 중이었고, 요리사와 하녀는 가슴을 졸이며 그의 이야기를 듣고 있었다.

자일스가 말했다.

"그때가 아마 두 시 반쯤 됐을 거야. 우연찮게 잠이 깨서 침대에서 뒤척이는데 무슨 소리가 들리지 않겠어!"

그 말에 요리사는 얼굴이 하얗게 질려서 하녀에게 부엌 문을 닫으라고 했다. 하녀는 브리틀스에게 미뤘고, 브리틀스는 땜장이에게 다시 미뤘다. 그러나 땜장이는 못 들은 척했다. 자일스가 말을 이었다.

"처음에는 이건 꿈이지, 싶어 다시 자려고 했지. 그런데 또 한 번 그 소리가 또렷하게 들리는 거야! 뭘 부수는 소리 같았지."

요리사와 하녀가 동시에 의자를 바짝 당기며 소리쳤다.

"세상에!"

자일스가 계속 말했다.

"나는 생각했지. 누군가 집 안으로 침입하려고 하는데, 어떻게 해야 하지? 우선은 브리틀스를 깨워야겠다고 생각했어. 불쌍한 브리틀스가 자다가 목이 달아나는 일이 생기면 안 되잖아?"

모든 사람의 눈이 브리틀스에게 쏠렸다. 브리틀스는 입을 크게 벌리고 눈을 동그랗게 뜬 채 공포에 질린 표정을 지었다. 자일스가 말을 이었다.

"나는 이불을 젖히고 조용히 침대를 빠져나왔지. 그런 다음 식기 바구니 안에 넣어 둔 권총을 집어 들고 살금살금 브리틀스의 방으로 가서는 그를 조심스레 깨우면서 속삭였어. '브리틀스, 놀라지 마! 우린 죽은 거나 마찬가지야. 하지만 겁먹지는 말게.'라고 말이야."

브리틀스는 고개를 끄덕이며 그 말이 틀림없다는 걸 확인해 주었다. 요리사가 물었다.

"놀라던가요?"

"전혀 안 놀라더군! 나처럼 끄떡없었어!"

하녀가 말했다.

"나 같았으면 그 자리에서 죽어 나자빠졌을 텐데."

브리틀스가 대꾸했다.

"넌 여자잖아."

자일스가 고개를 끄덕거리며 말했다.

"브리틀스의 말이 맞아. 우리는 남자니까 아래층으로 과감하게 내려갔던 거지."

자일스는 자리에서 일어나 눈을 감고 자신이 했던 행동을 그대로 보여 주기 위해 두 걸음을 떼었다. 그러다가 그는 소스라치게 놀라며 황급히 자기 자리에 주저앉았다. 다른 사람들도 놀라기는 마찬가지였다. 요리사와 하녀가 동시에 비명을 지르듯 외쳤다.

"문 두드리는 소리가 났어!"

자일스는 창백한 낯빛으로 전혀 놀라지 않은 척하며 말했다.

"누군가 문을 두드렸을 뿐이야. 가서 문 좀 열어 봐."

아무도 움직일 생각을 하지 않자, 자일스는 브리틀스를 바라보며 말했다.

"이른 아침에 문을 두드리다니 이상한 일이네. 하지만 문을 열긴 열어야겠지. 누가 좀 가 봐."

브리틀스는 꼼짝도 하지 않았다. 자일스는 고개를 돌려 땜장이를 간절하게 바라보았으나 그는 갑자기 잠이 들어 있었다. 여자들을 시킨다는 것은 더욱 어려운 일이었다. 자일스는 잠시 아무 말이 없다가 입을 열었다.

"브리틀스가 문을 열 때 누군가 필요하다면 내가 옆에 있어 주지."

"나도 그러겠소."

땜장이가 잠이 들었을 때처럼 갑자기 깨어나며 거들었다. 브리틀스는 내키지 않았지만 자신이 문을 열기로 했다. 남자들이 개를 앞세우고 나가자, 여자들이 그 뒤를 따랐다. 자일스의 충고에 따라, 그들은 아주 큰 소리로 이야기를 했다. 밖에 있는 사람에게 집 안에 사람이 많다는 것을 경고하기 위해서였다.

이제 만반의 준비가 끝났다. 그제야 자일스는 땜장이의 팔을 꽉 붙들고 문을 열라는 명령을 내렸다. 브리틀스는 시키는 대로 했다. 그들은 두려움에 떨며 서로의 어깨 너머로 고개를 내밀었는데, 그들이 목격한 것은 피투성이가 된 채 다 죽어 가는 어린아이였다. 올리버는 간신히 고개를 들어 도와 달라는 눈빛을 보냈다.

"아니, 그놈이네!"

자일스가 땜장이를 용감하게 뒤로 밀치며 말했다. 그는 올리버를 끌고 들어와 거실 바닥에 눕히며 흥분한 목소리로 외쳤다.

"마님, 잡았어요! 도둑놈 하나를 잡았습니다! 마님, 아가씨! 도둑놈이에요! 다쳤어요. 아가씨, 제가 쏜 놈이에요!"

하녀는 자일스가 도둑을 잡았다는 소식을 전하려고 위층으로 호들갑스럽게 뛰어 올라갔다. 땜장이는 교수형을 당하기도 전에 죽어 버리면 안 된다며 올리버를 흔들어 깨우고 있었다. 이 소란의 와중에 계단 위에서 감미로운 목소리가 들려왔다.

"자일스!"

"아가씨, 여기 있습니다. 놀라지 마세요. 저는 다치지 않았어요. 이놈이 심하게 저항하지는 않았거든요."

젊은 여자가 말했다.

"쉿! 조용히 하세요! 안 그래도 고모님이 간밤의 사건 때문에 많이 놀라셨는데, 이번에는 여러분들이 놀라게 해 드리고 있잖아요. 그래, 그 도둑은 많이 다쳤나요?"

브리틀스가 큰 소리로 말했다.

"아가씨, 아주 많이 다쳤어요. 곧 죽을지도 몰라요. 내려와서 한번 보실래요?"

"쉿, 제발 조용히 하세요. 고모님께 말씀드릴 테니 잠시만 기다리세요."

그녀는 사뿐히 사라지더니 곧 다시 돌아와서는 다친 사람을 자일스의 방으로 데려다 놓으라고 말했다. 그러고는 브리틀스에게 지금 즉시 경관과 의사를 불러오라고 지시했다. 자일스는 자신이 진귀한 새라도 잡은 것처럼 자부심에 들떠 우쭐거리며 말했다.

"아가씨, 우선 이놈을 한번 보지 않으시겠어요?"

"자일스, 지금은 아니에요. 불쌍하기도 해라! 자일스, 저를 위한다는 생각으로 그 사람에게 친절하게 대해 주세요."

젊은 여자가 돌아서자, 자일스는 마치 친딸을 바라보는 듯 자랑스럽고 대견한 눈길로 그녀의 뒷모습을 지켜보았다. 그러고는 여자처럼 자상하고 조심스럽게 올리버를 안아 자신의 방으로 데리고 갔다.

안락하고 고풍스럽게 꾸며진 방에서 두 여인이 아침 식탁을 마주하고 앉아 있었다. 자일스가 검은 옷을 단정하게 차려입고 식탁 옆에 서서 시중을 들었.

두 여인 중 나이가 지긋한 노부인이 식탁 위에 손을 모으고 아주 곧은 자세로 앉아, 맞은편에 앉은 젊은 여자를 계속 바라보았다. 젊은 여자는 열일곱 살쯤 되어 보였다. 가냘프고 우아한 몸매에 상냥하고 순수한 태도가 어우러져 이 세상 사람처럼 보이지 않았다. 속세의 거친 사람들과는 결코 어울릴 수 없는 모습이었다.

노부인이 뜸을 들이다가 말했다.

"브리틀스가 간 지 한 시간쯤 된 것 같은데, 그렇지?"

자일스가 주머니에서 은시계를 꺼내 시간을 확인했다.

"한 시간하고 십이 분이 지났습니다."

그때 마차 한 대가 대문 안으로 들어왔다. 뚱뚱한 신사가 마차에서 내려 현관문 쪽으로 뒤뚱뒤뚱 달려오는 모습이 보이더니 순식간에 식당 안으로 뛰어들었다. 그가 자일스와 부딪치는 바람에 하마터면 식탁이 넘어질 뻔했다. 신사는 들어서면서 큰 소리로 말했다.

"세상에! 이런 일은 처음 들어 봤네! 메일리 부인, 그런 일이 일어나다니! 그것도 한밤중에 말입니다!"

뚱뚱한 신사는 두 여인의 손을 잡고 흔든 다음 의자에 앉으며 안부를 물었다.

"괜찮으시지요? 아무 일 없어서 정말 다행입니다. 왜 저를 부르지 않으셨습니까? 냉큼 달려왔을 텐데요. 세상에, 별일이 다 있지! 그것도 한밤중에 말이오."

그 뚱뚱한 신사의 이름은 로즈번이었는데, 그 지역에서 친절하기로 유명한 의사였다. 그는 이 집에 예고도 없이 도둑이 들었다는 것이, 특히나 한밤중에 침입했다는 사실이 몹시 못마땅한 듯했다. 아마도 도둑질이라는 것은 대낮에, 그것도 하루나 이틀 전에 미리 우편으로 통보한 다음에 하는 것이 당연하다고 생각하는 모양이었다. 그가 다시 입을 열었다.

"로즈 양은 괜찮은……."

로즈가 그의 말을 막으며 말했다.

"아, 그럼요! 괜찮아요. 그보다 선생님께서 봐 주셔야 할 사람이 위층에 있어요. 그래서 고모님이 오시라고 한 거예요."

"물론 내가 봐야지! 자일스, 자네의 작품이라지? 자, 안내하게. 저 창문으로 들어왔다고? 참으로 믿을 수가 없군."

로즈번은 자일스를 따라 위층으로 올라갔다. 그는 꽤 오랫동안 내려오지 않았다. 여러 차례 종을 울려 심부름을 시켰고, 하인들이 쉴 새 없이 위아래를 오르내렸다. 마침내 그가 알쏭달쏭한 표정을 하고 아래층으로 내려왔다.

"메일리 부인, 아주 특이한 경우로군요."

"위험한 상황은 아니겠지요?"

"목숨이 위험한 건 아닙니다. 그런데…… 도둑은 보셨나요?"

"아니요."

"아니면 도둑에 관해 들은 이야기라도?"

"없어요."

자일스가 끼어들었다.

"죄송합니다, 마님. 제가 도둑에 대해서 막 말씀을 드리려던 참이었는데, 때마침 로즈번 선생님이 오셔서······."

메일리 부인이 로즈번에게 말했다.

"실은 로즈가 그 사람을 봤으면 했는데 내가 말도 못 꺼내게 했어요."

로즈번이 말했다.

"겉으로 보기에는 그렇게 놀랄 것도 없는 도둑입니다. 제 앞에서는 보셔도 괜찮지 않을까요?"

"꼭 그래야 한다면 굳이 안 볼 이유도 없지요."

"보셔야 합니다. 제 생각에는 보지 않으시면 크게 후회하실 것 같습니다. 지금 환자는 아주 조용하고 평온한 상태입니다. 두 분 다 오셔서 한번 보시죠."

그들은 위층으로 올라가 자일스의 방 앞에 섰다. 로즈번이 문 손잡이를 살며시 돌리며 속삭였다.

"자, 들어가시지요. 환자는 최근에 면도를 한 적이 없지만, 그래도 전혀 사나워 보이지 않으니 걱정하지 마세요."

로즈번이 침대로 다가가 살펴보더니 숙녀들에게 가까이 오라고 손짓을 했다. 침대에 누워 있는 사람은 흉악한 얼굴의 범죄자가 아니라 깊은 잠에 빠진 어린아이였다. 붕대를 감은 한쪽 팔은 가슴 위에 놓여 있었고, 머리를 다른 쪽 팔에 기대고 있었다.

로즈가 침대 옆에 있는 의자에 앉더니 눈물을 흘리며 올리버의 흐트러진 머리카락을 쓸어 넘겨 주었다. 그녀가 올리버에게 몸을 기울일 때, 눈물이 한 방울 그의 이마로 떨어졌다. 그 동정 어린 눈물이 즐거운 꿈을 꾸게 했는지, 올리버는 자면서도 사랑스러운 미소를 지었다.

메일리 부인이 소리쳤다.

"이게 무슨 괴변이람? 이렇게 가엾은 아이가 도둑과 한패라니 믿을 수가 없어요"

로즈번이 한숨을 쉬며 말했다.

"부인, 범죄라는 것이 죽음처럼 늙고 병든 사람한테만 해당되는 건 아닙니다. 어리고 귀여운 아이들도 그런 데 가담하는 경우가 종종 있지요."

로즈가 물었다.

"하지만 선생님, 정말로 이 가냘픈 아이가 자발적으로 범죄에 가담했다고 생각하세요?"

로즈번은 충분히 있을 수 있는 일이라는 듯 고개를 끄덕였다. 그러고는 환자의 잠을 방해해선 안 된다며 그들을 데리고 옆방으로 갔다.

로즈가 말을 이었다.

"저 애가 잘못된 행동을 했다 하더라도, 나이가 얼마나 어린지 한번 생각해 보세요. 부모의 사랑이 어떤 건지도 모르고, 가정의 안락함 같은 건 꿈도 꾸지 못했을 거예요. 학대를 받다가 길을 잘못 드는 바람에 억지로 하게 된 건지도 모르잖아요. 고모님, 저 아이가 감옥으로 끌려가기 전에 한 번만 생각해 주세요. 저도 고모님의 사랑과 배려 덕분에 이렇게 행복하게 살고 있잖아요. 저한테 그러셨듯이 저 아이한테도 동정을 베풀어 주세요! 너무 늦기 전에요."

메일리 부인은 눈물을 흘리며 호소하는 로즈를 안으며 따뜻하게 말했다.

"얘야, 내가 저 아이의 머리카락 하나라도 다치게 할 것 같니? 그런 일은 절대 없을 거야. 내 인생도 이제 막바지에 접어들고 있단다. 내가 남들한테 베푼 만큼 하느님께서도 나에게 자비를 베푸시겠지. 그런데 로즈번 선생님, 어떻게 하면 저 아이를 구할 수 있을까요?"

"부인, 생각을 좀 해 봐야겠습니다. 생각을……."

로즈번은 두 손을 주머니에 넣고 방 안을 왔다 갔다 했다. 때로는 걸음을 멈추고 발끝으로 서기도 했고, 때로는 "됐어." 혹은 "아니야."라고 소리치기도 했다. 마침내 그는 결론을 내린 듯 단호한 표정으로 말했다.

"제가 자일스와 브리틀스한테 겁을 좀 줘도 괜찮을까요? 부인께서 그걸 허락해 주시면 이 문제를 해결할 수 있을 것 같습니다. 그들한테도 별일은 없을 거예요."

메일리 부인이 고개를 끄덕이며 말했다.

"다른 방법이 없다면 그렇게 해야죠. 선생님만 믿겠습니다."

"그리고 먼저 정리해야 할 문제가 있는데……. 아이는 한 시간쯤 지나면 깨어날 것 같아요. 깨어나면 이야기를 나누는 데는 별 문제가 없을 겁니다. 제가 제안을 하나 하지요. 아이가 깨어나면 몇 가지를 물어보겠습니다. 이야기를 들어 본 다음 나쁜 물이 제대로 든 아이라면, 여러분도 그렇게 생각한다면 아무런 개입도 하지 말고 그 아이가 자기 운명대로 가도록 놔둡시다."

로즈가 애원하듯 말했다.

"저 애가 정말로 나쁜 범죄자일 리 없어요."

로즈번이 대꾸했다.

"그렇다면 더더욱 내 제안대로 하는 게 맞겠지요."

숙녀들은 그렇게 하기로 했다. 세 사람은 초초하게 올리버가 깨어나기를 기다렸다. 그러나 올리버는 몇 시간이 지나도 여전히 깊은 잠에 빠져 있었다. 어느덧 저녁이 되었다. 그제야 로즈번은 올리버가 대화를 나눌 수 있을 만큼 기운을 차렸다고 알려주었다.

메일리 부인과 로즈가 올리버에게 다가갔다. 올리버는 피를 많이 흘린 탓에 기운이 하나도 없었다. 통증 때문에 이따금씩 말을 멈추곤 했지만 천천히 이야기를 털어놓기 시작했다. 가엾은 어린아이가 잔인한 어른들 때문에 겪어야 했던 온갖 고난들을 듣고 있자니, 세 사람의 가슴이 미어지는 듯했다.

이야기를 마친 올리버는 친절한 사람들의 다정한 손길 아래 다시 깊은 잠에 빠져 들었다. 로즈번은 눈가에 맺힌 눈물을 훔치며 자일스를 찾으러 아래층 부엌으로 내려갔다. 그곳에는 브리틀스와 땜장이, 하녀가 함께 있었다.

자일스가 로즈번에게 물었다.

"아이는 어떤가요?"

"그런대로 괜찮네. 그런데 자네 말이야, 골치 아프겠어?"

그 말에 자일스가 덜덜 떨며 물었다.

"저 애가 죽을지도 모른다는 말씀을 하시려는 건 아니죠? 오, 맙소사! 그렇게 되면 저는 끔찍하게 비참한 여생을 보낼 겁니다. 어린애의 목숨을 끊어 놓을 생각은 추호도 없었어요."

로즈번이 의미심장하게 말했다.

"그게 아니야. 문제는 자넬세. 아니, 자네뿐만 아니라 브리틀스한테도 해당되는 말이지. 자네들 말이야, 위층에 있는 저 아이가 지난밤에 창문으로 들어온 그 도둑이라는 걸 장담할 수 있나? 똑바로 말해야 해!"

평소에는 온화하기로 소문난 로즈번이 짐짓 화난 표정으로 무섭게 말하자, 자일스와 브리틀스는 당황하여 서로를 바라보았다. 로즈번은 사람들을 둘러보며 계속 말했다.

"자, 정리해 보자고! 한밤중에 도둑이 들었다 이거야. 집 안은 온통 컴컴한 데다 화약 연기가 자욱하고 우왕좌왕 난리가 났지. 그 혼란한 와중에 두 남자가 사내아이를 목격하고 총을 쐈다 이 걸세. 그런데 다음 날 아침, 한 아이가 찾아왔지. 두 남자는 아이가 총상을 입었다는 이유로 난폭하게 굴었고, 그 때문에 아이의 생명이 위독해졌네. 어디서 총상을 입었는지 알 수는 없지만, 두 남자는 그 아이가 도둑이라고 장담하고 있어.

자, 문제는 이 남자들의 주장이 과연 사실이냐는 것이네. 자일스, 브리틀스, 다시 한 번 묻겠는데, 자네들은 그 아이가 정말 도둑이라고 장담할 수 있는가?"

자일스와 브리틀스는 서로를 의심스러운 눈길로 바라보았다. 하녀와 땜장이는 그들이 무슨 말을 하는지 들으려고 몸을 앞으로 기울였다. 그때 마차 바퀴 소리가 나더니 곧 초인종이 요란하게 울렸다. 브리틀스가 안도하며 말했다.

"경관들이구나!"

로즈번이 당황한 얼굴로 물었다.

"뭐, 뭐라고?"

"런던에서 경관들이 왔어요. 오늘 아침에 역마차 편으로 전갈을 보냈거든요. 안 그래도 왜 안 오나 하던 참입니다."

"그…… 그렇군."

로즈번은 잘 되어 가던 일이 틀어지는가 싶어 속으로 분통을 터뜨렸다. 곧 경관 두 명이 집 안으로 들어왔다. 로즈번은 그들에게 사건을 장황하게 설명했다. 경관들은 도둑이 침입했던 창문과 잔디밭 등을 살펴본 후 입을 열었다.

"그런데 웬 사내아이가 이 사건에 관련되어 있다고 들었는데, 그 아이를 좀 보고 싶소."

로즈번은 경관들을 올리버가 있는 방으로 안내했다. 올리버는 자고 있었는데, 어느 때보다도 열이 심한 것 같았다. 로즈번이 아이를 조심스럽게 깨운 뒤 일어나 앉을 수 있도록 부축했다. 올리버는 어리둥절한 표정으로 낯선 사람들을 바라보았다.

로즈번이 말했다.

"이 아이가 바로 그 소년이오. 이 근처 어디선가 우연히 총에 맞았다가 오늘 아침에 이 집으로 도움을 청하러 왔소. 그런데 촛대를 들고 있는 이 사람이 부상당한 아이를 도둑과 한패라 생각하고 함부로 대해서 목숨이 몹시 위태로운 상태라오."

경관이 흥미로운 눈길로 자일스를 바라보았다. 자일스는 겁에 질려 더듬더듬 입을 열었다.

"전…… 저는 이 아이인 줄 알았는데……. 도둑이 데려온 애 말입니다. 그들이 분명 아이를 하나 데리고 있었거든요."

경관이 물었다.

"그래, 이 아이가 그 아이인 건 확실한 거요?"

"그게…… 잘, 잘 모르겠어요. 확실히…… 확실하다고 맹세할 수는 없어요."

"확실하지 않다?"

"아닌 것 같아요. 그…… 그래요, 확실히 아니에요!"

경관은 자일스에게 몇 가지 질문을 더 했다. 그런 다음 자일스가 어리석은 실수를 저질렀으며, 올리버는 도둑들과 아무런 관련이 없다고 결론을 내린 후 돌아갔다.

올리버는 메일리 부인과 로즈, 그리고 친절한 의사 로즈번의 극진한 보살핌을 받으며 그 집에 머물게 되었다. 덕분에 마음의 안정은 찾았지만, 몸은 쉬이 나아지지 않았다. 다친 팔을 제때 치료받지 못해 통증이 심했고, 습기와 추위에 너무 오랫동안 방치된 탓인지 몇 주 동안 열이 내리지 않았다.

그러나 시간이 흐르자 차츰 건강을 회복하기 시작했다. 올리버는 이따금씩 말을 할 수 있을 정도로 기력이 생길 때마다 울먹이면서 정말로 감사하다는 말을 했다. 그리고 몸이 건강해지면 은혜를 갚기 위해 무슨 일이든 하겠다고 말했다.

어느 날 로즈는 올리버가 고맙다는 말을 하기 위해 자리에서 힘겹게 일어나는 것을 보며 말했다.

"가엾어라! 네 마음이 그렇다면 기회는 얼마든지 있을 거야. 우리는 곧 시골로 내려갈 건데, 너도 데려갈 생각이란다. 공기가 맑고 조용한 곳에서 지내다 보면 금세 몸이 좋아질 거야. 건강해지면 네가 우리를 위해 할 수 있는 일은 얼마든지 있단다."

올리버가 눈물을 흘리며 말했다.

"아가씨를 위해서 일하게 된다니 너무 기뻐요. 무슨 일이든 다 하겠어요."

"그래, 너는 우리한테 정말로 큰 기쁨을 줄 거야. 은혜를 잊지 않고 진심으로 고마워하고 있잖니? 우리한테는 그것이 훨씬 더 큰 기쁨이란다."

그 말에 올리버의 얼굴빛이 어두워졌다.

"하지만 전 은혜를 저버리는 짓을 했어요. 얼마 전까지 절 그렇게 아껴 주시던 친절한 신사 분과 다정한 할머니한테 말이에요. 제가 이렇게 행복한 걸 아시면 무척 기뻐하실 텐데……."

"걱정하지 마. 로즈번 선생님이 네가 완전히 낫기만 하면 너를 데리고 그분들을 찾아가겠다고 벌써 약속하셨거든."

얼마 후 올리버가 외출할 수 있을 정도로 건강을 되찾자, 로즈번은 올리버를 데리고 브라운로우의 집으로 향했다. 그러나 그곳에 도착해 보니 브라운로우와 그의 괴팍한 친구, 그리고 베드윈 부인은 멀리 떠나고 없었다. 올리버는 자기에게 크나큰 은혜를 베풀어 준 이들이 자기를 영영 도둑이라고 생각할 것 같아 가슴이 미어졌다.

보름쯤 지나자 날씨가 따뜻해지면서 새싹이 돋고 꽃봉오리들이 부풀어 오르기 시작했다. 메일리 부인과 로즈는 올리버와 함께 몇 달 동안 시골 별장에서 지내기 위해 짐을 꾸렸다.

그들이 도착한 곳은 무척이나 아름다운 곳이었다. 더럽고 살벌한 곳에서 질 나쁜 사람들과 지냈던 올리버는 그 멋진 별장을 보니 마치 별세계에 온 듯 기분이 좋아졌다. 다시 태어난 것만 같았으며, 새로운 삶에 대한 기대로 잔뜩 들떴다. 하루하루가 너무나 고요하고 평화로워 밤이 되어도 전혀 무섭지 않았다.

매일 아침 올리버는 근처에 사는 노인을 찾아가 읽고 쓰는 법을 배웠다. 오후에는 메일리 부인과 로즈와 함께 산책을 나갔다. 다리가 피곤해 그늘 아래에 자리를 잡고 앉으면, 로즈는 올리버에게 책을 읽어 주곤 했다.

날이 어두워져 집으로 돌아오면 로즈는 피아노로 아름다운 곡을 연주하기도 하고, 부드러운 목소리로 메일리 부인이 좋아하는 옛날 노래를 부르기도 했다. 올리버는 마냥 즐거웠다.

너무너무 행복한 석 달이 그렇게 지나갔다. 메일리 부인과 로즈는 올리버에게 순수한 사랑을 베풀었고, 올리버는 그 사랑을 진심으로 감사히 받아들였다. 어느새 메일리 부인과 로즈, 그리고 올리버 사이에는 가족간에 느낄 수 있는 믿음과 사랑이 감돌고 있었다.

제 9 장
증거가 강물 속으로

 눈보라가 몰아치는 몹시 추운 밤이었다. 올리버가 태어났던 구빈원의 간호 부장인 코니 부인은 벽난로 앞에 앉아 차를 마시고 있었다. 그녀는 둥근 탁자 위에 놓인 아기자기한 찻잔 세트를 만족스러운 듯 내려다보았다. 그러다 문득 이십여 년 전에 세상을 떠난 남편이 생각나 울적해지고 말았다.
 막 찻잔을 들어 올리려는데 누군가가 조심스럽게 방문을 두드렸다. 코니 부인은 앙칼진 목소리로 외쳤다.
 "누구야? 노망난 늙은이 하나가 또 죽어 나가는 모양이지. 꼭 내가 뭘 먹으려고 할 때만 죽는단 말야! 어서 들어와! 찬바람이 들어오잖아."

한 남자가 부드러운 말투로 대답했다.

"아무것도 아닙니다. 아무것도 아니에요, 코니 부인."

"어머나! 범블 씨 아니세요? 어서 들어오세요. 정말 독하게 추운 날이에요."

코니 부인은 한결 상냥해진 말투와 몸짓으로 그를 맞았다. 범블이 외투와 모자에 쌓인 눈을 털어 내고 안으로 들어왔다. 그는 한 손에 자그마한 보따리를 들고 있었다. 범블은 보따리를 풀며 말했다.

"환자용으로 나온 포도주를 한 병 가져왔어요. 맛이 굉장히 좋아요. 봐요, 가라앉는 것도 없잖소?"

범블은 병을 머리 위로 들더니 불빛에 비춰 흔들어 보였다. 그런 다음 병을 서랍장 위에 올려놓고는 돌아가려는 듯 모자를 들었다. 그러자 코니 부인이 수줍게 말했다.

"돌아가시는 길이 아주 추울 텐데요, 범블 씨. 바람이 쌩쌩 불잖아요. 혹시…… 혹시 차나 한잔 드실래요?"

범블은 그 말을 기다렸다는 듯 탁자 앞에 있는 의자에 앉았다. 코니 부인이 찻잔을 하나 더 준비해 탁자 위에 내려놓았을 때 두 사람의 눈이 마주쳤다. 그녀의 볼이 발그레해지고 범블은 괜스레 헛기침을 했다.

두 사람은 차를 마시며 이런저런 의미 없는 대화를 나누었다. 차를 다 마신 범블이 찻잔을 내밀자, 코니 부인이 그것을 받았다. 범블은 기회를 놓치지 않고 잔을 받는 여인의 손가락을 지그시 눌렀다. 그러고는 의자를 벽난로에서 조금 더 멀리 물렸다. 그들은 둥근 탁자를 앞에 놓고 얼굴을 마주하고 있었던 까닭에, 범블이 의자를 움직일수록 벽난로에서는 멀어졌으나 코니 부인의 의자하고는 딱 붙게 되었다. 코니 부인은 새침한 표정으로 차를 한 잔 더 건넸다.

범블은 차를 마신 후 손으로 입술을 쓱쓱 문질러 닦은 다음, 재빨리 코니 부인에게 입을 맞췄다. 코니 부인은 너무 놀라 큰 소리도 내지 못하고 속삭이듯 말했다.

"어머나, 범블 씨! 이게 무슨 짓이에요. 소리를 지르겠어요!"

범블은 아무런 대꾸도 하지 않고 잽싸게 코니 부인의 허리를 안았다. 코니 부인이 소리를 지르려고 하는 순간, 다급하게 문을 두드리는 소리가 났다. 범블은 깜짝 놀라 서랍장 쪽으로 달려가 포도주 병의 먼지를 닦는 척했고, 코니 부인은 평소의 사무적인 태도로 돌변해 날카로운 목소리로 물었다.

"누구야?"

비쩍 마른 노파가 문을 열고 말했다.

"샐리 할멈이 지금 막 가려는 참인데, 마님한테 꼭 할 말이 있다고 하네요. 마님이 오시기 전에는 죽을 수 없대요."

코니 부인은 불만이 가득한 얼굴로 두꺼운 숄을 걸치고는, 범블에게 무슨 일이 있을지도 모르니 기다려 달라고 부탁한 후 방에서 나갔다.

혼자 남은 범블은 다소 이상스런 움직임을 보이기 시작했다. 찬장을 열어 은수저가 몇 개 있는지 세어 보고, 은제 우유 단지를 자세히 살펴보며 진짜 은인지 아닌지 확인했다. 그는 코니 부인의 재산 상태에 관한 자신의 궁금증을 모두 해소한 후, 의자에 앉아 머릿속으로 정확한 재산 목록을 작성하기 시작했다.

코니 부인은 병든 노파가 있는 다락방으로 들어갔다. 침대 외에는 아무것도 없는 허름한 방이었다. 방 한쪽에 희미한 등불이 타오르고 있었고, 한 노파가 침대 옆을 지키고 있었다. 샐리 할멈은 제정신을 차리지 못한 채 신음 소리를 내고 있었다. 코니 부인은 잔뜩 짜증이 난 표정으로 침대 한쪽 끝에 앉았다.

잠시 동안 침묵이 이어졌다. 샐리 할멈을 돌보던 두 노파가 난로 앞에 앉아 작은 목소리로 이야기를 나누었다. 코니 부인이 쏘아붙였다.

"좀 조용히 해요! 대체 샐리 할멈은 언제 일어나는 거야? 할 말이 있다고 불러 놓고는 그냥 죽어 버릴 작정인가? 기다릴 만큼 기다렸어. 난 갈 테니 이 할망구 일로 다신 날 찾지 말아요."

코니 부인이 나가려고 몸을 돌렸다. 그때 두 노파가 소리를 지르며 그녀를 붙잡았다. 샐리 할멈이 몸을 일으켜 코니 부인을 향해 두 팔을 벌리고 있었다.

"이리, 이리 와 봐요. 할 말이 있어. 할 말이 있다고! 더 가까이! 귀를 바싹 대고 앉아."

코니 부인이 못마땅한 내색을 하며 침대 옆에 앉았다. 샐리 할멈이 말을 시작하려다가, 두 노파가 호기심에 가득 찬 눈빛으로 귀를 기울이고 있는 것을 보았다.

"저 할멈들은 내보내. 어서!"

두 노파가 나가자 샐리 할멈은 남은 힘을 쥐어 짜내며 힘겹게 입을 열었다.

"내가 하고 싶은 말은…… 십 년 전쯤에 이 방에서…… 바로 이 침대에서 아주 예쁘고 젊은 여자를 간호한 적이 있었지. 얼마나 오래 걸었던지 발이 온통 상처투성이였어. 그 여자는 사내아이를 낳고 죽었지. 그런데…… 내가 뭘 어쨌더라……? 내가…… 옳지! 내가 그 여자 물건을 훔쳤어. 내가 말이야……, 몸이 차갑게 식기도 전이었지. 내가 그걸……."

"도대체 뭘 훔쳤다는 거예요?"

"그건…… 그건 그 여자가 가진 전부였어. 몸이 그 지경이 되면서도 고이 간직하고 있던 거라고. 자기 가슴에 말이야. 금으로 된 거였지. 분명 그랬어!"

코니 부인의 눈이 두 배로 커지는 듯했다. 그녀가 다그쳤다.

"금이라고요? 계속 말해 봐요. 그 여자는 누구였죠? 언제 그런 거죠?"

샐리 할멈은 한층 더 기운이 빠진 목소리로 말을 이었다.
"그 여자가 그걸 잘 보관해 달라고 했는데……. 내가 그 여자 옆에 있던 유일한 사람이니까. 그렇지만 난 그 여자 목에 걸려 있던 그걸 처음 본 순간부터 훔치겠다고 마음먹었지……. 아마 아이는 죽었겠지. 자랄수록 그 여자와 똑같아져서, 아이를 보면 자꾸…… 자꾸 그날 일이 생각났어. 불쌍하기도 하지! 그렇게 어린 나이였는데…… 그렇게 예쁘장했는데…….."
샐리 할멈이 숨을 헐떡이자, 코니 부인이 안달하며 다그쳤다.
"그래서요? 그게 전부예요?"
"그 애 엄마가 죽기 전에 말했어. 아이가 무사히 태어나 잘 자라게 된다면…… 언젠가…… 엄마가 누군지 알게 돼도 부끄럽지 않은 날이 올 거라고……."
"그 애 이름이 뭐였죠?"
"올리버…… 그래, 올리버라고 했어. 내가 훔친 건……."
코니 부인은 대답을 들으려고 샐리 할멈의 얼굴 쪽으로 몸을 숙이며 외쳤다.
"그래, 그게 뭐예요?"
샐리 할멈은 뻣뻣하게 몸을 세우더니 두 손으로 이불을 움켜쥐고 알아들을 수 없는 말을 정신없이 웅얼거렸다. 그러다가 순식간에 몸을 축 늘어뜨리며 숨을 거두고 말았다. 화가 난 코니 부인은 샐리 할멈의 몸을 거칠게 흔들었다. 그때 이불자락을 쥔 할멈의 손에서 뭔가가 보였다. 코니 부인은 그것을 집어 얼른 주머니에 넣었다.

샐리 할멈이 죽던 그날, 코니 부인의 재산 상태를 꼼꼼히 점검한 범블은 그녀에게 청혼을 했다. 두 사람은 곧 결혼을 했고, 얼마 후에 범블은 구빈원 원장이 되었다.

결혼한 지 겨우 두 달째였지만, 범블은 마치 한평생을 그렇게 살아온 것처럼 불행하게 느끼고 있었다. 이제 범블 부인으로 불리는 그녀가 결혼과 동시에 괴팍하고 비열한 본성을 드러냈던 것이다.

어느 날 범블은 사소한 일로 부인과 말다툼을 했다. 그러다가 싸움이 커졌고, 급기야 부인한테 얻어맞기까지 했다. 그는 쫓겨나다시피 구빈원에서 나와 거리를 쏘다녔다. 어느 순간 심한 갈증을 느낀 그는 뒷골목의 한 허름한 술집 안을 잠시 살펴보다가 안으로 들어갔다.

술집에는 손님이 한 사람뿐이었다. 그 낯선 사내는 얼굴이 거뭇하고 키가 컸으며, 커다란 망토를 걸치고 있었다. 옷에 흙먼지가 잔뜩 묻은 것으로 보아 상당히 먼 길을 여행한 것 같았다. 범블이 들어서자, 그는 곁눈질로 범블을 바라보았다. 범블은 괜히 그 사내를 의식하며 몹시 거만한 태도로 의자에 앉았다.

범블은 그 사내의 정체가 궁금해서 신문을 읽는 척하며 슬쩍 슬쩍 훔쳐보았다. 그런데 그때마다 사내와 눈이 마주쳐 당황했다. 그의 눈빛이 어찌나 날카롭던지 불쾌한 기분마저 들 정도였다. 그들의 눈길이 이런 식으로 여러 번 마주쳤다. 갑자기 낯선 사내가 걸걸한 목소리로 말을 걸며 다가왔다.

"아까 안을 들여다볼 때, 혹시 나를 찾은 건 아니었소?"

"그런 건 아닌데……. 나는 당신을 모르오."

낯선 사내가 빈정거리듯 차갑게 말했다.

"나를 찾는 게 아니었군. 하긴 나를 알고 있다면 내 이름을 불렀겠지. 하지만 나는 당신을 아주 잘 알고 있소. 전에 구빈원에서 관리로 일하지 않았소? 그래, 지금은 무슨 일을 하시오?"

범블이 무게를 잡으며 천천히 대답했다.

"구빈원 원장이오."

낯선 사내가 범블의 눈을 매섭게 들여다보며 말했다.

"늘 그랬듯이, 당신은 자신한테 이익이 되는 일이라면 언제든 하겠지?"

그 말을 들은 범블이 깜짝 놀라 눈을 치켜떴다. 그러자 사내가 말을 이었다.

"이봐요, 그렇게 놀랄 건 없다고. 당신을 잘 알고 있다 하지 않았소."

범블은 당황한 태도로 상대방을 꼼꼼히 훑어보며 말했다.

"결혼해서 가정까지 있는 사람인데 정직하게 돈을 버는 거라면 마다할 이유가 뭐 있겠소. 정중하고 정당하게 사례하는 것을 거절할 만큼 구빈원 원장의 보수가 좋은 편은 아니라오."

사내는 자신이 사람을 잘못 보지 않았다는 듯 고개를 끄덕이며 미소를 지었다. 그는 자리에서 일어나 문과 창문을 모두 닫은 다음 말했다.

"내 말을 잘 들으시오. 나는 당신을 찾으려고 이곳에 온 거요. 악마가 무슨 술수를 부렸는지 우연히도 당신이 내가 앉아 있는 이 술집으로 들어왔지. 알고 싶은 게 좀 있소. 아무리 사소한 정보라도 공짜로 달라는 것은 아니니 염려 마시오."

사내는 금화 두 닢을 탁자 위에 꺼내어 범블 쪽으로 스윽 밀었다. 범블은 진짜 금화인지 자세히 살펴본 후 매우 만족스런 표정으로 주머니에 집어넣었다. 사내의 말이 이어졌다.

"기억을 한번 더듬어 보시오. 가만 있자, 십이 년 전 겨울에 있었던 일이오."

"오래전 일이구먼. 아무튼 좋소. 말해 보시오."

"무대는 구빈원."

"좋소."

"때는 늦은 밤."

"밤, 밤이라······."

"장소는 가난한 여자들이 아이를 낳는 방. 그런 여자들은 아이를 낳아 세상에 떠넘기고 죽어 버리기 일쑤지. 어쨌든 그곳에서 한 사내아이가 태어났소."

범블이 고개를 절레절레 흔들며 말했다.

"그런 애들이 어디 한둘이어야지."

사내는 흥분한 듯 목소리가 커졌다.

"나는 한 놈에 대해서 말하는 거요! 아주 순진하게 생겨 먹은 녀석이지. 장의사 밑에 들어갔다가 도망친 녀석 말이오. 그놈이 제 관을 만들어 놓고 거기에 묻혀 죽었다면 좋았으련만! 그놈이 런던으로 도망쳤다고 하던데?"

"아하! 그 녀석, 올리버 트위스트를 말하는 거로군! 물론 기억하지. 그놈은 정말 고집이 세고 또······."

사내가 범블의 말을 가로막았다.

"내가 알고 싶은 건 그놈이 아니오. 그 애의 어미를 간호했던 할멈이 궁금한 거요. 그 할망구는 지금 어디에 있소?"

"어디 있냐고? 난처한 질문이군······. 두달 전에 죽었소."

이 말은 들은 사내는 공허하고 멍한 눈으로 한동안 범블의 얼굴을 응시했다. 범블의 대답이 그에게 기쁨을 주었는지 실망감을 안겨 주었는지는 알 수 없었다. 그러다 마침내 그는 별일이 아니라는 듯한 태도로 자리를 털고 일어섰다.

그러나 범블은 돈을 벌 기회가 왔다는 것을 즉시 눈치 챘다. 그는 아내에게 청혼하던 날, 아내가 샐리 할멈의 임종을 지켰다는 사실을 떠올렸다. 아내는 두 사람 사이에 어떤 이야기가 오고 갔는지 정확하게 알려 주지 않았지만 뭔가 비밀스런 대화를 나누었다는 암시는 했었다.

범블은 사내에게 그 노파의 임종을 지켜본 여자를 알고 있다고 말했다. 그 순간 사내의 얼굴이 순식간에 일그러졌다.

"어떻게 하면 그 여자를 만날 수 있소?"

"나를 통해서만 가능한 일이오."

"언제 만날 수 있겠소?"

"내일."

사내는 종이를 꺼내 주소를 적어 주며 말했다.

"내일 밤 아홉 시에 봅시다. 이곳으로 그 여자를 데려오시오. 오늘 일을 비밀로 해 두라는 말은 새삼스럽게 할 필요가 없겠지? 당신의 이익과 관련된 일이니까."

사내는 술값을 계산하고 술집 밖으로 나갔다. 범블은 종잇조각을 내려다보다가 이름이 적혀 있지 않은 것을 발견하고 황급히 그를 뒤쫓아가 물었다.

"누구를 찾아야 하오?"

"멍크스!"

낯선 사내의 모습이 빠르게 사라져 갔다.

다음 날은 온종일 비가 내렸다. 칙칙하고 무거운 회색 구름이 하늘을 가득 채우고 있었다. 날이 어두워지자 범블 부부는 시내를 벗어나 이 킬로미터가량 떨어진 약속 장소로 향했다. 그곳은 강변에 닿아 있는 데다 지대가 낮아 습기가 눅눅하게 배어 있었다. 다 쓰러져 가는 허름한 오두막들이 뒤죽박죽 섞여 있는 가운데, 그 한복판에 다른 건물보다 한참 높은 건물이 우뚝 솟아 있었다. 한때 인근 지역의 사람들에게 일자리를 제공했던 공장이었지만, 공장이 망하자 그냥 방치된 것이었다.

범블 부부는 바로 그 부실한 건물 앞에서 걸음을 멈추었다. 멀리서 천둥소리가 울려 퍼지더니, 빗줄기가 더욱더 거세졌다. 범블이 손에 들고 있는 종이쪽지를 내려다보며 말했다.

"이 집이 틀림없는데."

그때 누군가가 위에서 소리쳤다.

"이봐! 여기요! 잠깐만 기다려요. 곧 내려가겠소."

멍크스가 창문을 열고 손짓을 했다.

"저 사람이에요?"

범블 부인이 묻자 범블이 고개를 끄덕였다. 멍크스는 작은 문을 열고 나타나 조급하게 소리쳤다.

"기다리게 하지 말고 빨리 들어오시오!"

잠시 머뭇거리던 범블 부인이 먼저 과감하게 안으로 들어섰다. 범블은 뭔가 꺼림칙한 듯 멈칫멈칫하며 뒤를 따랐다. 멍크스는 그들을 데리고 한 층 더 위로 올라가더니 방문을 잠갔다. 밧줄 끝에 매달린 등이 낡은 탁자와 의자 세 개를 희미하게 비추고 있었다.

범블 부부가 자리에 앉자, 멍크스가 말했다.
"빨리 본론으로 들어가는 게 서로에게 좋지 않겠소? 그래, 이 여자가 그때의 상황을 잘 알고 있다는 거요?"
범블이 미처 뭐라 대답하기도 전에 범블 부인이 선수를 치며 자기가 자세히 알고 있다고 대답했다. 멍크스가 물었다.
"할망구가 죽던 날 밤에 당신이 같이 있었고, 그 할망구가 당신한테 무슨 말을……"
범블 부인이 그의 말을 가로챘다.
"맞아요. 당신이 말한 그 아이의 어미에 관한 얘기였지요."
"우선 묻고 싶은 건 무슨 얘기를 했느냐 하는 거요."
범블 부인은 단호하게 말했다.
"그것보다도 먼저 내가 얘기를 해 주면 얼마를 줄 건지 그것부터 짚고 넘어가야죠."
"무슨 내용인지 듣지도 않고 돈 얘기를 할 수는 없잖소?"
범블 부인이 의미심장하게 대답했다.
"그건 당신이 제일 잘 알 텐데요."
멍크스가 인상을 쓰며 물었다.
"얼마를 원하시오?"
"당신한테 얼마만큼의 가치가 있느냐가 문제겠죠."
"아무 가치가 없을 수도 있고, 아니면 이십 파운드짜리일 수도 있겠지. 말해 보시오. 어느 쪽에 해당되는지 들어 봅시다."

"당신이 말한 금액에 오 파운드를 더해서 이십오 파운드를 줘요. 그러면 내가 알고 있는 것을 다 말해 주겠어요. 그 전에는 절대로 안 돼요!"

멍크스가 소리쳤다.

"이십오 파운드라고!"

"그것도 사실 소박하게 부른 거예요."

"내가 아무 가치도 없는 이야기에 돈을 주는 것이라면?"

"그렇다면 다시 가져가면 되잖아요. 나는 방어할 힘도 없는 여자이고, 더군다나 혼자잖아요?"

지금까지의 대화를 두려움에 휩싸인 채 듣고 있던 범블이 덜덜 떨며 끼어들었다.

"여보, 혼자라니 무슨 말이야? 내가 있잖아, 여보."

범블 부인이 쏘아붙였다.

"바보 같기는! 당신은 입 닥치고 있어!"

멍크스는 주머니에서 돈을 꺼냈다. 거기서 이십오 파운드를 세어 탁자 위에 놓고 범블 부인 쪽으로 밀었다.

"자, 이십오 파운드요. 이제 당신 얘기를 들어 봅시다."

범블 부인은 이야기를 시작했다.

"그 할멈의 이름은 샐리였어요. 샐리 할멈이 죽기 직전에 나랑 단둘이 있었는데, 어떤 젊은 여자 얘기를 하더군요. 십여 년 전쯤에 아이를 낳고 곧바로 죽은 여자였죠. 그 아이가 지난밤에 당신이 말했다는 바로 그 아이예요. 할멈은 자기가 산모의 물건을 훔쳤다고 했어요."

"살아 있을 때 그랬다는 거요?"

범블 부인이 약간 떨리는 목소리로 말했다.

"죽은 다음에요. 산모는 죽기 직전에 샐리 할멈한테 어떤 물건을 맡아 달라고 부탁했대요. 그런데 샐리 할멈이 그 물건을 훔친 거죠."

멍크스가 꽤나 흥분해서 대들 듯 물었다.

"그걸 팔았다고 하던가? 언제? 어디서, 누구한테?"

"할멈은 힘겹게 거기까지 얘기하고는 죽어 버렸어요."

멍크스가 화가 나서 소리쳤다.

"그게 다요? 거짓말이야! 나랑 장난치자는 건가, 엉? 분명히 얘기가 더 있을 거야. 똑바로 말하지 않으면 둘 다 살아 나갈 수 없을 거요!"

범블 부인은 멍크스의 거친 협박에도 눈 하나 깜빡하지 않고 말했다.

"그 이상은 한마디도 하지 않았어요. 그런데 이불자락을 쥔 할멈의 손에서 뭔가가 보였어요. 억지로 손을 펴 보니, 더러운 종잇조각이 하나 있더군요."

멍크스가 재빨리 물었다.

"그게 뭐였소?"

"별거 아니었어요. 전당포 보관증이었죠. 이틀 뒤가 만기더군요. 뭔가 큰돈이 될 만한 것을 맡겼을지도 모른다는 생각이 들어 즉시 그 물건을 찾아왔지요."

"지금 어디 있소?"

"여기요."

범블 부인이 탁자 위에 작은 가죽 주머니를 내던졌다. 멍크스는 떨리는 손으로 주머니를 열었다. 그 안에는 작은 로켓(사진이나 기념품, 머리카락 따위를 넣어 목걸이에 다는 작은 갑―옮긴이)이 들어 있었는데, 그것을 여니 두 개의 머리 태래와 금으로 만든 소박한 반지가 나타났다. 멍크스는 그 물건들을 자세히 살펴본 후 말했다.

"이게 전부요?"

"전부예요. 이게 당신이 나한테서 기대했던 건가요?"

"그렇소."

"그걸 어쩔 셈이죠? 나한테 불리하게 사용될 수도 있나요?"

"그런 일은 절대 없을 테니 걱정하지 마쇼. 물론 나한테도 마찬가지고. 자, 여길 보시오! 아, 잠깐! 그 자리에서 한 발짝도 움직이지 말아요. 자칫하다간 목숨이 위태로울 거요."

말을 마친 멍크스는 식탁을 한쪽으로 밀더니, 바닥에 있는 쇠고리를 잡아당겼다. 그러자 범블의 발치에서 커다란 문이 활짝 열렸다. 범블은 화들짝 놀라 뒤로 몇 걸음 물러났다. 멍크스가 등불을 아래로 비추며 말했다.

"아래를 보시오! 두려워할 건 없소. 마음만 먹었다면 당신들이 그쪽에 앉아 있을 때 벌써 떨어뜨렸을 테니까."

그 말에 범블 부부는 조심스럽게 문의 가장자리 쪽으로 다가가서 아래를 내려다보았다. 밤새 내린 비 때문에 잔뜩 불어난 흙탕물이 급류를 이루며 거세게 흘러가고 있었다.

멍크스는 범블 부인에게서 받은 가죽 주머니를 꺼내더니 거기에 작은 납 조각을 매달고는 아래로 던졌다. 그것은 철벅 소리를 내며 물속으로 떨어지더니 이내 자취를 감춰 버렸다. 세 사람은 서로의 얼굴을 바라보며 안도의 한숨을 내쉬었다.

멍크스가 문을 닫으며 말했다.

"됐소! 이제 나갑시다. 다시 한 번 말하지만 입조심들 하시오. 그리고 우리가 어디서 다시 만나든 서로 모르는 사람들이라는 걸 잊지 마시오. 알겠소?"

멍크스가 인상을 찌푸리며 협박조로 말하자 범블은 겁에 질려 고개를 끄덕거렸다. 범블이 등불을 들고 조심스럽게 아래층으로 내려갔다. 그의 뒤를 범블 부인과 멍크스가 따랐다. 범블은 등불을 땅에서 삼십 센티미터 높이로 들고 가면서, 혹시 바닥에 문이 열린 곳은 없는지 샅샅이 살폈다.

마침내 범블 부부는 대문 밖으로 나섰다. 비가 더 세차게 내리고 있었고, 한 치 앞을 볼 수 없을 정도로 깜깜해져 있었다.

제 10 장
낸시와 로즈의 만남

 멍크스와 범블 부부가 이상한 만남을 가진 다음 날 저녁이었다. 사이크스는 잠을 자다가 깨어나, 잔뜩 짜증이 난 목소리로 낸시에게 몇 시냐고 물었다.
 그들이 살고 있는 방은 예전과 똑같은 지역에 있었지만, 올리버를 앞세운 도둑질이 실패로 끝나기 전에 살던 곳은 아니었다. 전보다 더 좁고 더러운 골목에 있었으며, 방의 크기도 작고 가구라고 부를 만한 것도 거의 없었다. 무엇보다도 사이크스의 초라하고 수척한 모습이 그들의 궁핍한 상황을 한눈에 알아보게 했다.
 낸시가 대답했다.

"일곱 시가 넘었어요. 빌, 오늘은 좀 어때요?"

"힘이 하나도 없어. 이봐, 이 빌어먹을 침대에서 벗어나게 나 좀 부축해 줘."

몸이 아파 누워 있어도 사이크스의 포악한 성격은 조금도 변하지 않았다. 낸시가 그를 일으켜서 의자에 앉히려고 하자, 굼뜨다는 둥 제대로 하는 게 없다는 둥 연신 욕설을 퍼부으며 낸시의 뺨을 후려쳤다.

"질질 짜는 거야? 그럴 거면 거기서 얼쩡거리지 말고 꺼져 버려! 알아들어?"

낸시가 사이크스를 돌아보며 억지 웃음을 지었다. 그녀는 사이크스의 어깨에 손을 얹으며 말했다.

"빌, 알았으니까 나한테 너무 심하게 하지 말아요."

"그러면 안 되나?"

낸시는 아이를 달래듯 부드럽게 말했다.

"난 매일 밤 당신을 내 아이라도 되는 양 정성을 다해 간호하고 돌봤잖아요. 그래서 이제 겨우 몸 상태가 좋아졌는데……. 그걸 생각하면 나한테 이러면 안 되잖아요. 제발 나를 함부로 대하지 않겠다고 말해 줘요."

낸시는 서러운 듯 갑자기 울먹거렸다. 사이크스가 투덜댔다.

"그래, 알겠어, 알겠다고. 그런데 왜 또 우는 거야? 젠장! 운다고 내 마음이 달라질 것 같아?"

그때 페긴이 미꾸라지와 찰리를 데리고 방 안으로 들어왔다. 사이크스는 페긴을 보며 비꼬는 투로 물었다.

"어라! 무슨 바람이 불어서 여기까지 다 온 거요?"

페긴은 아주 만족스럽다는 듯 두 손을 비비며 말했다.

"바람은 무슨 바람. 그나저나 빌, 역시 내가 도와주니 몸이 좋아졌군그래."

사이크스는 잔뜩 화가 나서 소리쳤다.

"도와줬다고? 좋아졌다고? 삼 주가 넘도록 나를 여기다 처박아 놓은 것 말고 당신이 한 게 뭐가 있는데? 이 배신자 늙은이!"

"이보게, 난 지난 일주일 동안 런던에 가 있었어. 일이 좀 있었다고. 여기서 길게 설명하기는 힘든 일이지. 이봐, 화내지 말게나. 난 단 한 번도 자네를 잊은 적이 없단 말일세."

"잊은 적이 없다고? 그러시겠지. 내가 여기 누워 몇 번이나 죽을 고비를 넘기는 동안 당신은 나를 이용해 먹을 궁리나 하고 있었겠지. 저 여자가 아니었으면 난 벌써 죽었을 거야."

페긴은 기다렸다는 듯 말꼬리를 물었다.

"그래, 빌. 저 애가 없었다면 진짜로 죽었을걸! 자네한테 이렇게 쓸모 있는 여자를 준 것이 바로 이 페긴 아니면 누구였겠나?"

낸시가 황급히 끼어들었다.

"그건 맞는 말이에요! 그러니 이제 그만 해요."

사이크스가 페긴에게 말했다.

"그건 그렇고, 오늘 밤에 착수금을 줘야겠소."
"이보게, 지금 난 동전 한 닢도 없네그려."
"집에 많이 있잖아. 좀 가져와요."
페긴이 양손을 쳐들면서 말했다.
"많다고? 내가 무슨 돈이 있다고 그래?"
사이크스가 페긴의 말허리를 잘랐다.
"돈이 얼마나 있는지는 내 알 바 아니야. 어쨌거나 지금 당장 돈을 주지 않으면 그 일을 하지 않을 거라고."
페긴이 한숨을 쉬며 대답했다.
"알았네, 알았어. 곧 미꾸라지를 통해 보내겠네."
"그건 안 돼. 미꾸라지는 요리조리 잘 빠져나가거든. 길을 잃었다는 둥 경찰을 피하느라 그랬다는 둥 갖가지 핑계를 둘러대겠지. 낸시를 보낼 테니 직접 주쇼. 그동안 나는 잠이나 실컷 자야겠소."

페긴은 낸시와 다른 아이들을 데리고 집으로 돌아갔다. 그는 집에 도착하자마자 일을 하라며 찰리와 미꾸라지를 밖으로 내보냈다. 그러고는 낸시에게 말했다.
"자, 낸시, 돈을 가져올게. 이 열쇠 보이지? 이게 아이들이 가져오는 것들을 보관하는 벽장의 열쇠란다. 하나밖에 없는 거지. 그런데 요샌 보관할 만한 게 아무것도 없어서 이 열쇠를 쓸 일이 없어. 낸시, 요즘은 진짜로 사업이 잘 안 돼. 고생만 실컷 하는 거지. 그런데도 나한테 돈을 달라고 하다니, 정말 너무하는 것 같지 않아? 하지만 나는 어린 친구들하고 일하는 게 좋아. 그래서 참고 사는 거지. 그래서 모든 걸 참고 사는 거라고. 쉿!"

페긴이 갑자기 외투 속으로 열쇠를 숨기며 말했다.

"거기 누구야? 낸시, 무슨 소리 못 들었냐?"

낸시는 누가 들어오든 상관없다는 듯 팔짱을 끼고 앉아 있었다. 그 순간 누군가가 중얼거리는 소리가 들리더니, 웬 남자가 방 안으로 들어왔다. 멍크스였다. 그는 아무도 없는 줄 알고 들어왔다가 낸시를 보고 깜짝 놀라 뒷걸음질을 쳤다. 낸시는 멍크스를 의미심장한 눈길로 뚫어지게 바라보았다. 페긴이 멍크스에게 말했다.

"내가 데리고 있는 애들 중 하나라네. 걱정하지 말게."

페긴은 손으로 위층을 가리키며 멍크스에게 자리를 옮기자는 신호를 했다. 그러고는 낸시에게 말했다.

"낸시, 한 십 분만 기다려라. 금방 돌아올 테니."

두 사람은 함께 이층으로 올라갔다. 그들의 발소리가 멈추자, 낸시는 신발을 벗고 방에서 몰래 나가 위층의 어둠 속에 몸을 숨겼다.

십오 분쯤 후에, 낸시는 발소리를 내지 않고 급히 내려왔다. 곧이어 두 사람이 이야기를 나누며 돌아오는 소리가 들렸다. 멍크스는 바로 밖으로 나갔고, 페긴은 돈을 가지러 다시 위층으로 갔다. 그가 내려왔을 때 낸시는 돌아갈 준비를 하고 있었다.

페긴이 촛불을 내려놓으며 낸시를 유심히 살펴보았다.

"낸시, 얼굴이 무척 창백하구나! 무슨 일이야?"

낸시는 일부러 태연하게 말했다.

"창백하다고요? 방 안이 좀 갑갑해서 그런가……. 어서 돈이나 줘요."

페긴은 한푼 한푼 나가는 것이 몹시 아깝다는 듯 한숨을 쉬며 돈을 건넸다.

페긴의 집을 나온 낸시는 어디로 가야 할지 잘 모르겠다는 표정으로 한동안 현관 계단에 앉아 있었다. 그러더니 갑자기 자리에서 일어나 사이크스의 집과 정반대 방향으로 달리기 시작했다. 그녀는 한참을 달리다가 심장이 터질 듯 숨이 차오르자 멈춰 섰다.

낸시는 아무것도 할 수 없는 자신의 처지가 너무나 비참해 한바탕 눈물을 쏟아 냈다. 그러다 문득 울어 보았자 아무런 소용이 없다는 생각이 들었다. 그녀는 눈물을 닦고 서둘러 집으로 향했다.

다음 날 사이크스는 낸시가 가져온 돈으로 먹고 마시느라 종일 분주했다. 때문에 낸시의 이상한 행동을 전혀 신경 쓰지 않았다. 낸시는 위험이 코앞에 닥친 사람처럼 안절부절못하고 있었는데, 그 모습은 누가 보기에도 의심스러울 만했다.

날이 저물어 갈수록 낸시의 흥분 상태는 점점 더 심해졌다. 그녀의 얼굴빛이 유별나게 창백했고 눈에서는 불꽃이 활활 타올랐다. 무신경한 사이크스조차도 그 모습을 보고 깜짝 놀랄 정도였다. 침대에 비스듬히 누워 있던 그가 몸을 일으키며 말했다.

"이런! 죽다 살아난 사람처럼 얼굴이 창백하잖아! 대체 무슨 일이야?"

"무슨 일이라니요? 아무것도 아니에요. 왜 그렇게 빤히 쳐다보는 거예요?"

사이크스는 낸시의 팔을 잡고 거칠게 흔들며 다그쳤다.

"왜 그래? 너, 지금 무슨 생각하는 거야?"

"그냥 이런저런 생각이요. 그게 뭐 별난 일이라고."

낸시가 억지로 쾌활한 척하며 대답하자 사이크스의 얼굴이 더 굳어졌다.

"이상해. 뭔가 수상쩍고 위험해 보인단 말이야. 아니, 아니야. 그저 열병이 나려고 그러는 모양이지. 이리 와! 내 옆에 와서 앉아. 그리고 내가 손을 보기 전에 인상 좀 펴는 게 좋을걸."

낸시는 말없이 시키는 대로 했다. 사이크스는 그녀의 손을 꼭 쥔 채 침대에 누웠다. 그의 눈이 감겼다가 다시 떠졌고, 또다시 감겼다. 마침내 그는 깊은 잠에 빠졌다. 낸시는 사이크스의 손을 살며시 빼내고 자리에서 일어나며 나직하게 중얼거렸다.

"이제야 약 기운이 도는구나. 너무 늦은 건 아닌지 모르겠네."

낸시는 재빨리 모자를 쓰고 외투를 걸친 후 불안한 눈길로 주위를 살폈다. 당장이라도 사이크스의 묵직한 손이 자기 어깨를 움켜쥐기라도 할 것 같은 느낌이었다. 그녀는 침대 위로 몸을 구부려 그의 입술에 입을 맞추었다. 그러고는 소리 없이 집을 나섰다.

길가에 늘어선 가게들이 벌써 문을 닫고 있었다. 시계가 열 시를 알리는 종을 치자 낸시의 마음이 더욱 조급해졌다. 그녀는 앞에서 거치적거리는 사람들을 옆으로 밀치고, 마차들 사이를 이리저리 피해 가며 좁은 도로를 따라 바삐 걸었다.

비교적 부유한 사람들이 사는 런던의 서부 지역으로 오자 인적이 뜸해졌다. 마침내 낸시는 하이드 파크에서 가까운 곳에 있는 한 고급 호텔에 도착했다. 시계가 열한 시를 알렸다. 그녀는 잠시 망설이는 듯 현관 앞을 서성이다가 마음을 굳혔는지 안으로 들어갔다. 계단을 올라가려는데 고급스런 옷을 입은 여자 하나가 낸시를 불러 세웠다.

"거기 아가씨, 누굴 찾아왔나요?"

"로즈 메일리 양을 만나러 왔어요."

그 여자는 미심쩍은 눈길로 낸시의 옷차림새를 살펴보며 남자 종업원을 불렀다. 낸시는 그 종업원에게 똑같은 부탁을 했다. 그러나 남자는 낸시를 위아래로 훑어보다가 문 쪽으로 밀치며 말했다.
"안 돼! 나가! 썩 꺼지지 못해?"
낸시가 격렬하게 저항했다.
"내 발로는 절대 안 나가요! 난 그 아가씨한테 꼭 할 말이 있다고요! 잠깐이면 될 텐데, 가난한 사람이라고 이렇게 무시해도 되나요? 이봐요! 누구든 저 좀 도와주세요!"
낸시는 주위를 둘러보며 소리를 질렀다. 주방장을 비롯한 몇몇 사람들이 그 모습을 지켜보다가 남자 종업원에게 말이라도 전해 주는 게 어떻겠냐고 했다. 종업원이 마침내 누그러진 목소리로 물었다.
"대체 무슨 말인데 그래요?"
"어떤 젊은 여자가 로즈 메일리 양한테 꼭 할 말이 있다 하더라고 전해 주세요. 그분이 제 얘기를 한마디만 들어 보면, 얘기를 더 들을지 아니면 내쫓을지 알아서 판단하지 않겠어요?"
종업원은 위층으로 갔다가 곧 되돌아왔다. 그러고는 낸시를 위층의 작은 방으로 안내했다.
낸시는 길거리와 범죄 소굴에서 인생을 허비했지만, 여자의 본성은 여전히 간직하고 있었다. 문 쪽으로 다가오는 가벼운 발소리에, 그녀는 잠시 후 눈앞에 펼쳐질 대조적인 광경을 떠올렸다. 그 모습을 생각하자 자신이 너무 수치스러워 견딜 수가 없었다.

잠시 후 방문이 열리고, 가냘프고 아름다운 아가씨가 나타났다. 낸시는 고개를 들어 조심스레 로즈를 바라보았다. 로즈가 상냥하게 인사를 건넸다.

"안녕하세요. 제가 당신이 찾는 사람이에요. 왜 저를 만나야 한다고 하셨나요? 그 이유를 천천히 말씀해 주세요."

낸시는 로즈의 상냥한 말씨와 달콤한 목소리, 그리고 부드러운 몸짓에 너무 놀라 자기도 모르게 울음을 터뜨렸다.

"아, 아가씨! 아가씨 같은 사람들이 더 많다면, 나 같은 사람은 훨씬 줄었을 거예요."

"자, 우선 앉으세요. 무슨 문제가 있나요? 제가 힘이 될 수 있다면 기꺼이 도와드릴게요."

낸시는 여전히 울면서 말했다.

"그냥 서 있고 싶어요. 그런데 문은, 문은 닫혔나요?"

"네, 닫혀 있어요. 왜요?"

"제가 저와 다른 사람들의 인생을 아가씨 손에 맡기려고 하니까요. 아가씨, 그날……, 올리버가 펜튼빌에 있는 집에서 나와 심부름을 가던 날, 페긴의 집으로 그 아이를 끌고 간 사람이 바로 저였어요."

로즈가 소리쳤다.

"당신이!"

"네, 아가씨, 제가 그랬어요. 이미 들으셨겠지만, 저는 도둑들과 한 패거리고, 거리에서 살아가기 시작한 순간부터 더 나은 삶이 어떤 건지 전혀 알지 못하고 끔찍하게 살아온 인생이에요. 제가 싫다면 대놓고 내색해도 괜찮아요. 거리를 지나갈 때면 찢어지게 가난한 집 여자들조차도 저에게 손가락질을 하곤 하니까요."

"오, 맙소사!"

"아가씨는 어릴 때부터 아가씨를 보살펴 주는 사람들이 있어서 추위나 배고픔이란 건 전혀 모르고 살았겠죠. 태어나는 순간부터 추위와 배고픔과 술주정을 벗하며 살아온 저와는 분명 다른 사람일 거예요. 저야 언젠가는 거지들이 우글거리는 뒷골목에서 죽고 말 테지만……."

로즈는 진심으로 안타까워했다.

"가엾어라! 당신의 얘기를 듣고 있으니 가슴이 미어지네요."

"정말 선한 분이군요! 하지만 동정을 구하려고 이곳에 온 게 아니에요. 사실은 제가 엿들은 이야기를 전해 주려고 아무도 모르게 왔어요. 제가 여기에 와 있다는 걸 그들이 알면 저는 죽어요. 저뿐만이 아니라 다른 사람도요. 혹시 멍크스라는 사람을 알고 있나요?"

"아니요, 그런 이름은 들어 본 적이 없어요."

"그 사람은 아가씨를 알고 있더군요. 여기에 있다는 사실도 알고요. 제가 아가씨를 찾을 수 있었던 것도 그 사람이 하는 얘기를 들었기 때문이에요. 그러니까 올리버가 강요에 못 이겨 아가씨의 집에 침입하게 된 날로부터 며칠 지나지 않았을 때였어요. 저는 우연히 멍크스란 남자와 페긴이 어둠 속에서 하는 얘기를 엿듣게 되었어요.

올리버가 페긴의 꾐에 빠져 우리 애들 둘과 함께 처음으로 거리에 나갔던 날, 멍크스는 우연히 올리버를 보게 되었나 봐요. 그는 올리버가 자신이 찾고 있는 애라는 걸 금방 알아봤다고 했어요. 그가 왜 올리버를 찾고 있었는지 알 수는 없지만, 아무튼 멍크스는 페긴과 계약을 맺었지요. 올리버를 다시 데려오면 두둑한 돈을 주고, 또 그 애를 도둑으로 만들면 얼마를 더 주겠다고요."

"도대체 이유가 뭐죠?"

"저도 그 이유는 몰라요. 제가 엿듣고 있을 때, 그가 벽에 비친 제 그림자를 알아보는 바람에 그곳에서 도망쳐야 했거든요. 그런데 어젯밤 그 멍크스라는 남자를 다시 보게 됐어요."

"무슨 일이 있었죠?"

"어젯밤에도 저는 그들의 대화를 몰래 숨어서 엿들었죠. 멍크스가 말하더군요. '아이의 신원을 알 수 있는 유일한 증거는 이제 강바닥에 있소. 게다가 그놈의 어미한테서 그걸 건네받은 할망구는 이제 죽고 없으니 하나도 걱정할 것 없소.'라고요. 그는 악마처럼 웃으면서 계속 말했어요. 올리버를 감옥이란 감옥은 모두 경험하게 몰아붙이고, 어떻게든 죽을죄를 짓게 해서 교수형감이 되게 하면 부친의 유언은 모두 무효가 된다고요."

"도대체 그게 무슨 말이에요?"

"저도 잘 몰라요. 하지만 믿으셔야 해요. 저같이 천한 사람의 입에서 나오는 말이지만 분명한 사실이니까요. 그자는 또 자신의 목숨이 위험하지만 않다면 올리버를 없애 버리고 싶다고 했어요. 그런데 그게 쉽지 않으니, 확실한 도둑으로 만들어야 한다고요. 그러고는 '페긴, 내 동생 올리버를 위해 내가 생각해 둔 함정이 어떤 건지 알게 되면 아마 놀라 자빠질걸.' 하고 말하더군요."

로즈가 깜짝 놀라 크게 소리쳤다.

"동생이라고요!"

낸시는 불안한 듯 주위를 둘러보며 말했다.

"분명히 그렇게 말했어요. 그리고 아가씨의 가족 이야기를 하면서 올리버가 아가씨와 함께 지내는 건 악마의 장난이 분명하다며 웃었어요."

로즈는 몹시 창백한 낯빛으로 덜덜 떨었다. 낸시가 갑자기 서두르며 말했다.

"아, 너무 늦었어요. 이제 가야 해요. 더 늦으면 의심을 받을 거예요."

로즈가 다급하게 물었다.

"그러면 제가 무슨 일을 할 수 있죠? 어떻게 해야 하나요? 왜 그 끔찍한 사람들이 있는 곳으로 다시 돌아가려고 하는 거예요? 당신이 한 얘기를 제가 알고 있는 분한테 다시 한 번 들려주세요. 그러면 그분이 안전한 곳에 당신의 거처를 마련해 줄 거예요."

"돌아가고 싶고…… 또 그래야만 해요. 당신 같은 숙녀 분한테 이런 말씀을 드려도 될지 모르겠지만, 저한테는 아주 절박한 처지의 한 남자가 있어요. 어쩌면 이 세상에서 가장 사악하고 끔찍한 악당일지도 모르는 사람이지만, 그래도 그를 두고 떠날 수는 없어요. 아가씨가 저를 이 비참한 삶에서 구해 준다고 해도요."

"하지만 당신은 위험을 무릅쓰고 이곳까지 왔잖아요. 제가 당신을 도울 수 있게 해 주세요. 진심으로 돕고 싶어요."

낸시가 무릎을 꿇으며 말했다.

"저한테 그런 말을 해 준 건 아가씨가 처음이에요. 하지만 너무 늦었어요. 저는 돌아가야만 해요."

"절대 늦지 않았어요. 지금이 바로 그때예요."

"아니, 너무 늦었어요. 지금은 그를 떠날 수 없어요! 저 때문에 그 남자가 죽게 할 수는 없다고요. 만약 아가씨한테 얘기한 것이 다른 사람에게 전해지면 우리 일당은 붙잡힐 거예요. 그러면 그는 틀림없이 교수형을 당하겠죠. 그 누구보다도 잔인하고 많은 죄를 저지른 사람이니……. 저는 온갖 고통과 학대를 받고 살면서도 그 남자한테 끌려요. 그에게 맞아 죽는다 해도 전 돌아갈 거예요. 어쩌면…… 하느님이 나한테 천벌을 내리고 있는 것인지도 모르지요.”

낸시는 또다시 울음을 터뜨렸다. 로즈가 물었다.

"그렇다면 제가 어떻게 해야 하죠? 어떻게 해야 우리가 올리버를 구할 수 있는 건가요?”

“입이 무겁고 정말로 믿음이 가는 분과 상의하세요.”

“당신이 필요할 경우, 어떻게 해야 만날 수 있나요?”

“비밀을 지킬 수 있어요? 아가씨 혼자서나 아니면 다른 한 분과 단둘이서만 저를 만날 수 있나요? 그리고 저를 감시하거나 미행하지 않겠다고 약속할 수 있으세요?”

“약속할게요.”

“그러면 매주 일요일 밤 열한 시에서 열두 시 사이에 런던교 위를 걷고 있을게요. 제가 살아 있는 한…….”

말을 마친 낸시는 서둘러 그 방에서 나가려고 했다. 로즈가 다급하게 그녀를 붙잡았다.

“잠깐만요. 다시 한 번 생각해 봐요. 당신을 돕고 싶어요. 왜 굳이 돌아가려는 거예요?”

“아가씨가 이 자리에서 제 목숨을 거둬 줄 수 있다면 그것이야말로 저를 돕는 최선의 길일 거예요. 오늘 밤 아가씨와 이야기를 나누면서 문득 제 삶을 돌이켜 보니, 너무 서글퍼 견딜 수가 없네요. 그러니 제가 살아온 그 지옥 같은 곳에서 죽는 것보다는 여기서 죽는 게 더 나을지도 모르지요. 다정한 아가씨! 저의 치욕스러운 삶은 제가 자초한 거예요. 하느님께서 제게 내려 주신 불행보다 더 많은 행복을 당신에게 주시길 빌게요!"

낸시는 큰 소리로 울며 방을 뛰쳐나갔다. 로즈는 이 놀라운 만남에 머릿속이 혼란스러웠다. 그녀는 의자에 털썩 주저앉아 이리저리 흩어진 생각들을 정리하려고 애썼다.

원래 메일리 가족은 시골에서 올라와 사흘간만 런던에서 머물다가 다시 먼 해변으로 가서 몇 주를 보낼 예정이었다. 그런데 런던에서 머문 첫날, 낸시가 로즈를 찾아왔던 것이다. 로즈는 올리버를 둘러싼 의혹이 풀릴 때까지 떠나지 않겠다고 마음먹었지만, 여행을 미루겠다고 말할 만한 뾰족한 핑곗거리가 없어 고민이었다.

만약 일행을 따라 런던을 떠난다면 그녀를 믿고 있는 낸시와의 약속을 저버리는 것이었다. 로즈는 그 약속을 지키고 싶었다. 이래저래 로즈는 어려운 상황에 놓이게 되었다. 그녀는 믿을 만한 의논 상대를 떠올려 보았지만 로즈번이나 메일리 부인, 그 밖의 누구에게도 털어놓기가 쉽지 않았다. 불안한 마음으로 생각에 잠겨 있는데, 올리버가 너무 흥분해서 얼굴이 발갛게 달아

오른 채 숨가쁘게 방으로 뛰어 들어왔다.

로즈가 깜짝 놀라 물었다.

"왜 그래? 무슨 일이야?"

"그분이요! 방금 그분을 봤어요. 저한테 너무너무 잘해 주셨던 브라운로우 씨가 마차에서 내리는 걸 봤다고요. 너무 떨려서 다가가지는 못했는데 자일스 씨가 집 주소를 확인했어요. 이게 그 집의 주소예요."

올리버는 너무 좋아 눈물을 흘리며 주소가 적힌 종이쪽지를 보여 주었다.

"여기요! 이곳이 그분이 사는 곳이에요. 지금 그곳으로 가고 싶어요. 아, 세상에! 그분을 다시 보면 어떻게 해야 하죠?"

로즈의 머릿속에서 어떤 생각이 번뜩 떠올랐다. 그녀는 이 기회를 잘 활용해야겠다고 생각했다.

"올리버, 어서 가서 마차를 불러 달라고 하고 그곳으로 갈 준비를 해. 내가 당장 데려다줄게. 어서 서둘러!"

그들은 채 오 분도 지나지 않아 브라운로우의 집으로 향하는 마차 안에 있었다. 그곳에 도착하자 로즈는 올리버를 마차 안에 남겨 두고 먼저 집 안으로 들어갔다. 올리버에게는 그분이 마음의 준비를 하도록 시간을 주어야 한다는 구실을 내세웠다.

로즈는 하인에게 명함을 주며 긴급한 일로 브라운로우를 만나고 싶다고 말했다. 하인이 곧 돌아와 그녀를 위층으로 안내했다. 브라운로우는 그의 오랜 친구인 그림위그와 함께 있었다. 브라운로우가 로즈를 정중하게 맞았다.

로즈는 인사를 건네며 약간 달뜬 목소리로 말했다.

"브라운로우 씨, 제 말을 들으시면 무척 놀라실 거예요. 저는 소중한 저의 어린 친구한테서 브라운로우 씨가 그 아이에게 크나큰 자비와 친절을 베풀어 주셨다고 들었어요. 그 아이의 이름을 들으면 무척 좋아하실 거라고 생각합니다."

"아, 그래요? 아이의 이름이 어떻게 되나요?"

"올리버 트위스트라고 합니다."

그 순간, 책을 읽는 척하면서 이야기에 귀를 기울이던 그림위그가 책을 요란하게 덮고는 의자 뒤로 몸을 젖혔다. 그는 휘파람 소리 같은 이상한 소리를 내며 놀란 기색을 숨기지 않았다. 브라운로우는 그런 식으로 자신의 감정을 표현하지는 않았지만 놀라기는 매한가지였다. 그는 의자를 로즈 가까이로 끌어당기며 말했다.

"메일리 양, 내가 잘해 주었다는 얘기는 하지 마시오. 나는 그 아이한테 좋지 않은 감정을 갖게 되었으니까요. 혹시 내 생각을 바꿔 놓을 수 있는 증거가 있다면 당장 얘기해 주시오."

그림위그도 거들었다.

"나쁜 녀석! 그놈이 나쁜 녀석이 아니라면 내가 내 머리를 먹는다니까!"

로즈가 얼굴을 붉히며 말했다.

"올리버는 본디 훌륭한 품성과 착한 마음씨를 지닌 아이예요. 하느님은 그 아이에게 나이에 맞지 않을 만큼 많은 시련을 주셨지만, 그보다 여섯 배나 나이를 더 먹은 사람들도 부끄러워할 만한 사랑스런 마음도 주셨지요."

그림위그가 굳은 얼굴로 대꾸했다.

"내 나이가 예순 하나요. 올리버는 적어도 열두 살은 되었을 테니, 그 말은 나하고는 상관없겠군."

브라운로우가 말했다.

"이 친구가 하는 말은 신경 쓰지 마시오. 진심이 아니니까."

그림위그가 투덜거렸다.

"왜 아냐? 난 진심일세."

"아니, 진심이 아니지."

그림위그가 으르렁거렸다.

"그렇지 않다면 내가 내 머리를 먹어 버린다니까."

"만약 그렇다면 그 머리는 떨어져 나가도 싸지."

그림위그가 지팡이로 마룻바닥을 쿵쿵 내리치며 말했다.

"누구든 그렇게 할 테면 해 보라고 해."

말다툼이 심해지는가 싶은 순간, 두 신사는 각자의 코담배를 꺼내 냄새를 맡고는 악수를 하며 화해했다. 그들의 말다툼은 늘상 그런 식으로 끝나는 것이었다.

브라운로우가 로즈에게 말했다.

"메일리 양, 당신이 지대한 관심을 갖고 있는 문제로 돌아갑시다. 그 아이에 대해서 아는 게 있으면 전부 다 말해 주시오. 사실 나도 그 애를 찾기 위해 무척 애를 썼소."

로즈는 올리버가 브라운로우의 집을 떠난 뒤로 얼마나 고통스러운 날들을 보냈는지 이야기해 주었다. 그리고 지난 몇 달간 올리버가 은인을 찾지 못해 많이 슬퍼했다는 말도 덧붙였다. 하지만 낸시한테서 들은 이야기는 하지 않았다.

브라운로우가 기쁨에 찬 목소리로 외쳤다.

"하느님, 감사합니다! 이렇게 행복한 일이 또 있을까! 메일리 양, 올리버는 지금 어디에 있습니까? 왜 그 아이와 함께 오지 않은 건가요?"

"올리버는 대문 앞에 세워 둔 마차에서 기다리고 있어요."

"대문 앞에!"

브라운로우는 정신없이 계단을 내려갔다. 그가 방에서 나가자, 그림위그는 의자에서 벌떡 일어나 방 안을 정신없이 왔다 갔다 했다. 적어도 열두 번은 그렇게 했다. 그러다가 갑자기 로즈 앞에 멈춰 서더니 그녀의 뺨에 입을 맞췄다. 로즈가 그의 유별난 행동에 몹시 당황해 하자, 그림위그가 말했다.

"쉿! 두려워 말아요. 난 아가씨의 할아버지뻘이잖소. 아가씨는 정말 상냥한 사람이야. 내 맘에 쏙 드는군."

바로 그때 브라운로우가 올리버와 함께 들어왔다. 그림위그도 올리버를 아주 친절히 맞았다. 로즈는 너무나 만족스러웠다. 브라운로우가 종을 울리며 말했다.

"잊어선 안 될 사람이 또 있어요. 누구보다 베드윈 부인이 반가워할 거야."

나이 든 부인이 종소리를 듣고 재빠르게 들어오더니 문가에 서서 지시를 기다렸다. 브라운로우가 말했다.

"베드윈 부인, 날이 갈수록 눈이 더 나빠지는가 보오."

"제 나이쯤 되면 눈은 나빠지게 마련이죠."

"안경이나 쓰고 내가 왜 오라고 했는지 한번 보지 그래요?"

베드윈 부인이 앞치마 주머니에 손을 넣어 안경을 찾기 시작했다. 그러나 올리버는 더 이상 기다릴 수가 없었으므로, 충동적으로 다정한 할머니의 품 안으로 달려들었다. 깜짝 놀란 베드윈 부인이 올리버를 꼭 껴안으며 소리쳤다.

"이게 누구야? 오, 하느님 맙소사! 내 착한 아이로구나!"

"할머니!"

베드윈 부인은 올리버를 껴안은 채 말했다.

"돌아왔구나……. 돌아올 줄 알았단다. 돌아올 줄 알아어. 그렇게 오랫동안 어디에 갔다 온 거니? 여전히 귀여운 얼굴에 안색은 더 좋아졌구나. 눈빛도 변함없이 부드럽지만 한층 더 밝아 보이고. 애야, 난 네 얼굴과 미소를 한 번도 잊은 적이 없단다."

그들이 이야기를 나누는 동안, 로즈와 브라운로우는 다른 방으로 갔다. 로즈는 낸시한테서 들은 이야기를 자세히 전했다. 브라운로우는 너무 놀라 어떻게 해야 좋을지 생각해 보겠다고 약속했다. 그러는 동안 로즈는 로즈번과 메일리 부인에게도 그 사실을 조심스럽게 알리기로 했다.

얼마 뒤 로즈와 올리버는 다시 호텔로 돌아갔다.

제 11 장
낸시의 희생

페긴은 걱정이 태산 같았다. 미꾸라지가 경찰에 체포되었기 때문이다. 경찰이 미꾸라지의 주머니를 뒤졌을 때, 우연찮게도 은으로 만든 코담뱃갑이 나온 탓이었다. 미꾸라지는 그쪽 방면에서는 이미 꽤 유명한 아이였다. 이번 사건을 빌미로 경찰은 미꾸라지가 종신형을 선고받게 하려고 그 코담뱃갑을 결정적인 증거로 들이밀 것이 분명했다.

페긴은 새로 패거리에 합류한 아이에게 경찰서에 가서 미꾸라지의 재판이 어떻게 진행되는지 살펴보고 오라고 지시했다. 아이는 마부로 가장하고 곧장 경찰서로 향했다.

이 아이가 누구인고 하니, 바로 올리버가 런던으로 떠날 결정적인 계기를 마련해 준 노아 클레이폴이었다. 그는 얼마 전에 소어베리의 가게에서 도망쳐 나왔다. 노아는 도둑이나 소매치기와 한패가 되어 한몫 잡아 볼 요량으로 런던으로 향했고, 그 와중에 들른 어느 술집에서 우연히도 페긴을 만난 것이었다. 노아의 재능을 한눈에 알아본 페긴은 그를 꼬드겨 자신의 밑에서 일하도록 했다.

경찰서로 간 노아는 미꾸라지가 유죄를 선고받고 작은 독방에 갇히는 걸 본 후 돌아와 페긴에게 보고했다.

일요일 밤이었다. 교회에서 울려 퍼지는 종소리가 열한 시를 알리고 있었다. 사이크스와 페긴은 하던 이야기를 잠시 멈추고 종소리에 귀를 기울였다. 낮은 의자에 앉아 있던 낸시도 고개를 들고 귀를 기울였다. 페긴이 창의 덧문을 열고 밖을 내다본 후 말했다.

"자정까지 한 시간 남았군. 일하기에는 딱 좋은 날인데. 어둡고 음침하고……."

그때 외출 준비를 마친 낸시가 막 방에서 나가려고 했다. 사이크스가 불러 세웠다.

"낸시! 이 밤중에 어딜 가는 거야?"

"멀리 안 가요."

"무슨 대답이 그래? 어디 가냐고?"

"몰라요. 나도 내가 어디로 가는지 잘 모르겠어요."

사이크스는 굳이 낸시를 붙잡을 이유는 없었으나, 그냥 고집을 부리고 싶었다.

"그럼 내가 알게 해 주지. 아무 데도 못 가. 앉아!"

"몸이 안 좋아요. 바람을 좀 쐬고 싶어요."

"창문 밖으로 고개를 내밀면 되잖아."

"그걸로는 충분하지 않아요. 나가고 싶어요."

"그렇게는 안 되지."

사이크스는 벌떡 일어나더니 문을 잠가 버리고는, 낸시의 낡은 모자를 벗겨 찬장 위로 던지며 을러댔다.

"그 자리에 꼼짝 말고 있어."

"왜 이래, 빌! 무슨 짓이에요?"

"무슨 짓이냐고? 이년이 정신이 나갔군. 감히 나한테 그 따위 말을 해?"

낸시가 바닥에 무릎을 꿇으며 애원했다.

"날 보내 줘, 제발……. 딱 한 시간, 한 시간만 나갔다 올게요."

사이크스가 그녀의 팔을 거칠게 잡으며 말했다.

"이 계집애! 완전히 미쳤구나! 일어나!"

그러자 낸시는 악에 받쳐 소리를 질렀다.

"보내 주기 전에는 죽어도 안 일어날 거야! 죽어도!"

사이크스는 한순간 멍한 눈으로 낸시를 바라보았다. 그러더니 그녀를 작은 방으로 질질 끌고 가서는 의자에 던져 놓고 꼼짝 못하게 힘으로 눌렀다. 낸시는 몸부림을 치기도 하고 애원도 하다가, 열두 시가 되자 완전히 맥이 빠져 조용해졌다.

사이크스는 욕이란 욕은 모두 동원하여 낸시에게 협박을 한 후에, 페긴 앞으로 와서 앉았다. 그는 땀을 닦아 내며 말했다.

"휴! 정말 이상한 계집애라니까! 아직도 그 못된 성질이 죽지 않았어."

페긴이 뭔가를 골똘히 생각하며 말했다.

"빌, 내 생각에도 그런 거 같아."

페긴은 사이크스에게 너무 신경 쓰지 말라고 안심을 시킨 후, 그 집에서 나왔다. 그는 걸으면서 자기가 목격한 광경을 다시금 머릿속에 떠올렸다.

최근에 낸시의 태도는 정말로 이상했다. 자주 집을 비운 채 혼자 나돌아다녔고, 패거리들의 일에도 무관심했다. 또 오늘처럼 특정한 시간에 집에서 나가지 못해 안달하는 모습도 이상했다. 페긴은 낸시에게 다른 남자가 생긴 것이라 추측했다. 아무리 낸시의 마음이 한결같다 한들 포악한 사이크스의 손찌검에 이제 질릴 만도 했기 때문이다.

페긴은 낸시가 좋아하게 된 미지의 남자에게 관심이 갔다. 사이크스는 자신의 약점을 너무 많이 알고 있었고, 게다가 사이크스의 막돼먹은 모욕으로 그 역시 상처를 많이 받았던 터였다.

페긴은 이 기회를 이용해 사이크스를 없애 버릴 궁리를 했다.
그리고 집에 도착하기도 전에 그 계획을 마무리했다. 낸시를 미행해서 새로운 남자가 누군지 밝혀낸 다음, 그녀를 협박해 사이크스를 독살하도록 사주하면 그것으로 끝이었다.

일주일이 지나고, 다시 일요일 밤이 돌아왔다. 두 사람이 런던교에 모습을 드러냈을 때, 교회의 시계는 열한 시 사십오 분을 가리키고 있었다. 한 사람은 여자였는데, 빠른 걸음으로 걸어가면서 누군가를 열심히 찾는 것 같았다. 다른 한 사람은 남자였다. 그는 달빛이 미치지 않는 곳을 골라 가며 약간의 거리를 두고 여자를 따라갔다.
여자는 찾는 사람을 발견하지 못했는지, 갑자기 몸을 돌렸다. 그러자 남자의 그림자가 황급히 몸을 숨겼다. 다리 중간쯤에서 여자가 걸음을 멈추자 남자도 멈췄다.
열두 시를 알리는 종이 울리고 잠시 후, 다리에서 그다지 멀지 않은 곳에 마차 한 대가 멈춰 섰다. 젊은 여자가 머리가 희끗한 신사와 함께 마차에서 내려 다리 쪽으로 걸어왔다. 그들이 다리로 들어서자, 먼저 와 있던 여자가 황급히 그들을 향해 다가갔다. 그들은 걸음을 멈췄다.
낸시가 떨리는 목소리로 말했다.
"여기는 무서워서 안 되겠어요. 사람이 없는 저쪽 계단 아래로 내려가요."

낸시는 강으로 내려가는 계단을 손으로 가리켰다. 그러자 낸시를 뒤쫓던 남자가 어둠 속에서 조용히 몸을 움직여 먼저 계단 쪽으로 가서 숨었다. 곧 세 사람의 발소리가 들리고 목소리가 가까이서 들렸다. 그는 벽에 바짝 몸을 붙이고 숨 한번 크게 쉬지 않은 채 그들의 이야기를 엿들었다.

노신사의 목소리가 들렸다. 그는 브라운로우였다.

"이쯤이면 충분히 멀리 왔어요. 더 이상은 갈 수 없소. 불빛 하나 없는 이 어두컴컴한 곳에서 얘기를 해야 하는 이유가 대체 뭐요?"

"아까도 말씀드렸지만, 저기서는 무서워서 말을 꺼내기가 힘들었어요. 왜 그런지는 잘 모르겠지만, 오늘 밤은 너무 두려워서 있기조차 힘이 드네요."

브라운로우가 동정 어린 말투로 물었다.

"무엇이 두려운가요?"

"잘 모르겠어요. 그냥 모든 게 너무 두려워요."

"두려워하지 마세요."

이렇게 낸시를 위로한 젊은 숙녀는 로즈였다.

브라운로우가 낸시에게 물었다.

"지난 일요일 밤에는 왜 이곳에 오지 않았습니까?"

"그럴 수가 없었어요. 붙잡혀 있었거든요."

"누구한테요?"

"제가 이 아가씨한테 얘기했던 그 남자, 빌한테요. 어디에 가는지 얘기하지 않으면 나올 수가 없어요. 지난번에 호텔로 아가씨를 만나러 갔을 때는 술에다 약을 타서 재우고 왔던 거예요."

브라운로우는 걱정스런 얼굴빛으로 물었다.

"우리가 만나야만 하는 그 문제와 관련해서 당신이 누군가와 연락을 주고받는다는 걸 눈치 챈 사람은 없겠죠?"

낸시는 고개를 저으며 말했다.

"없어요."

"그럼 됐소. 이야기를 빨리 끝내지요. 난 이 숙녀한테서 당신과 이 주 전에 나눈 이야기를 전해 들었소. 그리고 정말로 믿을 수 있는 몇몇 사람들한테도 전했고요. 솔직히 처음에는 좀 의심을 했지만, 나는 아가씨를 확고하게 믿고 있소. 그렇기 때문에 아가씨한테 숨김없이 말하는데, 우리는 그 비밀이 무엇이건 간에 반드시 캐내고 말 거요. 멍크스라는 자를 협박해서라도 말이오. 그는 나한테 맡겨요. 내가 처리할 테니."

낸시가 물었다.

"그가 페긴이나 다른 사람들에 대해 불면 어쩌죠? 페긴은 악마보다 더 나쁜 사람이지만…… 쓰레기 같은 인생이라 해도 비참한 최후를 맞게 하고 싶진 않아요. 어쨌든…… 우리는 지금껏 같은 길을 걸었고, 그들 중 누구도 나를 해치려 들지 않았으니까요."

"멍크스한테서 진실을 캐내면 모든 게 끝날 거요. 다른 사람들은 상관없소. 약속하지요."

"만약 그렇게 되지 않으면요? 진실을 밝혀내지 못하면요?"

"멍크스를 찾아내지 못한다 해도 아가씨의 허락 없이 페긴이란 자가 법정에 서는 일은 없도록 하겠소."

낸시가 로즈를 바라보며 말했다.

"아가씨도 약속해 주시겠어요?"

"그래요, 맹세할게요."

낸시는 잠시 머뭇거리다가 브라운로우에게 말했다.

"선생님이 어떻게 이 일을 알게 되었는지 멍크스가 알면 절대로 안 돼요."

"알겠소."

그녀는 잠시 뜸을 들이다가 다시 입을 열었다.

"저는 어렸을 때부터 거짓말만 해 왔고, 거짓말쟁이들하고 같이 살아왔어요……. 하지만 두 분은 믿을게요."

그러고는 아주 작은 목소리로 멍크스가 자주 가는 술집과 그가 그곳을 찾는 시간을 알려 주었다. 낸시는 잠시 말을 멈추고 숨을 고른 뒤 멍크스의 생김새를 묘사했다.

"키가 크고 건장한 몸집의 남자예요. 걸으면서 어깨 너머로 이쪽저쪽을 돌아보는 습관이 있더군요. 얼굴이 검은 편이에요. 머리카락하고 눈동자도 검고요. 나이는 스물예닐곱쯤 되었을까? 나이에 비해 초췌해 보이는 편이죠. 참, 입술에 흉터가 있어서 꼭 일그러진 것처럼 보여요. 그 사람에 대해서 말씀드릴 수 있는 건 이게 전부예요. 아, 잠깐만요. 그 사람의 목에……."

브라운로우가 황급히 끼어들었다.

"커다란 흉터, 불에 덴 것 같은 붉은 흉터가 있소?"

"이게 어찌 된 일이죠? 그 사람을 알고 있군요!"

로즈는 너무나 놀란 나머지 짧은 비명을 질렀다. 세 사람 사이로 잠시 무거운 침묵이 흘렀다. 어찌나 고요하던지 엿듣는 이가 그들의 숨소리까지 생생하게 들을 수 있을 정도였다. 브라운로우가 침묵을 깨고 말했다.

"그런 것 같소. 하지만 아닐 수도 있지요. 비슷한 사람들이 워낙 많으니까. 어쨌든 아가씨는 우리한테 정말로 값진 것을 알려 주었소. 그에 대한 보상을 하고 싶은데, 우리가 무슨 도움을 줄 수 있을까요?"

"아무것도 필요 없어요."

브라운로우는 다정한 목소리로 다시 물었다.

"그러지 말고 말해 보시오."

낸시가 울먹이며 대답했다.

"선생님, 저를 위해 아무것도 하실 필요가 없습니다. 저는 아무런 희망도 없는 사람이니까요."

"지금까지는 삶을 헛되이 살았겠지만, 그래도 미래를 향한 희망을 버리지는 마시오. 나는 아가씨한테 마음의 평화를 찾아 줄 수 있다는 말은 못하오. 그건 아가씨가 스스로 찾아야 하는 것이니까요. 그렇지만 아가씨가 원한다면 조용한 거처를 마련해 줄 수는 있소. 영국에 있는 것이 두렵다면 외국으로라도 보내 주겠어요. 과거에 아가씨가 알았던 사람들의 손이 전혀 미치지 않는 곳으로 보내고, 마치 한순간에 증발해 버린 것처럼 자취를 남기지 않을 수 있소. 우리는 아가씨가 그곳으로 돌아가지 않기를 간절히 바라오. 부디 기회가 왔을 때 비참한 과거에서 벗어나시오."

낸시가 망설이다가 대답했다.

"선생님, 말씀은 고맙지만 그럴 수 없습니다. 저는 과거의 삶에 매여 있는 몸이에요. 그것이 지긋지긋하게 혐오스럽지만 그렇다고 떠날 수는 없어요. 되돌아가기에는 너무 멀리 온 것 같아요. 사실 잘 모르겠어요. 하지만…… 아, 이제 집으로 돌아가야 돼요."

로즈가 되물었다.

"집으로?"

"그래요, 집으로요. 이제 헤어져요. 누군가 저를 감시하고 있는 것만 같은 느낌이 들어요. 가세요! 어서요! 제가 두 분께 뭔가 도움이 되었다고 생각한다면, 그냥 집으로 돌아가게 해 주세요. 부탁입니다."

브라운로우는 한숨을 내쉬며 말했다.

"별수 없군. 여기에 더 있으면 이 아가씨가 위험해질지도 모르겠소. 로즈 양, 이제 갑시다."

두 사람은 돌아섰다. 로즈는 차마 발걸음을 떼지 못하고 다시 뒤돌아 낸시에게 말했다.

"이 지갑이라도, 절 봐서 이것만이라도 가져가세요."

"싫어요! 받지 않겠어요. 돈 때문에 이 일을 한 게 아니에요. 그걸 잊지 말아 주세요. 뭔가를 주고 싶다면 그냥…… 기억될 만한 것…… 장갑이나 손수건 같은 걸 주세요. 제가 간직할 수 있게요. 하느님의 축복이 있기를! 가세요, 잘 가세요!"

대화가 끝나고 발소리가 멀어지더니 브라운로우와 로즈의 모습이 사라졌다. 그러자 낸시는 계단에 주저앉아 비통한 눈물을 쏟아 냈다.

낸시는 한참을 서럽게 울더니 눈물을 닦고 일어나 다리를 휘청거리며 계단으로 올라갔다. 그녀를 미행하던 남자는 몇 분 동안 꼼짝 않고 가만히 있었다. 그는 조심스레 주위를 둘러보다가, 아무도 없다는 것을 확인한 후 슬그머니 숨어 있던 곳에서 나왔다. 그러고는 페긴의 집을 향해 쏜살같이 달려갔다.

해가 뜨려면 아직 두 시간은 더 있어야 했다. 사방이 적막한

가운데, 페긴은 낡은 의자에 앉아 밤을 지새우고 있었다. 몹시 창백한 얼굴빛에 눈이 어찌나 심하게 충혈되어 있던지, 사람이라기보다는 유령에 더 가까워 보였다.

마룻바닥에는 한 녀석이 큰대 자로 누워 곤히 자고 있었다. 그는 런던교 아래에서 낸시의 비밀스런 만남을 엿들었던 미행자, 노아였다. 페긴은 가끔 노아를 내려다보았지만, 눈길은 주로 촛불에 머물렀다. 촛농이 탁자 위에 덩어리로 엉겨 있는 것으로 보아 상당히 오랫동안 깊은 생각에 잠겨 있던 듯했다.

페긴의 계획은 실패로 돌아가고 말았다. 낸시에게는 새로운 남자가 없었다. 그 때문에 사이크스에게 복수할 기회도 사라졌다. 무엇보다도 페긴은 낸시가 증오스러워 견딜 수가 없었다. 낯선 사람들과 거래를 하다니! 자신을 배반할 수 없다고 했다던 그녀의 진심도 거짓말 같았다. 그는 모든 것이 들통 나 교수형을 당하게 될까 봐 너무 두려웠다. 그의 머릿속에서 온갖 사악한 생각들이 스쳐 지나갔다.

페긴은 시간도 잊은 채 조용히 앉아 있었다. 그때 발소리가 들리더니, 곧이어 초인종이 울렸다. 그는 계단을 올라가 문을 열어주었다. 사이크스가 한쪽 겨드랑이에 자그마한 보따리를 끼고 들어왔다. 그는 탁자 위에 보따리를 내려놓으며 생색내듯 말했다.

"여기 있소! 간수 잘 하시오! 구하느라 꽤 힘들었다고."

페긴은 말없이 보따리를 들어 벽장에 넣은 다음 다시 앉았다.

그러고는 하얗게 질린 얼굴로 입술을 덜덜 떨며 사이크스를 쳐다보았다. 사이크스가 투덜거렸다.

"왜요? 왜 그런 눈으로 쳐다보는 거요?"

페긴은 할 말을 잊은 듯했다.

"빌어먹을! 미쳤소? 왜 이래?"

"아니, 아니야. 그건 아닐세. 그런데 빌, 자네한테 유쾌하지 않은 얘기를 해야겠어."

"그래? 요점만 간단히 얘기하라고. 하기 싫으면 집어치우고!"

페긴은 잠시 사이크스를 노려보다가, 잠자고 있는 노아를 흔들어 깨웠다. 노아가 정신을 차리지 못하자 억지로 그를 일으켜 앉혔다. 그러고는 사이크스를 가리키며 말했다.

"그 얘기를 다시 해 봐라. 한 번 더. 이 친구가 들을 수 있게 말이야."

노아가 잠이 덜 깬 목소리로 물었다.

"무슨 얘기를 해요?"

페긴은 사이크스가 그 이야기를 듣기도 전에 자리를 박차고 나갈까 봐 그의 손목을 꽉 붙잡고 말했다.

"낸시 얘기……. 네가 낸시를 미행한 얘기 말이다."

"그랬죠."

"런던교로 갔지?"

"네."

"거기서 두 사람을 만났다고?"

"그랬어요."

페긴은 분노가 치밀어 반쯤 미친 사람처럼 다그쳤다.

"웬 늙은 신사 하나와 전에 만난 적이 있는 젊은 여자를 그곳에서 다시 만났다면서? 그들이 친구들을 모두 배신하라고 해서, 우선 멍크스에 대한 정보를 모두 알려 주었고……. 그 사람들이 협박 한마디 안 했는데도 우리가 만났던 장소까지 모조리 다 얘기했다 이거지?"

"맞아요, 딱 맞아요!"

"그 사람들이 지난 일요일에 대해서는 뭐라고 했다고?"

노아는 머리를 긁적이며 대답했다.

"지난 일요일에 왜 약속한 대로 오지 않았냐고 물었어요. 그러니까 그 여자가 올 수 없었다고 했어요."

"이유가 뭐랬지?"

"왜냐하면 자기가 빌이라는 남자한테 붙잡혀 있었기 때문이라고요. 아하! 맞다! 처음에 만나러 간 날은 술에 약을 타서 그 남자한테 먹이고 갔다고 했어요. 그 얘긴 진짜 웃겼어요."

사이크스가 페긴의 손을 사납게 뿌리치며 소리쳤다.

"염병할! 놔, 가야겠소!"

사이크스는 페긴을 밀치고 방을 뛰쳐나갔다. 페긴이 다급하게 그의 뒤를 따라가며 외쳤다.

"빌, 빌! 한마디만!"

"문 열어! 나한테 말 걸지 마쇼. 무슨 짓을 할지 모르니까. 어서 문 열어!"

페긴이 문 손잡이를 붙잡으며 말했다.

"내 말 들어! 빌, 너무 심하게 하지는 않을 거지? 거칠게 말고 안전하게, 신중하게 처리해!"

짧은 순간 두 사람의 눈빛이 마주쳤다. 사이크스는 아무 대답도 하지 않고 문을 열고 거리로 뛰어나갔다. 그는 고개 한 번 돌리지 않고, 단 한 번도 다시 생각해 보지 않고, 오직 한 가지 일념으로 앞만 보며 달렸다.

얼마 후 집에 도착하자 그는 계단을 살그머니 올라가 방 안으로 들어갔다. 그리고 문을 이중으로 잠근 다음 그 앞에 묵직한 탁자를 기대어 놓았다. 낸시는 곤히 잠들어 있었다. 사이크스가 흔들어 깨우자, 그녀는 깜짝 놀라 눈을 크게 떴다.

사이크스가 소리쳤다.

"일어나!"

낸시는 몹시 반가워하는 표정으로 그를 맞았다.

"빌, 당신이군요."

사이크스는 어슴푸레 빛을 발하고 있는 촛불을 촛대에서 뽑아 불기 없는 벽난로 안으로 획 던져 버렸다. 그러자 낸시가 희미하게 동이 터 오는 것을 보고 커튼을 걷으려고 일어섰다.

"그냥 놔둬! 지금부터 할 일은 이 상태로도 충분하니까."

낸시는 놀라서 떨리는 목소리로 물었다.

"빌, 왜 그런 눈으로 봐요?"

사이크스는 숨을 가쁘게 몰아쉬며 몇 초 동안 낸시를 노려보았다. 그러더니 우악스럽게 그녀의 목을 움켜잡고 방 한가운데로 끌고 가서는, 큼지막한 손으로 입을 틀어막았다. 낸시가 몸부림을 치며 울부짖었다.

"빌! 빌……, 소리치지 않을게요. 왜 그래요? 내가, 내가 뭘 잘못했다고 이러는 거예요?"

"그건 네가 더 잘 알고 있을 텐데, 이 악마보다 더 사악한 계집애야! 너를 미행한 놈이 네가 무슨 말을 했는지 다 들었다!"

낸시는 사이크스를 두 팔로 꽉 감싸 안고, 그의 가슴에 머리를 대려고 안간힘을 썼다.

"아, 빌! 내가 당신의 생명을 구해 줬잖아요. 제발 목숨만은 살려 줘요. 빌, 당신은 나를 죽일 정도로 무정한 사람이 아니야, 그렇지? 어젯밤에 내가 당신을 위해 포기한 그 모든 것들을 생각해 봐요. 빌, 제발 당신 손에 내 피를 묻히지 말아요. 당신을 위해서, 나를 위해서. 나는 당신한테 진실했어요. 맹세코 진실했어요."

낸시의 애원에도 불구하고 사이크스는 분노를 가라앉히지 못했다. 그는 낸시의 품에서 한쪽 팔을 빼내 권총을 잡았다. 몹시 흥분한 상태였지만 그 와중에도 총을 쏘는 것은 너무나 위험하다는 생각이 머릿속을 스쳤다. 그는 권총을 번쩍 들어 올려 코앞에서 자신을 올려다보고 있는 낸시의 얼굴을 두 번이나 힘껏 내리쳤다.

낸시가 비틀거리며 쓰러졌다. 이마에서 순식간에 피가 쏟아져 내려 얼굴은 금세 피범벅이 되었다. 낸시는 힘겹게 일어나 무릎을 꿇은 다음 품 안에서 흰 손수건, 바로 로즈가 준 손수건을 꺼냈다. 그녀는 손수건을 들고 두 손을 마주 잡은 채 치켜들더니 마지막으로 하느님께 용서를 구하는 기도를 드렸다.

그것은 차마 눈뜨고 볼 수 없을 만큼 처참한 광경이었다. 사이크스는 비틀거리며 뒷걸음질을 치다가, 한 손으로 눈을 가리고는 묵직한 몽둥이를 집어 들어 다시 한 번 세게 내리쳤다.

어느새 태양이 솟아올라 도시 여기저기에 빛을 쏟아 내고 있었다. 그 빛은 살해당한 여인이 누워 있는 방에도 어김없이 흘러들었다. 사이크스는 빛을 가리려고 했으나 소용없는 일이었다. 그 광경은 침침한 새벽녘에도 더없이 끔찍했는데, 눈부신 햇살 속에서는 어떠했겠는가!

사이크스는 두려움에 떨었다. 낸시가 죽어 가면서 내지른 비명이 희미하게 들리는 것 같았고, 그녀의 손이 움직이는 듯했다. 그는 시체를 천으로 덮어 버렸다. 그렇게 했는데도 죽은 낸시의 눈이 자신을 향하고 있는 것 같아 견딜 수가 없었다.

사이크스는 성냥을 그어 난롯불을 피우고 그 안에 몽둥이를 던져 넣었다. 그 다음 손을 씻고 옷에 묻은 피를 닦아 냈다. 도저히 지워지지 않는 부분은 잘라서 태워 버렸다. 그러는 동안에도 그는 단 한 번도 시체에서 눈을 떼지 않았다. 단 한순간도…….

방 안은 온통 피투성이였다. 개의 다리에도 피가 묻어 있었다. 사이크스는 개의 다리에 묻어 있는 피를 닦아 낸 후, 혹시라도 다시 피를 밟을까 봐 개를 질질 잡아끌며 문 쪽으로 뒷걸음질을 쳤다. 그러고는 문을 닫고 자물쇠를 채운 후 집을 떠났다.

사이크스는 길을 건너서 자기 집 창문을 올려다보며 보이는 것이 있는지 확인했다. 창문에는 커튼이 드리워져 있었다. 좀전에 낸시가 걷으려고 했던 그 커튼이었다. 시체는 바로 그 커튼 아래에 누워 있을 터였다. 그는 밖으로 나오자 왠지 마음이 놓여, 휘파람으로 개를 부른 다음 재빠르게 발걸음을 옮겼다.

밤 아홉 시쯤 되었을 때, 지칠 대로 지친 사이크스는 개를 데리고 어느 조용한 마을의 작은 술집으로 들어갔다. 난롯불이 은은하게 타오르는 가운데, 사람들 몇이 그 주위에 둘러앉아 술을 마시고 있었다. 낯선 사람이 들어오자 그들이 자리를 내주었다. 그러나 사이크스는 한쪽 구석으로 가서 혼자 식사를 했다.

그는 음식값을 계산한 뒤 조용히 앉아 있다가 깜빡 잠이 들었는데, 누군가가 요란한 소리를 내며 들어오는 바람에 잠에서 깨고 말았다. 방금 들어온 사람은 시골 마을을 돌아다니며 물건을 파는 등짐장수였다. 그는 그곳에서 저녁을 먹은 뒤 물건을 팔 요량으로 등짐을 풀어 놓았다.

한 사내가 뭔가를 가리키며 물었다.

"저건 뭐지? 먹는 건가?"

등짐장수가 하나를 꺼내며 말했다.

"이건 얼룩을 빼는 데 쓰는 기막힌 비누올시다. 비단이든 모직이든 무명이든 모두 상관없이 얼룩이란 얼룩은 다 빼 주는 대단한 제품이지요. 포도주 자국, 과일 주스 자국, 맥주 자국, 페인트 자국 등등 얼룩이라고 생긴 것은 한 번만 쓱 문지르면 쏙 빠진다니까요. 한 덩어리에 일 페니! 온갖 얼룩을 다 빼 주는데도 한 덩어리에 일 페니! 자, 한번 써 보시라니까요."

두 사람이 즉시 그 물건을 샀다. 다른 사람들이 살까 말까 망설이는 모습을 보이자, 등짐장수가 더 수다스럽게 말했다.

"이건 없어서 못 파는 비누올시다. 공장 열네 군데서 밤낮으로 돌아가며 물건을 만들어 내도 물량이 턱없이 부족하대요. 한 덩어리에 일 페니! 포도주 자국, 과일 주스 자국, 맥주 자국, 페인트 자국, 진흙 자국, 핏자국까지 다 빼 줍니다! 여기 있는 이 신사 분의 모자에 얼룩이 묻어 있군요. 제가 깨끗이 지워 드릴 테니, 저한테 맥주나 한 잔 사세요."

사이크스가 깜짝 놀라 벌떡 일어나며 소리쳤다.

"이런! 모자 이리 내!"

"모자를 가지러 이쪽으로 오기도 전에 깨끗하게 지워 드리죠. 여러분, 이 신사 분의 모자에 묻어 있는 검은 얼룩을 잘 보십시오. 이게 포도주 자국이든 과일 주스 자국이든 맥주 자국이든 페인트 자국이든 아니면 핏자국이든…….."

등짐장수는 더 이상 말을 잇지 못했다. 사이크스가 심한 욕설을 퍼부으며 모자를 낚아채 밖으로 나가 버렸기 때문이다.

사이크스는 마을에서 벗어나기 위해 뛰다시피 걸었지만, 곧 자신을 따라오는 사람이 아무도 없다는 것을 알아차리고는 걸음을 멈추고 숨을 골랐다. 그는 사람들이 자신을 그저 성격이 더러운 술주정뱅이쯤으로 여기겠거니 생각하며 발걸음을 옮겼다.

작은 우체국 앞을 지나던 중, 런던에서 온 역마차가 그 앞에 서 있는 것을 발견했다. 사이크스는 길을 건너가서 사람들이 하는 말에 조심스레 귀를 기울였다. 우체국장이 편지를 가득 담은 자루를 들고 나와 마부에게 넘기며 물었다.

"런던에 뭐 새로운 소식이라도 있는가?"

"제가 알기로는 없어요. 옥수수 값이 좀 올랐다나. 아참, 무슨 살인 사건이 났다고 하던데 난 별로 아는 게 없어요."

마차 안에서 밖을 내다보던 한 신사가 말했다.

"아, 그건 사실이오. 아주 끔찍스런 살인 사건이라고."

"그래요? 죽은 사람이 남자요, 아니면 여자요?"

"여자라던데. 사람들 말로는…….."

사이크스는 그 이야기에 크게 동요하지 않았지만 더 듣고 싶지도 않았다. 그는 마을에서 빠져나갈 수 있는 길을 택해서 부지런히 걸었다. 인적이 없는 어두운 길이 이어지자 섬뜩한 공포가 밀려왔다. 눈앞에 있는 모든 것들이 무시무시한 형상이 되어 다가왔다.

하지만 그 무엇보다도 더 큰 두려움은 그날 아침의 끔찍스런 시체가 계속해서 자신을 쫓아다니는 것 같은 느낌이었다. 사그락사그락 낙엽을 밟는 소리가 들리고, 바람결에 낮은 비명 소리가 실려 오는 것 같았다. 그는 귀를 막으며 걸음을 멈추었다. 그러자 뒤따르던 발소리도 멈추었다. 그가 다시 뛰면 다시 뒤에서 발소리가 들렸다.

사이크스는 환영을 떨쳐 낼 작정으로 휙 돌아섰다. 하지만 그가 돌아서는 동시에 환영은 어느새 그의 등 뒤로 가 있었다. 그는 머리카락이 곤두서고 피가 멎는 것 같았다. 사이크스는 벽에 등을 기대고 섰다. 그러자 이번에는 위에 서 있는 것이 아닌가! 그가 공포에 질린 나머지 땅바닥에 납죽 엎드리자, 환영은 그의 머리맡에 소리 없이 서 있었다.

그는 정신없이 들판을 걷다가 버려진 오두막 하나를 발견하고는, 그곳에서 밤을 보내기 위해 안으로 들어갔다. 날이 밝기 전에는 한 발짝도 움직일 수 없을 것 같았다. 사이크스는 벽에 몸을 바짝 붙이고 누웠다. 그러나 이번에는 훨씬 더 끔찍한 환영이 눈앞에 펼쳐졌다. 생기 없는 두 눈이 어둠 속에서 자신을 노려보고 있었던 것이다. 눈은 분명 두 개였지만, 이내 사방이 온통 눈으로 가득 찼다.

그것을 보지 않으려고 눈을 감자, 낸시가 죽어 있는 방의 광경이 생생하게 떠올랐다. 시체는 그 자리에 그대로 있었고, 그 눈도 그가 떠날 때의 모습 그대로였다. 그는 벌떡 일어나 미친듯이 들판으로 뛰쳐나갔다. 환영이 계속해서 그를 따라 쫓아왔다. 다시 오두막으로 돌아가니, 눈도 거기에 와 있었다.

사이크스는 아침이 올 때까지 공포와 싸워야 했다. 그러다가 불현듯 런던으로 돌아가야겠다는 결심을 하고 말았다.

'어쨌든 그곳에 가면 말할 상대라도 있으니까. 숨을 곳도 천지에 깔렸잖아? 다들 시골로 추적하고 다닐 생각만 하지, 런던에 있을 거라는 예상은 못할 거야. 일주일쯤 꼼짝 않고 숨어 있다가 페긴한테 돈을 좀 뜯어내서 프랑스로 줄행랑을 치자. 그래, 모험 한번 해 보는 거지 뭐.'

사이크스는 그 계획을 지체 없이 실행에 옮겼다. 그는 인적이 드문 길을 택해 발걸음을 재촉했다. 런던 근처에 숨어 있다가 밤이 되면 잠입할 생각이었다.

그런데 골칫거리가 하나 있었다. 바로 그의 뒤를 졸졸 따라다니는 개였다. 만약 그의 인상착의가 알려졌다면 개에 대해서도 알려졌을 터였다. 아무래도 개와 함께 움직이는 것은 위험한 짓이었다. 그는 개를 물에 빠뜨려 죽이기로 결심하고, 무거운 돌 하나를 집어 손수건에 묶었다. 그러고는 연못이 있는지 주위를 둘러보며 걸었다.

개는 주인이 뭘 하려는지 아는 것처럼, 평소보다 조금 더 떨어져서 뒤를 따라왔다. 사이크스가 연못을 발견하고 돌아서서 개를 부르자, 개는 즉시 멈춰 섰다.

"이리 와! 내 말 안 들리냐? 당장 이리 와!"

개는 습관적으로 주인의 말에 복종했다. 그러나 사이크스가 목에 손수건을 묶으려고 하자, 낮게 으르렁거리며 잽싸게 달아났다.

"이리 와!"

개는 꼬리를 흔들며 가까이 오는가 싶더니 다시 뒤로 물러났다가 전속력으로 달아났다. 사이크스는 여러 번 휘파람을 불며 개를 기다렸지만 나타나지 않았다. 결국 그는 단념하고 다시 런던을 향해 걸었다.

제 12 장
올리버를 둘러싼 비밀들

황혼이 지고 땅거미가 드리우는 시간, 브라운로우의 집 앞에서 마차가 멈췄다. 브라운로우가 마차에서 내려 반대쪽 문을 살짝 두드렸다. 그러자 건장한 사내가 마차에서 내려 계단 한쪽에 섰고, 마부석에 앉아 있던 남자는 반대쪽에 섰다. 브라운로우가 신호를 하자 두 사람은 마차에서 또 한 사람을 끌어내 양쪽에 끼고 집 안으로 들어갔다.

그들은 말없이 위층으로 올라갔다. 브라운로우가 그들을 어느 뒷방으로 안내했다. 방문 앞에서 붙잡혀 온 남자가 걸음을 멈추며 버티자, 두 남자는 브라운로우를 바라보며 지시를 기다렸다.

브라운로우가 말했다.

"이자가 말을 듣지 않으면 당장 거리로 끌고 나가게. 그리고 경관을 불러 내 이름으로 고소하게나."

멍크스가 바드득 이를 갈며 물었다.

"어찌 감히 저한테 그런 말을 하는 겁니까? 당장 놔주세요."

"어찌 감히 나한테 그렇게 하라고 말하는 건가? 지금 이 집에서 나가고 싶다는 게 제정신으로 할 소린가? 그래, 갈 테면 가 보게. 나가는 것은 자네 자유고 뒤쫓는 것은 우리 자유니까. 하지만 거리로 나서는 순간, 바로 자네는 사기 및 강도죄로 체포될 걸세."

멍크스가 자신을 붙잡고 있는 두 남자를 번갈아 보며 물었다.

"무슨 권리로 저를 끌고 오라고 시킨 겁니까?"

"아직도 상황 파악을 못하고 있구먼. 자네가 자유를 빼앗긴 것이 불만스럽다면 법에 호소하게. 나도 법에 호소할 테니. 하지만 이미 다른 사람들 손에 넘어간 다음에 나한테 동정을 구할 생각은 꿈에도 하지 말게나."

멍크스는 잠시 망설였다. 브라운로우가 차갑게 말했다.

"여기서 나갈지 말지 빨리 결정하게나. 법정에 서서 끔찍한 처벌을 받고 싶으면 지금 당장 나가게. 만약 그렇지 않고 자네가 해를 끼친 사람들한테 진정으로 용서를 구하겠다면, 아무 소리 말고 저기 있는 의자에 앉게. 저 의자는 꼬박 이틀이나 자네를 기다리고 있었으니까."

멍크스는 걱정스러운 눈으로 브라운로우를 바라보았다. 브라운로우의 표정이 매우 단호하고 엄했으므로, 할 수 없이 방 안으로 들어가 의자에 앉았다. 브라운로우가 두 남자에게 말했다.

"밖에서 문을 잠그고, 내가 부르면 오게."

그들이 방에서 나가자 이제 두 사람만 남게 되었다. 멍크스가 모자와 외투를 벗어 던지며 입을 열었다.

"아버지의 오랜 친구 분이 이렇게 잘해 주시다니요?"

"자네 부친의 오랜 친구이기 때문에 이렇게 하는 것이네. 내가 사랑했고 결혼을 꿈꾸었던 유일한 여인이자 자네 부친한테는 단 하나뿐이었던 누이가 죽어 갈 때, 그 옆에서 나와 함께 무릎을 꿇고 있었던 사람이 자네 부친이었기에 이러는 거란 말일세. 그것 때문에 지금도 자네에게 친절하려고 애쓰는 것이고. 그래, 에드워드 리포드, 지금도 말이야."

"리포드라는 성이 저하고 무슨 상관이 있습니까?"

"그래, 이제는 자네와 아무런 상관이 없지. 하지만 나한테는 여전히 고귀한 이름이라네. 자네가 이름을 바꿨다는 게 나로서는 참으로 다행스런 일이지."

멍크스는 한참이나 입을 다물고 앉아 있었다. 그러다가 오랜 침묵 끝에 물었다.

"절 어쩌려는 겁니까? 원하는 게 뭡니까?"

침울한 모습을 보이던 브라운로우가 다시 기운을 차리고 말했다.

"자네한테는 동생이 하나 있지. 내가 거리에서 자네한테 다가가 귓가에 그 이름을 속삭인 것만으로도 화들짝 놀라 이곳으로 따라오게 만든 그 동생 말이야."

"제겐 동생이 없어요. 제가 외아들이라는 건 잘 아시지 않습니까? 그런데도 동생 얘기를 하는 저의가 뭡니까?"

"아주 오래된 이야기를 하나 하겠네. 자네도 알고 있는 이야기일지도 모르네. 자네 부친은 가문의 체통과 비열한 야망에 희생되어 원치 않는 결혼을 강요당했지. 자기보다 십 년이나 연상인 여자와 말이야. 예상대로 결혼 생활은 아주 불행했네. 자네는 그 부자연스런 결합에서 태어난 유일한 자식이고. 두 사람은 서로를 미워하다가 결국 헤어지고 말았지."

"그게 어쨌다는 겁니까?"

"헤어지고 나서 시간이 꽤 흐른 뒤에, 자네 부친은 새로운 친구들을 만나게 되었네. 그건 자네도 알고 있는 내용이 아닌가?"

멍크스는 모든 것을 부인하기로 작정한 사람처럼 눈길을 돌리고 발을 구르며 말했다.

"전 몰라요. 아무것도 몰라요."

"자네의 태도를 보니 한 번도 잊은 적이 없는 게 분명하군. 십오 년 전의 이야기이네. 자네는 그때 열한 살이었고, 자네 부친은 겨우 서른한 살이었지. 자네 부친이 새로 사귄 사람들 중에 퇴역한 해군 장교가 있었어. 그 사람은 부인과 사별한 후 두 딸과 함께 살고 있었지. 큰딸은 열아홉 살 먹은 아름다운 아가씨였고, 다른 하나는 고작 두세 살밖에 안 된 어린아이였네. 자네 부친은 그 아름다운 아가씨와 사랑에 빠지고 말았지."

브라운로우는 말을 멈추고 멍크스를 보았다. 그는 입술을 깨문 채 바닥을 노려보고 있었다. 브라운로우는 다시 말을 이었다. "일 년 뒤 그들은 비밀리에 약혼을 했네. 그리고 세상에서 인정받지 못하는 사랑의 결실인 자네 동생이 태어나게 된 거야."

멍크스는 안절부절못했다.

"참으로 긴 이야기군요."

"이보게, 고통과 슬픔에 관한 이야기들은 대개 긴 법이지. 만약 기쁨과 행복으로 가득 찬 이야기였다면 아주 짧았을 거야.

어느 날 자네 부친은 친척 한 분이 죽었다는 소식을 전해 들었네. 그는 상당한 부자였는데, 죽으면서 자네 부친 앞으로 많은 재산을 남겼지. 그 친척이 로마에서 죽었기 때문에, 자네 부친은 로마로 가야 했어. 그런데 안타깝게도 로마로 가자마자 치명적인 병에 걸리고 만 거네. 당시 파리에 있던 자네 모친은 그 소식을 듣고 당장 로마로 갔지. 그 친구는 자네 모친이 도착한 다음 날, 바로 세상을 떠나고 말았어. 아무런 유언도 남기지 않은 채……. 그래서 모든 재산이 자네 모친과 자네한테로 넘어가게 되었지."

 멍크스가 갑자기 안도의 한숨을 내쉬며 얼굴과 손에 흐르는 땀을 닦았다. 브라운로우는 상대방의 얼굴을 뚫어져라 응시하며 천천히 말을 이었다.

 "자네 아버지는 로마로 가기 전에 런던을 지나가게 되었는데……, 그때 나를 만나러 왔었네."

 "처음 듣는 얘기인데요."

 "자네 부친은 나한테 여러 가지 물건을 맡겼어. 그중에는 자신이 직접 그린 사랑하는 여인의 초상화도 있었지. 그는 몹시 초라하고 불안해 보였네. 걱정이 너무 많아 기진맥진한 상태였지. 그 친구는 자신이 겪은 치욕적이고 불명예스런 일들을 나한테 모두 털어놓았어. 그리고 가진 재산을 모두 팔아 그 일부를 자네와 자네 모친에게 준 다음, 이 나라를 떠나 다시는 돌아오지 않을 것이란 말도 했지.

 하지만 그 이상의 이야기는 하지 않았어. 오랜 친구인 나한테조차도 말이야……. 대신 편지로 모든 걸 설명하겠다고 했지. 나중에 다시 한 번 나를 찾아오겠다고도 했어. 그러나 그게 마지막이었네. 나는 편지도 받지 못했고, 친구의 얼굴도 다시는 볼 수 없었지."

 브라운로우는 잠시 숨을 돌린 후 다시 말을 이었다.

 "나는 자네 부친의 사망 소식을 듣고 난 후, 그가 사랑했던 사람을 찾아갔었네. 가엾은 여인에게 살 곳을 마련해 주기 위해서였지. 하지만 일주일 전에 이사를 갔다고 하더군. 한밤중에 몰래 떠나 버린 바람에 어디로 갔는지는 아무도 몰랐지."

멍크스의 얼굴엔 만족스러운 웃음이 떠올랐다. 브라운로우는 멍크스 쪽으로 가까이 다가가면서 말했다.

"사실 내가 자네 동생을 만나게 된 건 우연이라기보다는 필연에 가깝다고 할 수 있지. 내가 그 아이를 범죄의 소굴에서 구해 냈을 때……."

"뭐라고요?"

"내가 구해 냈다고 말했네. 자네의 사악한 동료가 내 이름은 밝히지 않은 모양이군. 하기야 자네와 내가 아는 사이라는 걸 그 자가 어찌 알겠나. 아무튼 나는 내가 보관하고 있던 초상화 속의 인물과 그 아이가 너무나 닮아 깜짝 놀랐지. 그런데 내가 그 아이에 관해 자세히 알기도 전에 아이는 다른 곳으로 끌려갔어. 자네한테 그 이야기를 새삼스레 할 필요는 없겠지?"

멍크스가 당황하며 물었다.

"왜죠?"

"자네가 잘 알고 있기 때문이지."

"제가요?"

"부인해 봐야 소용없네. 난 그 이상의 사실도 알고 있으니."

"증거가 아무것도 없잖습니까?"

브라운로우는 탐색하는 눈길로 상대를 바라보며 대답했다.
"과연 그럴까? 여하튼 나는 그 아이를 잃게 되었고, 아무리 노력을 해도 다시 찾을 수 없었지. 나는 곧, 자네 모친이 이미 세상을 떠났으니 자네만이 그 수수께끼를 풀 수 있다는 걸 깨달았네. 그래서 자네를 찾아 런던 곳곳을 수소문하고 다녔지. 그러다가 자네가 서인도 제도에서 아주 흉악한 범죄자들과 어울려 다닌다는 소문을 들었네. 나는 그곳까지 가서 밤낮으로 자네를 찾아 헤맸어. 그렇지만 내 노력은 모두 허사였고, 두 시간 전까지만 해도 자네를 찾을 수 있을 거라는 기대는 하지 못했네."

멍크스가 자리에서 벌떡 일어났다.

"그래서 이제 저를 만났으니 어쩔 셈인가요? 고아 놈이 어설픈 초상화 속의 얼굴과 닮았다는 상상만으로 저한테 죄를 뒤집어씌울 수 있다고 생각하세요? 동생이라고요? 아저씨는 아이가 태어났는지도 몰랐잖아요."

브라운로우도 일어섰다.

"몰랐지. 하지만 지난 보름 동안 모든 것을 알게 되었네. 자네는 동생이 있다는 사실을 알고 있고, 그 애가 누구인지도 알고 있지. 유언장도 있었어. 그런데 자네 어머니가 그걸 없애 버리고 그 비밀과 재산을 자네한테 남겼던 거야.

유언장에는 분명히 두 사람의 서글픈 사랑에서 태어날 아이에 대한 언급이 있었어. 자네 부친은 전 재산을 그 아이 앞으로 해 놓았지. 단, 아이가 자네처럼 비열하고 추악한 범죄자가 되었을 경우, 그 재산은 장자인 자네한테 상속된다는 조건을 달았네. 태어날 아이가 사랑하는 여인의 고결한 성품과 착한 마음씨를 닮을 거라고 확신했기 때문이지.

아이는 분명히 태어났고, 자네는 우연히 그 애를 만나게 되었네. 부친과 너무나 닮은 아이의 모습을 보고 자네는 그 아이의 뿌리를 한눈에 알아보았어. 그래서 그 애가 태어난 곳으로 가서 출생과 관련된 모든 증거를 찾아 없애 버렸던 거지. 그런 다음 유대인 공범자에게 이렇게 말했네. '아이의 신원을 밝혀 줄 유일한 증거는 이제 강바닥에 있소. 그리고 그 아이의 어미한테서 그것을 건네받은 할멈은 이제 죽고 없으니 걱정할 것 없어요.'라고 말이야. 에드워드 리포드! 아직도 내 말에 이의가 있나?"

멍크스는 모든 것이 낱낱이 밝혀지자 두려움에 떨며 외쳤다.

"아, 아, 아니, 없어요!"

브라운로우가 소리쳤다.

"나는 자네와 그 악당 사이에서 오간 말 한마디 한마디를 다 알고 있네! 벽에 비친 그림자가 모든 것을 다 듣고 나한테 알려 주었지. 그 일을 계기로 살인이 일어났고, 자네는 실제로 가담하지는 않았더라도 도덕적인 차원에서 공범이나 다름없네!"

"아, 아니에요. 저……, 저, 저는 그 일에 관해서는 아무것도 몰라요. 아저씨한테 붙잡혔을 때, 어떻게 된 일인지 알아보려고 가던 참이었어요. 저는 어찌 된 일인지도 몰랐고, 그냥 싸우다가 그렇게 된 거라고 생각했어요."

"살인은 자네의 비밀을 발설한 것에서 비롯된 거야. 자, 진술서를 작성하고 증인들이 보는 앞에서 증언하겠나?"

"네……, 그러겠습니다."

"그것으로 다 끝나는 건 아니야. 자네는 그 가엾은 아이한테 씻지 못할 죄를 졌어. 그 죗값을 치러야 하네. 자네 부친의 유언을 잊지는 않았겠지? 동생하고 관련된 부분만큼은 모두 유언대로 하게. 그렇게 한다면 어디든 마음대로 가도 좋네."

멍크스는 방 안을 왔다 갔다 하며 생각에 잠겼다. 그는 한편으로는 두려움에, 또 한편으로는 증오심에 사로잡혔다. 그때 로즈번이 매우 흥분한 낯빛으로 다급하게 문을 열고 들어왔다.

"브라운로우 씨, 이제 시간 문제랍니다! 오늘 밤 안으로 그자를 잡을 거래요."

브라운로우가 물었다.

"살인자 말인가요?"

"네, 맞아요. 그자의 개가 숨어 있는 곳을 발견했는데, 아마 그 살인자가 거기에 있거나 아니면 그리로 올 거라는 게 확실하답니다. 이제 그자는 도망갈 구멍이 없어요. 오늘 밤에 경찰이 현상금을 백 파운드나 내걸었거든요."

"페긴은 어찌 됐습니까? 소식이 없나요?"

"그자는 아직 잡히지 않았지만, 곧 붙잡힐 겁니다."
브라운로우가 목소리를 낮춰 멍크스에게 물었다.
"그래, 결정했나?"
"네……, 비…… 비밀은 지켜 주실 거죠?"
"그러겠네. 내가 돌아올 때까지 기다리게."
브라운로우와 로즈번은 방에서 나왔다. 로즈번이 물었다.
"어떻게 됐어요?"
"우리가 원하는 대로 됐습니다. 이제 모든 진실이 밝혀질 겁니다. 모레 저녁에 모두 모여 이 일을 마무리하도록 하지요. 참, 살인자를 쫓는 사람들은 어디로 갔나요?"
"지금 경찰서로 가면 합류할 수 있을 겁니다. 저는 여기 남아 저자를 지키도록 하겠습니다."

제 13 장
사이크스와 페긴의 최후

템스 강 부근, 더럽기 짝이 없는 건물들이 늘어서 있는 강둑에 런던에서 가장 가난하고 비참한 사람들이 모여 사는 곳이 있었다. 야곱의 섬이라 불리는 그곳은, 런던에 사는 평범한 사람들은 이름조차 들어 보지 못한 괴상한 장소였다.

야곱의 섬은 밀물이 들어오면 깊이가 이 미터쯤 되는 흙탕물로 둘러싸이는 곳이었다. 그곳에 있는 건물 대부분은 지붕이 날아갔거나 벽이 허물어져 내린 텅 빈 창고들이었으며, 주인 없는 집들이 아무렇게나 방치되었다. 이런 야곱의 섬에 들어와 쉴 곳을 찾는 사람들은 숨어야 할 이유가 있거나, 아니면 너무 가난한 사람들이었다.

그러한 집들 가운데 창문과 현관문이 제법 튼튼한 집이 하나 있었다. 그 집의 위층 방에 남자 셋이 모여 앉아 있었는데, 한 사람은 토비 크래킷이었고 다른 두 사람은 그의 동료들이었다.

그들은 그날 오후 경찰에 붙잡힌 페긴 일당에 관한 얘기를 나누고 있었다. 다행히도 토비는 찰리와 함께 무사히 도망칠 수 있었다. 토비의 동료들은 페긴이 경찰한테 끌려가면서 성난 사람들한테 차이고 짓밟혀 피범벅이 되었다고 전했다. 그러고는 그 장면이 눈에 선한 듯 눈을 감고 귀를 막았다.

그때 계단을 가볍게 올라오는 소리가 들리더니 사이크스의 개가 방 안으로 뛰어들었다. 그들은 깜짝 놀라 주변을 샅샅이 뒤졌다. 하지만 개 주인의 모습은 어디에도 보이지 않았다.

해가 뉘엿뉘엿 기울자, 그들은 덧문을 모두 닫고 촛불을 켰다. 세 사람은 밖에서 무슨 소리가 날 때마다 신경을 곤두세우며 소곤소곤 이야기를 나누었다. 그런데 갑자기 아래층에서 다급하게 문을 두드리는 소리가 들렸다. 그들은 말없이 서로의 얼굴을 바라보았다.

토비가 창문으로 고개를 내밀고 내려다보더니 온몸을 덜덜 떨었다. 누가 왔는지 말할 필요도 없었다. 그의 창백한 얼굴이 모든 것을 짐작케 했다. 토비가 촛불을 들며 말했다.

"문을 열어 줘야겠지?"

다른 도둑이 말했다.

"방법이 없잖아."

토비가 내려가더니, 잠시 뒤 손수건으로 얼굴 아래쪽을 가린 남자와 함께 돌아왔다. 그 남자는 천천히 손수건을 풀었다. 창백한 얼굴과 움푹 들어간 눈, 푹 꺼진 볼을 덮은 덥수룩한 수염……. 그 모습은 마치 유령 같았다.

사이크스는 아무 말 없이 의자를 끌어다가 앉았다. 그러고는 한참 동안 이 사람 저 사람을 번갈아 바라보다가 마침내 입을 열었다.

"저놈의 개가 왜 여기에 있는 거야?"

"아까 전에 갑자기 튀어 들어왔어."

"오늘 신문을 보니 페긴이 잡혔다고 하더군. 사실이야?"

"사실이지."

사람들 사이로 또다시 침묵이 흘렀다. 사이크스가 손으로 이마를 짚으면서 말했다.

"젠장! 나한테 할 말이 그렇게도 없어?"

그들의 눈빛이 불안하게 흔들렸다. 그러나 누구도 입을 열려고 하지 않았다. 그때 누군가 또 문을 두드렸다. 토비가 나가더니 찰리와 함께 돌아왔다. 찰리는 방으로 들어서다가 사이크스와 눈이 마주치자 화들짝 놀라 뒷걸음질을 쳤다.

"토비, 왜 얘기하지 않았어요? 난 다른 방에 있을래요."

사이크스는 찰리의 비위를 맞추려는 듯 비굴하게 손을 내밀었다.

"찰리, 찰리! 너, 나를 모르겠냐?"

찰리가 공포에 질린 눈으로 살인자를 노려보며 말했다.

"이 악마야! 가까이 오지 마!"

사이크스의 눈길이 서서히 아래로 떨어졌다. 찰리는 몹시 흥분하여 두 주먹을 불끈 쥐고 악을 썼다.

"여기에 있는 세 사람이 증인이 돼 줘요. 나는 저 살인마가 두렵지 않아! 사람들이 저자를 잡으러 오면, 나는 저자를 넘기고 말 거예요. 틀림없이 그렇게 할 거라고. 날 죽일 테면 죽여 보라지. 내가 여기에 있는 한 저자를 넘기고 말 거야. 그러니 나를 좀 도와줘요! 저자는 살인자라고! 우리가 붙잡아야 해요!"

찰리는 소리를 지르며 사이크스에게 달려들었다. 너무 갑작스런 공격에 사이크스는 바닥에 벌렁 나동그라지고 말았다. 세 사람은 몹시 놀랐지만 끼어들 엄두를 내지 못했다. 예상대로 그 싸움은 오래가지 않았다. 사이크스는 찰리를 때려눕히고 무릎으로 목을 내리눌렀다.

그 순간 토비가 사색이 되어 사이크스를 잡아당기며 창문을 가리켰다. 여러 개의 불빛이 수선스레 움직이고 사람들의 목소리가 들렸다. 그러더니 나무 다리를 재빠르게 건너는 발소리가 났다. 누군가 쾅쾅쾅 문을 세게 두드렸고, 곧이어 성난 고함 소리가 울려 퍼졌다.

찰리가 고래고래 소리를 질렀다.

"사람 살려! 살인자가 여기 있어요! 문을 부수고 들어와요!"

사이크스가 찰리를 질질 끌면서 소리쳤다.

"이 자식을 가둬 놓게 아무 방이나 열어! 아, 그래! 저 문을 열어!"

사이크스는 찰리를 방 안으로 집어던지고 자물쇠를 채웠다.

"아래층 문은 잠겼겠지?"

토비가 어쩔 줄 몰라 하며 대답했다.

"이중으로 잠그고 사슬까지 걸었어."

"벽은 튼튼한가?"

"철판을 대서 단단해."

"창문도?"

"창문도 괜찮아."

살인자는 죽음도 두렵지 않다는 듯한 태도로 창문을 열어젖히고 사람들을 향해 소리쳤다.

"빌어먹을! 마음대로 해 보라고! 나는 절대로 네놈들 손에 잡히지 않아!"

성난 군중들이 고함을 질렀다. 어떤 사람들은 불을 질러 버리라고 소리쳤고, 또 다른 사람들은 경관들에게 총을 쏴 죽이라고 큰 소리로 외쳤다. 그중에서도 말을 탄 사람이 가장 무섭게 화를 냈다. 브라운로우였다. 그는 군중 사이를 뚫고 들어가 소리쳤다.

"사다리를 가져오는 사람에게 이십 파운드를 주겠소!"

옆에 서 있던 사람들이 그 말을 따라 하자, 이어서 수백 명의 사람들이 그 말을 따라 했다. 그러자 어떤 이는 진짜로 사다리를 가져오라고 하고, 또 누군가는 망치를 가져오라고 했다. 흥분한 사람들이 마치 성난 바람에 흔들리는 옥수수 밭처럼 이리저리 물결치고 있었다.

살인자가 비틀거리며 토비에게 소리쳤다.

"이봐! 밧줄을 가져와! 제일 긴 걸로. 모두들 앞에 있으니, 뒤쪽으로 가서 밧줄을 타고 강물로 뛰어내릴 거야. 어서 밧줄을 달라니까! 아니면 네놈들 셋을 다 죽이고 나도 죽어 버리겠어."

겁먹은 도둑들이 밧줄이 있는 곳을 가리켰다. 사이크스는 재빨리 가장 긴 밧줄을 골라 지붕 위로 올라갔다.

집 뒤쪽에 있는 창문들은 오래전에 벽돌을 쌓아 막았는데, 찰리가 갇혀 있는 방에는 작은 창문 하나가 그대로 남아 있었다. 찰리는 그 창문을 통해서 사람들에게 집 뒤를 살피라고 소리를 질러 댔다.

살인자가 옥상에 이르렀을 때, 어떤 사람이 그것을 발견하고 사람들에게 알렸다. 그러자 사람들은 서로를 밀치며 뒤쪽으로 몰려갔다. 살인자는 지붕으로 올라가 아래를 내려다본 순간 절망하고 말았다. 물은 빠지고 없었고, 그 자리에는 개흙 바닥이 드러나 있었던 것이다.

사람들은 사이크스의 움직임을 주시했다. 잠시 동안 그가 무엇을 하려는지 의아해 하다가 금세 살인자의 계획을 눈치챘다. 그러나 곧 그 계획이 수포로 돌아간 것을 알아차리고 기세등등하게 고함을 질렀다. 흥분에 찬 함성이 점점 더 커져 갔다.

사람들은 사방에서 끝없이 몰려들었다. 이곳저곳에 밝혀 놓은 횃불 사이로 성난 얼굴들이 보였다. 다리라고 생긴 다리는 전부 다 사람들의 무게에 눌려 휘청거리는 것 같았다. 도시에 사는 사람들은 모두 이 살인자의 비참한 최후를 보기 위해 몰려온 듯했다.

살인자는 사람들의 분노에 압도당해 완전히 겁을 먹고 자리에 털썩 주저앉았다. 그러나 진흙탕에 빠져 죽는 한이 있더라도 뛰어내리자고 결심하고 다시 벌떡 일어섰다. 누군가가 집 안으로 들어왔는지 문이 부서지는 소리가 들렸다. 살인자는 황급히 굴뚝에 밧줄을 묶고 다른 쪽 끝으로는 올가미를 만들었다. 그는 그 올가미를 허리에 감고 내려가다가 땅바닥에서 몇 미터쯤 남았을 때, 칼로 밧줄을 자르고 뛰어내릴 속셈이었다.

살인자는 올가미에 머리를 집어넣기 시작했다. 그 모습을 본 사람들이 그가 도망치려 한다며 소리를 질렀다. 바로 그 순간 살인자는 갑자기 뒤를 돌아보며 두 팔을 쳐들고 날카로운 비명을 질렀다.

"저 눈! 낸시의 눈이 또 나타났어!"

그는 번개에 맞은 것처럼 비틀비틀하다가 균형을 잃고 지붕에서 떨어졌다. 올가미가 목에 걸린 채 화살같이 빠르게. 갑자기 밧줄이 홱 당겨지는 동시에 살인자는 허공에 매달려 무시무시한 경련을 일으키다가 죽어 버렸다.

그때 어디서 나타났는지 개 한 마리가 음침한 소리로 짖어 대며 옥상을 왔다 갔다 했다. 개는 죽은 주인을 향해 뛰어내렸고, 곧 흙바닥에 머리를 부딪혀 죽고 말았다.

사이크스가 비참한 최후를 맞은 지 이틀이 지났다. 그날 오후 올리버는 마차를 타고 자신이 태어난 곳으로 향하고 있었다. 로즈, 메일리 부인, 그리고 로즈번도 함께였다. 브라운로우는 정체를 알 수 없는 한 사내와 함께 다른 마차를 타고 따라왔다.

올리버는 물론이고 사람들 모두 말을 잊은 듯했다. 여행을 떠나기 전 브라운로우는 멍크스에게서 알아낸 이야기들을 조심스레 들려주면서, 이번 여행으로 모든 일을 마무리지을 수 있을 거라고 말했다. 그러나 아직도 미심쩍은 부분들이 많이 남아 있었기에, 모두들 알 수 없는 흥분과 두려움으로 가슴이 두근거렸다.

마차가 점점 목적지에 가까워지자 올리버는 한층 더 흥분했다. 익숙한 풍경들이 눈앞에 펼쳐지기 시작했다. 소어베리의 가게는 물론이고 항상 북적이던 술집과 곳곳에 자잘한 추억들이 깃들인 좁고 더러운 골목들, 그리고 배고프고 암울한 기억만으로 존재하는 구빈원마저도 모두 예전 그대로였다.

그들은 그곳에서 가장 크고 화려한 호텔로 들어갔다. 그림위그가 먼저 도착하여 만반의 준비를 하고 있다가 일행들을 친절하게 맞았다. 도착한 후 삼십 분 동안은 몹시 부산하고 들떠 있었으나, 다시 어색함과 침묵이 감돌았다.

브라운로우는 다른 방에 머물러 있다가 메일리 부인을 불러냈다. 한 시간쯤 후, 얼마나 울었는지 메일리 부인은 통통 부은 눈을 하고 돌아왔다. 로즈와 올리버는 영문도 모른 채 점점 더 불안하고 초조해 했다.

밤 아홉 시가 되자 로즈번과 그림위그가 방으로 들어왔고, 이어 브라운로우가 한 남자를 데리고 들어왔다. 험악한 인상의 사내가 노골적인 증오의 눈길을 보내자, 올리버는 긴장감을 감추지 못했다. 브라운로우가 손에 서류를 들고 사내에게 말했다.

"자, 멍크스. 다소 괴롭겠지만 이 진술서에 적힌 내용을 여기서 다시 한 번 밝혀야 하네. 자네 입으로 직접 진실을 들려주길 바라네."

멍크스가 고개를 돌리며 투덜거렸다.

"할 거면 빨리 합시다. 여기에 오래 있고 싶지 않아요."

브라운로우가 올리버를 자기 쪽으로 끌어당겨 머리에 손을 얹고 말했다.

"이 아이는 자네의 이복동생이네. 자네 부친이자 나의 절친한 친구 에드윈 리포드와 애그니스 플레밍 사이에서 태어난 아이지."

멍크스가 부들부들 떨며 올리버를 노려보았다.

"그래요, 저놈이 그들의 사생아죠. 서류에 다 써 있는데 왜 시시콜콜 묻는 겁니까? 좋습니다! 원하는 대로 다 얘기해 드리죠! 아버지가 로마에서 병이 났다는 소식을 듣고 어머니는 나를 데리고 로마로 갔습니다. 두 분은 헤어진 지 오래였지만, 어머니는 아버지 재산을 차지할 수 있을 거라고 기대했던 겁니다. 우리가 도착했을 때 아버지는 이미 의식이 없는 상태였고, 그 이튿날 바로 돌아가셨지요. 아버지의 책상에는 아저씨한테 보내는 편지가 두 통 있었는데, 하나는 유서였고 다른 하나는 편지였습니다."

"편지는 어떤 내용이었지?"

"그냥…… 별것 아니었어요. 그 여자한테 보내는 편지였는데, 봉투에 아저씨한테 남긴 말이 몇 줄 적혀 있었어요. 잘못을 뉘우친다는 것과 자기가 살아서 돌아가게 되면 결혼도 하고 외국에 나가 함께 살고 싶다는 허접한 내용들이었어요. 그리고 자기가 남겨 준 로켓과 반지를 잘 간직하고 있으라고……. 대충 이런 내용을 미친 사람처럼 정신없이 갈겨 놨더군요."

올리버의 눈에서 조용히 눈물이 흐르기 시작했다. 멍크스는 입을 다물었다. 그러자 브라운로우가 말을 이었다.

"유서에는 자네와 자네 모친에게 각각 팔백 파운드를 남기고, 나머지 재산은 모두 애그니스 플레밍과 그 여인에게서 태어날 아이 앞으로 남겼지. 그 아이가 불명예스럽고 비열한 행위를 하지 않아야 한다는 조건을 걸고 말이야. 그런 행동을 할 경우 재산은 모두 자네한테 가도록 했지."

멍크스가 목소리를 높이며 말했다.

"어머니는 그 유서를 태워 버렸어요. 그리고 그 여자의 아버지를 찾아가 있는 대로 최대한 과장해서 모든 사실을 알려 주었지요. 그는 결혼도 하지 않은 채 임신을 한 딸 때문에 몹시 수치스러워하다가 자식들을 데리고 시골 구석으로 숨어 버렸고, 이후 애그니스란 여자는 몰래 집을 나가 버렸어요.

어머니는 돌아가시기 전에 이런 비밀들을 저한테 알려 주셨습니다. 그에 따르는 증오심도 함께요. 전 아버지가 미웠어요. 단 한 번도 어머니와 저를 사랑한 적이 없었으니까요. 그래서 어머니께 맹세했어요. 혹시 그놈을 찾게 되면 절대로 그냥 두지 않겠다고. 끝까지 추적해서 그놈을 교수대에 올리고 말겠다고. 그러다 마침내 놈을 만나게 된 거요! 시작은 좋았는데……, 그년만 아니었으면 끝도 좋았을 텐데!"

사람들은 모두 너무 놀라 할 말을 잃었다. 브라운로우는 로즈를 돌아보며 말했다.

"로즈 양, 제 손을 잡으시지요. 이제 당신하고 관련된 이야기를 할 겁니다. 두려워하지는 마세요."

"지금까지의 이야기로도 충분히 괴로워요. 더 이상 들을 힘이 없어요."

"당신은 강한 사람이에요. 분명히 감당해 낼 수 있을 겁니다. 멍크스, 자네 이 아가씨를 아는가?"

"압니다."

로즈가 놀란 얼굴로 말했다.

"전 당신을 본 적이 없어요."

브라운로우가 끼어들었다.

"불쌍한 애그니스에게는 당시 두세 살쯤 된 어린 동생이 있었지. 그 어린아이는 어떻게 되었나?"

"그 여자가 자취도 없이 사라지고 며칠 후, 여자의 아버지가 갑작스럽게 세상을 떠났어요. 신원을 밝혀 줄 만한 편지 한 통, 종잇조각 하나 남기지 않고요. 홀로 남겨진 어린 딸은 가난한 농부가 데려다 키웠지요. 하지만 자기들 입에 풀칠하기도 힘들었던 농부 내외는 곧 애를 맡은 것을 후회했어요. 아이는 그들에게 학대를 당하며 비참하게 살고 있었는데, 어느 부유한 미망인이 그 아이를 동정하여 데려다 키웠던 겁니다."

"그 아이는 지금 어디 있는가?"

"여기요. 바로 아저씨 옆에."

로즈는 너무 놀라 충격에 휩싸였다. 메일리 부인은 새하얗게 질린 로즈를 감싸 안으며 외쳤다.

"그렇다 해도 이 아이는 내 사랑스런 보물이에요. 사랑하는 친구고, 소중한 내 아이라고!"

로즈가 메일리 부인의 품 안에서 울부짖었다.

"아! 가슴이 터질 것만 같아요. 견딜 수가 없어요."

메일리 부인이 다정하게 쓰다듬으며 말했다.

"로즈, 너는 이보다 더 힘든 일도 이겨 냈잖니? 게다가 널 알고 있는 사람들 모두에게 행복을 주었어. 자, 애야, 여기 봐라. 이 사랑스런 아이가 네 품에 안기려고 하잖니?"

올리버가 눈물을 흘리며 로즈에게 달려들었다.

"이모라고 부르지 않을래요. 그냥 누나, 내 소중한 누나라고요. 누나, 사랑하는 로즈 누나!"

올리버와 로즈는 한참 동안 서로를 꼭 끌어안고 있었다. 두 사람을 바라보는 이들도 눈물을 참지 못하고 말없이 손수건을 적셨다.

법정은 사람들의 열기로 가득했다. 모두 페긴의 재판을 보기 위해 몰려든 사람들이었다. 페긴은 피고석에 서서, 판사가 배심원들에게 무슨 말을 하는지 한마디도 놓치지 않으려고 안간힘을 썼다. 때때로 배심원들이 판사의 말에 어떻게 반응하는지 날카로운 눈초리로 살폈다.

드디어 배심원들이 의논을 하기 시작했다. 그는 정신을 차리고 주위를 둘러보았다. 사람들의 눈이 모두 자신을 향해 있었다. 그러나 그 어떤 얼굴에서도 동정하는 빛은 전혀 찾아볼 수 없었다. 모두들 그가 어떤 죗값을 치르게 될지 궁금해 죽겠다는 표정이었다.

마침내 판사가 조용히 하라고 외치자, 모두가 숨을 죽이고 다음 말을 기다렸다. 완벽한 침묵이 이어졌다. 그때!

"유죄!"

사람들은 법정이 떠나갈 듯 환호성을 질렀다. 페긴이 월요일에 교수형을 당할 것이라는 소식이 밖으로 전해지자, 그 환호성은 파도처럼 울렁이며 퍼져 나갔다.

판사가 사람들에게 조용히 하라고 말했다. 그러고는 페긴에게 사형 선고가 부당하다고 주장할 만한 이유가 있다면 말하라고 했다. 페긴은 한참 동안 멍하니 서 있었다. 판사가 같은 말을 두 번이나 반복하자 그제서야 말을 알아들은 것 같았다. 그는 작은 목소리로 자기는 그저 늙은이……, 뭐라고 중얼거리다가 곧 입을 다물었다.

판사는 엄숙한 표정으로 선고문을 읽었다. 페긴은 체념한 듯 고개를 떨어뜨린 채 바위처럼 서 있었다. 교도관들이 페긴을 법정 밖으로 끌고 나가, 형이 집행될 때까지 머물 감방으로 데려갔다.

페긴은 딱딱한 침상에 앉아 생각을 가다듬으려고 애썼다. 서서히 판사의 말들이 조각조각 머릿속에 떠올랐다. 그 말들이 제자리를 찾아가더니, 이윽고 판사가 했던 마지막 말이 머릿속에서 울렸다.

"숨이 끊어질 때까지 목을 매달 것."

날이 점점 어두워지고 감방 안에 빛이 사라지자, 페긴의 머릿속에는 그가 알던 사람들 중에서 교수대에서 생을 마감한 이들이 떠오르기 시작했다. 그중 어떤 이들은 그가 발설한 정보 때문에 그렇게 죽었다. 몇몇은 죽는 모습을 직접 지켜보기도 했는데, 그는 그들이 기도문을 중얼거리며 죽었다고 야유하기도 했다. 그중 어떤 사람들은 자신이 갇혀 있는 바로 이 자리에 있었을지도 몰랐다.

감방 안은 몹시 어두웠다. 그 칠흑 같은 감방 안에서 최후의 순간을 기다리며 두려움에 떨었을 수많은 죄수들이 그의 곁에 있는 것 같았다. 왜 아무도 불을 가져다주지 않는 거지? 페긴은 두꺼운 문을 쾅쾅 두드리며 불을 가져오라고 소리를 질렀다.

교도관 두 명이 나타났다. 한 사람은 들고 온 촛불을 벽에 붙어 있는 촛대에 고정시켰고, 또 한 사람은 밤을 지새울 침구를 끌어다 놓았다. 죄수를 더 이상 혼자 있게 하지 않을 모양이었다.

드디어 월요일 새벽, 동이 막 트기 시작할 즈음이었다. 그는 침상에 앉아 몸을 앞뒤로 흔들고 있었다. 그의 얼굴은 사람이라기보다는 우리에 갇힌 짐승 같았다. 그는 자신의 과거를 돌아보고 있는 듯했다. 옆에 교도관들이 있다는 것도 의식하지 못한 채 계속해서 중얼중얼 혼잣말을 했다.

"찰리! 착한 애였지. 잘했어! 올리버도 왔구나! 하하하! 올리버…… 이제는 제법 신사 꼴을 하고 있구나. 찰리, 얘를 데려다 재워라!"

교도관이 페긴의 몸을 흔들며 말했다.

"페긴! 누가 자네를 면회하러 왔어. 물어볼 게 있대. 이봐! 정신차리라고!"

브라운로우가 올리버를 데리고 들어왔다. 교도관이 말했다.

"가능한 한 빨리 끝내시죠. 시간이 갈수록 상태가 나빠지고 있거든요."

브라운로우가 페긴에게 물었다.

"멍크스라는 사람이 안전하게 보관해 달라며 당신한테 맡긴 편지가 있을 거요."

"거짓말! 나한테는 그런 게 없소. 아무것도 없다고!"

"죽음을 앞둔 마당에 부정해 봤자 무슨 소용이요? 사이크스는 죽었고, 멍크스도 우리한테 모든 걸 털어놓았소. 이제 더 이상 얻을 것도 없어요. 당신도 그걸 알잖소? 편지는 어디에 있는 거요?"

페긴이 올리버에게 손짓을 하며 속삭였다.

"애야, 올리버! 네가 왔구나. 이리 와! 내가 너한테만 몰래 말해 줄 테다. 이리 와!"

올리버는 걱정하며 말리는 브라운로우를 안심시켰다.

"전 괜찮아요."

올리버가 다가가자 페긴은 자기 쪽으로 아이를 바짝 끌어당기며 소곤거렸다.

"위층 첫 번째 방으로 가라. 굴뚝 위쪽에 구멍이 있잖니? 보따리에 잘 싸서 거기에 숨겨 놓았단다. 애야, 너하고 얘기를 하고 싶구나. 응? 얘기를 하고 싶어. 밖에 나가서 말이야. 애야, 가서 내가 잠이 들었다고 말해라. 그리고 날 데리고 가야지. 자, 어서, 어서!"

올리버가 울음을 터뜨리며 외쳤다.

"아, 하느님! 이 불쌍한 사람을 용서해 주세요."

"그래, 바로 그거야! 착한 아이구나. 먼저 여기서 나가야지. 우리 둘이 아주 먼 곳으로 떠나자꾸나. 자, 어서!"

교도관이 브라운로우에게 물었다.

"선생님, 시간이 더 필요하십니까?"

"아니오, 고맙소."

올리버가 충격을 감당하지 못하고 기력을 잃자 브라운로우가 그를 안고 나갔다. 페긴은 계속해서 온 힘을 다해 소리쳤다.

"그래, 어서 가자! 어서!"

제 14 장
행복한 미래

 이야기를 마치기 전에, 그 후 그들이 어떻게 지냈는지 짤막하게 전해 주어야 할 것 같다.
 브라운로우는 올리버를 자신의 양자로 삼은 후, 메일리 부인과 로즈가 사는 집에서 가까운 곳으로 이사를 했다. 물론 베드윈 부인도 함께 갔다. 이렇게 하여 사랑하는 사람들과 함께 살고픈 올리버의 소망이 이루어진 것이다.
 올리버는 멍크스가 가로챈 아버지의 유산을 되찾았다. 멍크스가 이미 대부분을 날려 버린 탓에 그다지 많지는 않았다. 올리버는 브라운로우의 제안을 받아들여, 유산의 반을 멍크스에게 나누어 주고 새로운 삶을 살아갈 기회를 주었다.

멍크스는 그 돈을 가지고 머나먼 신대륙으로 떠났다. 그러나 그곳에서 금세 재산을 탕진하고 또다시 범죄의 소굴에 빠져들었다. 오래지 않아 감옥에 갇힌 멍크스는 그곳에서 병을 얻어 죽고 말았다. 페긴이 거느리던 일당들도 거의 그와 비슷한 최후를 맞았다.

하지만 사이크스의 범죄에 충격을 받은 찰리는 어떻게 사는 것이 가장 좋은 것일까, 고민하던 끝에 정직하게 사는 쪽을 택했다. 그는 과거에 등을 돌리고 농장에 정착했다. 처음에는 여러 가지 직업을 전전하며 갖은 고생을 했으나, 지금은 영국 남부에서 가장 즐겁게 일을 하는 젊은이가 되어 있다.

로즈번과 그림위그는 처음 본 순간부터 서로에게 아주 강한 친밀감을 느꼈다. 그들은 자주 만나 낚시를 하거나 정원을 가꾸고 목수 일을 하면서 즐거움을 만끽했다. 브라운로우는 종종 그림위그와 농담을 하며 시계를 가운데에 놓고 올리버가 돌아오기를 기다리던 옛날 일을 상기시켰다. 하지만 그림위그는 언제나 올리버가 돌아오지 않았다고 우겼다. 이쯤 되면 두 사람은 너털웃음을 터뜨릴 수밖에 없었다.

범블은 구빈원 원장직에서 쫓겨났다. 범블 부인 역시 탐욕스런 간호 부장 노릇을 더 이상 할 수 없었다. 범블 부부는 점점 더 가난해지다가, 마침내 한때 자기들이 마음대로 주물렀던 구빈원에 몸을 의탁하는 신세로 전락하고 말았다.

자일스와 브리틀스는 아직도 하인 일을 계속하며 살고 있다. 그들은 메일리 부인의 집과 브라운로우의 집을 오가며 일을 하기에, 마을 사람들은 오늘날까지도 그들이 어느 집의 하인들인지 헷갈려 한다.

| 《올리버 트위스트》 제대로 읽기 |

런던의 비참한 뒷골목에서도 빛을 잃지 않은 순수한 영혼

계득성 _ 전 서울 신목고등학교 국어 교사

순수하고 맑은 영혼을 가진 아이, 올리버

고전 문학의 주인공 중 가장 순수하고 맑은 영혼을 가진 아이, 혹은 전 세계의 독자들로부터 가장 사랑받는 아이를 꼽으라면 단연 올리버 트위스트를 꼽을 수 있을 것이다.

이 사랑스런 아이의 파란만장한 인생 여정이 담긴 작품 《올리버 트위스트》는 1837년 잡지 《벤틀리 미셀러니》지에 처음 소개된 이후로 소설뿐만 아니라 영화, 드라마, 뮤지컬, 만화 등으로 계속해서 만들어져 지금까지도 대중들의 깊은 사랑을 받고 있다.

《올리버 트위스트》가 이렇게 오랫동안 인기를 끄는 이유는 무엇일까? 그것은 이 작품이 역경을 이겨 내고 행복을 찾는다는, 가장 보편적이면서도 희망적인 메시지를 담고 있기 때문이다.

당시의 어둡고 비참한 현실을 실감나게 파고들어 흥미진진하게 전개되면서도, 그 이면에는 결코 변할 수 없는 삶의 진실과 교훈이 흐르고 있다. 게다가 인간의 본성을 사실적으로 보여 주는 등장인물들 덕분에 더욱 깊이 공감하게 된다.

태어나자마자 고아가 된 올리버 트위스트는 겨우 굶어 죽지 않을 만큼의 의식주로 생활하고, 범죄와 죽음의 경계에서 아슬아슬하게 줄타기하는 삶을 이어 나간다. 그러면서도 용기와 착한 마음씨를 잃지 않는다. 그런 주인공이 선한 은인을 만나 따뜻한 가정을 이루고 행복을 누리게 되는 결말은, 삶에

《올리버 트위스트》 초판본 표제지(왼쪽)와 《올리버 트위스트》의 친필 원고(오른쪽).

지친 독자들에게 고난 뒤에는 반드시 행복이 올 것이라는 희망을 주게 된다.

구빈원의 고아에서 부잣집 도련님으로

젊디젊은 어느 여인이 구빈원에서 사내아이를 낳고 숨을 거둔다. 태어나자마자 고아가 된 아이는 올리버 트위스트라는 이름으로 구빈원에서 살게 된다. 구빈원은 갈 곳 없는 가난한 이들이 한 끼에 딱 한 그릇의 죽으로 연명하며 인간 이하의 삶을 살아가는 곳이다.

어느 날 저녁, 올리버는 구빈원 원장에게 죽을 더 달라고 사정한다. 그 죄로 구빈원에서 쫓겨나, 장의사 소어베리의 도제가 된다. 그

《올리버 트위스트》에서 가장 유명한 장면은 뭐니 뭐니 해도 이 장면이 아닐까? "제발 죽 한 그릇만 더 주세요."

러고 나서 한 달쯤 지났을 때, 그곳에서 함께 일하는 노아가 그의 죽은 어머니를 심하게 모욕하자, 올리버는 분노를 억누르지 못하고 노아를 때려눕힌다. 그리고 그날 밤, 그 집에서 도망쳐 나와 런던으로 향한다.

올리버는 런던으로 가는 도중에 들른 어느 마을에서 미꾸라지를 만나게 된다. 미꾸라지는 그를 런던으로 데리고 가서 페긴에게 소개시킨다. 올리버는 페긴을 친절한 사람으로 여기고, 주머니에서 손수건을 꺼내는 이상한 놀이를 함께한다.

영화, 뮤지컬, 연극 등의 단골 메뉴 《올리버 트위스트》

찰스 디킨스의 《올리버 트위스트》는 출간 이후부터 지금까지 꾸준히 연극, 영화, 뮤지컬 등으로 만들어졌다. 1902년 제작된 무성 영화를 시작으로 영화로 만들어진 것만 무려 26편이라고 한다. 그중 가장 유명한 것으로 1948년에 데이비드 린 감독이 만든 작품과 2005년 로만 폴란스키 감독의 작품을 꼽을 수 있다.

로만 폴란스키 감독의 〈올리버 트위스트〉.

데이비드 린 감독은 영화 〈아라비아의 로렌스〉, 〈닥터 지바고〉 등을 만든 거장으로, 〈올리버 트위스트〉에 앞서 찰스 디킨스의 또 다른 대표작인 《위대한 유산》도 영화화하였다. 영국을 대표하는 배우 알렉 기네스가 페긴으로 등장해 인상적인 연기를 펼친 이 작품은 올리버가 브라운로우의 손자라는 사실이 밝혀지는 것으로 결말을 맺는다.

〈피아니스트〉로 유명한 감독 로만 폴란스키는 찰스 디킨스의 《올리버 트위스트》를 통해 제2차 세계 대전 당시 나치의 핍박 속에서 끔찍한 시간을 보냈던 자신의 어린 시절을 떠올리고, 2005년 영화화하기에 이른다. 폴란

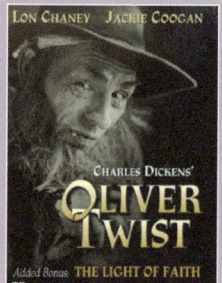 

1922년 프랭크 로이드 감독의 〈올리버 트위스트〉(왼쪽)과 데이비드 린 감독의 〈올리버 트위스트〉(오른쪽).

스키 감독의 작품은 데이비드 린의 전개 방식을 크게 벗어나지 않지만, 출생의 비밀이 사라지고 페긴에 대한 올리버의 관용과 눈물을 강조하고 있다는 점이 특징이다.

《올리버 트위스트》가 뮤지컬로 선보인 것은 라이오넬 바트에 의해서였다. 〈올리버!〉라는 제목으로 1963년 6월 30일 초연되어 이후 6년 동안 총 2,618회의 연속 공연이라는 대단한 흥행 기록을 세웠다. 뮤지컬의 성공은 스크린으로도 이어져, 1968년 캐롤 리드 감독이 만든 뮤지컬 영화 〈올리버〉가 그 해 아카데미 작품상을 비롯해 작곡상과 편곡상 등 여섯 개 부문을 석권했다.

어느 날 올리버는 미꾸라지, 찰리와 함께 일을 하러 나가게 된다. 두 아이는 서점에서 책을 보던 브라운로우의 주머니에서 손수건을 훔쳐 재빨리 도망치고, 어리둥절하던 올리버는 범인으로 몰리고 만다.

감옥에 갈 상황에 처했을 때 다행히도 목격자가 나타나 풀려나게 되지만, 충격으로 심한 열병에 걸리고 만다. 브라운로우는 아이에게 왠지 모를 친근감을 느끼고 자신의 집으로 데려가 정성껏 보살핀다.

인간다운 대접을 받으며 난생처음으로 행복을 맛본 올리버. 그러나 그 행복도 오래가지 않는다. 페긴과 한패거리인 낸시의 연극 때문에 다시 페긴의 소굴로 돌아가게 된 것이다. 페긴은 그를 반드시 범죄자로 만들어야 한다며 악랄한 계략을 꾸민다.

결국 올리버는 잔인한 악당 사이크스의 강요에 못 이겨 도둑질을 하게 된다. 그곳에서 총을 맞고 부상을 당한 올리버는 도둑질을 하러 들어갔던 집의 주인인 메일리 부인과 로즈, 의사 로즈번의 도움으로 건강을 회복하게 된다.

한편 낸시는 우연히 페긴이 멍크스라는 사람과 이야기하는 것을 엿듣는다. 멍크스는 페긴에게 올리버를 도둑으로 만들도록 사주한 자이다. 낸시는 두 사람의 대화 내용을 로즈에게 전하고, 이들은 다시 브라운로우와 만나 대책을 마련하기 시작한다.

미꾸라지와 찰리가 브라운로우의 손수건을 훔치는 장면.

사이크스가 낸시를 살해하는 장면.

사이크스의 최후를 그린 삽화. 당시의 유명한 삽화가 조지 크룩섕크가 그렸다.

페긴은 낸시의 행동을 이상하게 여기고 낸시를 미행하도록 시킨다. 마침내 낸시의 배신을 알게 되자, 그는 사이크스를 부추겨 낸시를 죽이게 한다. 살인자 사이크스는 사람들에게 쫓기다가 숨어 있던 건물의 옥상에서 떨어져 죽고, 페긴도 잡혀 교수대에서 최후를 맞이한다.

브라운로우는 멍크스를 붙잡아 모든 사실을 자백받는다. 로즈가 올리버의 이모라는 사실이 밝혀지는 동시에, 올리버는 돌아가신 아버지의 재산을 물려받게 된다. 이제 올리버의 앞에는 평화로운 행복이 펼쳐진다.

영국의 반쪽을 보여 주는 소설

산업 혁명의 결과로 19세기의 영국은 유례없는 번영을 누리고 있었다. 철도 및 통신 시설의 발달과 함께 사람들의 생활 또한 상상을 초월할 정도로 빠르게 변화되었다. 삶의 중심이 농촌에서 도시로 바뀌면서, 기존에 영국 사회를 지배하던 귀족들이 몰락하고 도시의 자본가들이 힘을 갖기 시작했다.

그러나 세계에서 가장 부유하고 발전된 국가 영국의 이면에는 하루에 한 끼조차도 먹기 힘든, 생계를 위해 어린 나이부터 학교 대신 공장에 가야 하는 빈민들이 존재했다.

특히 런던은 그 양면이 극심하게 드러나는 곳이었다. 템스 강을 중심으로 서부 지역에는 고급 주택가가, 동부 지역으로는 빈민가가 형성되었다.

도시에 빈민과 부랑자가 늘어나 삶이 비참해질수록 범죄도 증가하여, 소매치기와 강도, 살인, 그리고 매춘 등이 일상적으로 일어났다. 범죄가 들끓는 런던의 모습은 해가 지지 않는 나라 영국의 또 다른 모습이었다.

디킨스는 가난 때문에 영국의 어두운 면을 두루 경험해야만 했다.

19세기 영국 중산층 가정의 안락한 모습.

빈민가에 살면서 끼니를 걱정하고, 구두약 공장에 다니며 가족의 생계를 책임져야만 했던 어린 시절의 체험은 가난한 사람들을 돌아보게 하는 계기가 되었다.

그는 구조적으로 가난을 양산하는 사회 현실에 대해 날카로운 비판 의식을 갖고 있었고, 작품 속에서 그 현실들을 생생하게 묘사하려 노력했다.

구빈원에서 태어난 어린아이의 운명

19세기의 영국은 질주하는 기관차 같았다. 사람의 손으로 만들던 생산품들을 기계로 대량 생산하게 되자, 꼭 숙련된 노동자가 아니더라도 노동력이 있는 사람이면 누구나 공장에 나갈 수 있었다. 그렇게 되자 가난에 찌든 빈민들은 어린아이들까지도

19세기 런던의 모습

19세기 당시 런던의 인구수를 보면 1800년에 100만 명 정도였다가 1851년에는 250만 명, 1880년에는 450만 명 정도였다고 한다. 단순히 출생률이 증가했기 때문이 아니라 먹고살기 위해 수많은 사람들이 모여든 탓이었다.

그러나 증가하는 인구를 다 수용할 만큼 주거 시설이 확보되지 않았기에 가난한 사람들은 빈민가에 정착할 수밖에 없었다. 일자리가 없어 도시를 떠도는 사람들이 매일같이 늘어났고, 일자리를 얻어도 변변한 거처를 마련할 수 없어 집이라고 할 수도 없는 곳에서 하루하루를 연명하는 사람들도 숱하게 많았다. 도둑이나 소매치기가 들끓었고, 뒷골목에는 창녀들이 돌아다녔으며, 어린아이도 이런 범죄 조직에 얽혀 들었다.

도시화가 급속하게 진행되면서 환경 오염 문제도 심각해졌다. 허술하게 지어진 빈민가의 집들에서 환기나 배수 시설 같은 것은 기대할 수 없었다. 집 안에서 가축을 키우는 경우가 많았고, 죽은 사람과 산 사람이 같이 사는 일도 다반사였다.

거리는 온통 오물투성이였는데, 비가 오면 이 오물들이 템스 강으로 흘러들었다. 게다가 공동묘지 시설이 턱없이 부족하여 시신을 아무 데나 쌓아 놓기 일쑤였다. 이곳의 오염물 역시 비가 오면 템스 강으로 흘러갔다. 템스 강의 오염 때문에 발생하는 악취가 어찌나 심하던지, 국회가 문을 닫는 일이 벌어지기도 했다. 당시 템스 강의 물은 런던의 모든 사람들이 식수로 사용했기에, 콜레라 같은 갖가지 전염병이 나돌기도 했다.

19세기 런던교를 묘사한 그림. 마차와 사람들로 꽉 들어차 있다.

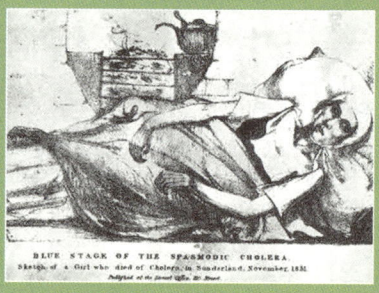

1831년 최초의 콜레라 환자로 기록된 소녀. 이후 콜레라는 수많은 사람들의 생명을 앗아 갔다.

방직 공장에서 일하는 소녀(왼쪽)와 어린 광부들(오른쪽).

공장으로 내보내 일을 하도록 했다. 그러나 아무리 발버둥쳐도 가난은 쉽게 떨칠 수 없었다.

당시 어린이 노동의 주요한 공급처는 구빈원에 수용된 고아와 빈민층의 자녀들이었다. 제 스스로 뭔가를 할 수 있는 대여섯 살부터 열악한 환경 속에서 장시간 노동을 했다. 그러면서도 매우 적은 임금을 받거나 그저 먹고 잘 곳이 있으면 그것으로 만족해야 했다. 영양을 고려한 식사를 제공받거나, 교육을 받는다는 것은 꿈도 꾸지 못하였다.

올리버도 그런 운명을 안고 태어난 아이였다. 그렇기에 단지 죽을 조금 더 달라고 했다는 이유만으로 단돈 오 파운드에 장의사의 도제로 팔려 갔던 것이다. 이것이야말로 어린이 노동 착취의 전형이라 할 수 있다.

도제는 장인의 집에서 숙식을 하면서 기술과 인성을 교육받는 것이었으나, 이미 이 시기에는 그 본래 의미가 퇴색하고 어린이의 노동력을 착취하기 위한 수단에 불과하게 되었다.

당시의 구빈법에는 고아와 빈민 어린이의 직업 교육 방식을 '도제 방식'이라고 명시하였다. 좋게 말해 제자였지, 실상은 최소

한으로 먹고 아무 데서나 자며 최대한으로 일을 해야 하는 노예나 다름없었다.

어린아이들은 이러한 비인간적인 삶에서 벗어나려 무진 애를 쓰지만, 곳곳에 퍼져 있는 범죄의 소굴로 도리어 등 떠밀려 가기 일쑤였다. 올리버 역시 런던으로 와서 처음으로 맞닥뜨린 세상은 더러운 뒷골목 한구석에 숨어 있는 범죄자들의 소굴이었다.

악당 페긴은 올리버와 같은 처지의 어린아이들을 이용해 소매치기와 도둑질을 일삼았으며, 살인을 서슴지 않는 악당 사이크스와 관계를 맺고 있었다. 범죄 소굴의 전형적인 구성이다.

작품 속에서 페긴은 사이크스에게 이렇게 말한다.

"일단은 그 녀석이 우리랑 같은 일을 했으니 자기도 도둑이라는 사실을 각인시키는 거야. 그런 생각을 심어 놓기만 하면, 녀석은 우리 것이 되는 거지!"

뮤지컬 〈올리버〉에 등장하는 페긴과 올리버, 마꾸라지.

연극 〈올리버 트위스트〉 중에서. 소어베리가 아내에게 올리버를 소개하고 있다.

아무리 순수한 영혼을 가진 아이라 하더라도 일단 범죄의 세계에 발을 들이면 쉽게 빠져나갈 수가 없었다. 범죄자로 살다가 감옥에 가고, 그러다가 결국은 처형당하거나 병에 걸려 죽는 것이 그 당시 올리버들에게 예정된 삶이었다.

진짜 도제란 이런 것

도제(徒弟)는 직업에 필요한 지식과 기능을 배우기 위하여 스승의 밑에서 일하는 직공을 말한다. 이것은 12세기 독일에서 수공업 기술자들이 기술자를 양성하기 위해 사용한 교육 방식에서 비롯되었다. 당시에는 장인이 되기 위해 정해진 기간의 도제 수업을 해야 하는 것은 아니었다. 이것이 의무로 정해진 것은 14세기 후반부터이다.

도제 제도는 스승과 제자가 인격적인 관계였고, 기술 교육과 인성 교육을 병행했으며, 장래의 지위를 보장하는 교육이었다는 특징을 갖는다.

도제의 수업 기간은 영국에서는 대개 7년이었지만, 다른 유럽 국가에서는 2~8년 사이로 다소 신축적이었다. 이 기간 동안 도제는 스승의 집에서 숙식을 함께하면서 기술을 연마하였다. 도제 기간을 마치면 다시 3년 정도의 장인 과정을 거치고, 그 과정을 마치면 자신이 처음으로 만든 제품을 길드(동업 조합)에 제출하여 합격해야 비로소 한 사람의 도장인이 될 수 있었다.

소어베리의 가게에서 도제로 일하게 된 올리버는 온갖 구박과 학대를 당한다.

그러나 중세 말기 이후, 도장인이 되어 독립하는 일이 매우 어려워지면서 후계자 양성이라는 본래의 뜻도 쇠퇴하였다. 그 다음부터는 찰스 디킨스가 《올리버 트위스트》에서 지적하는 것처럼 도제 방식을 이용하여 어린아이들의 노동력을 착취하는 일이 비일비재하였다.

구빈원→도제→범죄. 이것이 바로 세계의 중심인 영국의 적나라한 실상이었다. 디킨스는 올리버를 이 굴레에서 빼내어 템스 강 서쪽의 부자 동네로 보냈다. 그러나 이 같은 결말은 당시의 올리버들에게는 꿈도 꾸지 못할 일이었고, 절대 허용되지 않는 현실이었다.

사랑하고 용기를 내라, 행복이 찾아올지니……

사실 당시의 올리버와 같은 처지에 있던 아이들 중에 올리버처럼 행복을 찾는 경우는 거의 없었다. 말 그대로 소설 같은 이야기일 뿐이다.

올리버가 우연히 아버지의 친구였던 브라운로우를 만나고, 또 도둑질을 하러 들어간 집에서 나중에 이모로 밝혀질 로즈를 만나는 설정 등은 너무 우연의 연속처럼 보이기도 하고 다소 억지스럽게 느껴지기도 한다.

이 소설이 찰스 디킨스의 작품 인생에서 초기작이었다는 점을 염두에 두자. 그는 이 작품을 이십 대 중후반에 완성했다. 사회를 비판하는 시각은 예리했으나 사회의 구조적인 모순을 파악하고 대안을 제시하기에는 아직 부족한 나이였다.

그렇기에 자신의 경험을 바탕으로 런던의 비참한 뒷골목과 빈민들의 삶은 실감나게 묘사해 냈지만, 올리버가 그곳에서 벗어나게 되는 과정은 다분히 비현실적으로 전개하게 된다. 한 개인의 선한 의지 덕분이었다는 구조를 택한 것이다.

《데이비드 코퍼필드》의 초판본. 왼쪽 초상화 밑에 디킨스의 사인이 있다.

어쩌면 당시의 디킨스는 인간의 선한 본성이 사회를 변화시킬 수 있다고 믿었던 것 같다. 이 작품에는 같은 상류계급이지만 비인간적인 사람과 선한 사람이 동시에 존재하고, 범죄자라 하더라도 모두 다 악한 사람으로 묘사된 것은 아니었다.

가장 대표적인 인물이 낸시이다. 범죄자의 일당일 뿐이었던 낸시는 후반에 이르러 매우 중요한 역할을 한다. 자신의 선한 의지로 아무런 대가 없이 올리버를 위해 희생한 것이다.

디킨스가 세계적인 작가로 인정받을 수 있었던 것은 이처럼 사회적인 문제들의 본질을 꿰뚫는 동시에, 다양한 인물들을 솔직하고 인간적인 모습으로 그려 냈기 때문이리라.

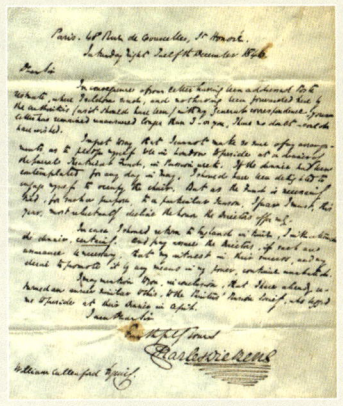

디킨스의 친필 편지. 디킨스는 한순간이라도 글을 쓰지 않고는 못 배기는 성미였다. 그가 평생 동안 지인들과 주고받은 편지만도 13,000여 통이 넘는다고 한다.

작가는 올리버의 인생을 바꾼 것이 바로 사랑과 용기였다고 말하고 있다. 올리버는 짧은 인생에서 고비 때마다 용기를 내어 현실과 부딪혔고, 사람들을 사랑하는 마음과 매사에 감사하는 마음을 잃지 않았다. 브라운로우나 메일리 가족과 행복한 시간을 보낼 수 있었던 것도 올리버의 마음에 가득 담긴 사랑을 그들이 알아보았기 때문이다.

올리버는 그를 사랑했던 사람들은 물론이고, 그를 이용했던 사람들조차 사랑으로 받아들였다. 페긴이나 멍크스도 그에게는 증오의 대상이 아니었다. 올리버는 유산의 절반을 자신을 도둑으로 만들려고 했던 멍크스에게 나누어 주었다.

그리고 교수형을 기다리는 페긴의 처참한 모습을 보고 이렇게 말한다.

"아, 하느님! 이 불쌍한 사람을 용서해 주세요."

사람을 사랑하고 고난이 닥쳤을 때 용기를 내는 것. 아주 평범

빈민을 구하지 못하는 구빈법

1601년에 제정된 엘리자베스 구빈법은 교구가 빈민들을 책임지도록 규정하고 있었다.

이 구빈법의 방침은 첫째, 노동 능력이 없는 빈민(노령자, 만성 병자, 맹인, 정신병자 포함)은 구빈원 또는 자선원에 수용한다. 둘째, 노동 능력이 있는 빈민은 교정원, 실제로는 작업장에서 강제로 일을 시킨다. 셋째, 아동은 도제로 삼는다는 것이다. 노동 능력이 있는 사람들은 강제로 노동을 해야 했는데, 이를 거부하면 수감시켰다.

이 구빈법의 특징은 최초로 구빈의 책임을 교회가 아닌 정부(지방 정부)가 졌다는 점이다. 이를 위해 정부는 지방세액을 증가시켰고, 각 교구마다 자체 구빈 제도와 구빈 감독관을 만들었다. 그러나 이를 악용하여 일을 하지 않고도 편하게 먹고사는 빈민들이 늘어났다.

구빈원에 수용된 아이들의 모습. 올리버처럼 남루한 옷에 형편없는 식사를 하고 있다.

19세기에 이르러 빈민층이 확산되면서 구빈 비용이 급격히 증가하자, 영국 정부는 비용을 줄이기 위해 구빈법을 수정하기에 이른다. 이것이 1834년에 발표된 신구빈법이다. 신구빈법의 관점은 빈곤의 원인이 개인의 나태와 무절제에 있으므로 잔인하게 취급하면 자립할 수 있다는 것이었다.

폐허 같은 구빈원 건물.

신구빈법은 노동 능력이 있으면 구호 대상이 아니며, 구호를 받으려면 구빈원에 들어갈 것, 구빈원의 생활 조건은 노동자의 최저 생활 수준보다 낮게 유지할 것 등을 원칙으로 내세웠다. 이것은 빈민들, 특히 노동을 기피하는 사람들이 구빈 신청을 하지 않도록 미리 억제하려는 시도였다. 그런 사람들이 신청할 경우, 노동 능력이 있다고 판명되면 강제로 노동을 하게 했다.

하지만 늘 잊게 되는 진리이다. 하루하루가 비참했던 당시의 대중들에게 사랑스러운 아이 올리버의 삶을 통해 전해지는 이 평범한 진리는 마음을 울리고 남았으리라.

이렇듯 파란만장한 올리버의 삶은 '인간만사 새옹지마(人間萬事 塞翁之馬)'라는 고사성어를 떠올리게 한다.

아직도 계속되는 올리버들의 삶

올리버와 같은 아이는 19세기 영국에만 있었던 것은 아니다. 이 순간에도 지구상의 여러 나라에서는 어린이 노동 착취가 계속되고 있다.

터키의 아이들이 하루 종일 앉아서 짠 카페트는 전 세계로 팔려 나간다. 이제는 세계인의 축제가 된 월드컵. 그 월드컵의 공식 축구공을 파키스탄의 어린아이들이 한 개에 우리 돈으로 150원씩 받고 만든다는 사실을 아는 사람은 많지 않을 것이다. 인도의 아이들은 하루에 열 시간씩 채석장에서 돌을 캐느라 손가락에 지문이 없어질 정도이고, 유명한 초콜릿 회사를 위해 카메룬이나 가나 같은 서아프리카의 아이들은 코코아 농장에서 노예처럼 일하고 있다.

국제 노동 기구(ILO, International Labor Organization)에서 발표한 보고에 따르면 5~14세에 이르는 전 세계 어린이 중 2억 5천만 명이 노동 착취에 시달리고 있다고 한다.

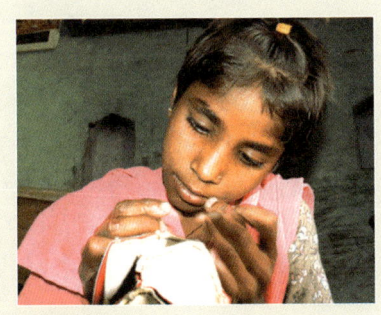
축구공을 꿰매고 있는 소녀.

지금도 어린이 노동은 계속되고 있다. 사진은 2006년, 가나의 어린이들이 채석장에서 일하는 모습.

그중 61%는 아시아, 그리고 32%는 아프리카의 어린이들이다.

어린이 노동이 광범위하게 퍼지게 된 원인은 뭐니 뭐니 해도 빈곤 때문이다. 인신 매매나 납치 등에 의한 강제 노동도 있지만 생계를 유지하기 위해 어쩔 수 없이 일해야 하는 어린이가 대부분이다. 부모가 자식을 노예로 팔아넘기는 경우도 흔한 일이라고 한다.

하기야 이런 광경은 1970년대까지만 해도 우리나라에서 흔히 볼 수 있었다. 전태일이 몸을 불사르며 비참한 실상을 고발하고자 했던 청계천 피복 공장의 어린 여공들도 꼭 그렇게 일하지 않았던가. 침침한 조명 아래서 때로는 피를 토하며 하루 열여섯 시간을 넘게 일하고, 하루걸러 한 번씩 철야 작업을 해도 하루 일당이 당시 커피 한 잔 값인 50원에 불과했다.

비싼 축구공을 사기 전에, 맛있다고 소문난 초콜릿을 먹기 전에, 학교에 가 본 적도 없고 연필을 쥐어 본 적도 없는 조막손으

문학 작품 속에 숨은 인종 차별

유럽 사회에서 유대인에 대한 편견은 그 뿌리가 깊다. 문학 작품 속에서 유대인들은 돈을 위해서라면 어떤 짓도 서슴지 않는 악랄한 모습으로 그려지곤 한다.

셰익스피어의 작품 《베니스의 상인》에서 유대인 고리대금업자 샤일록은 안토니오에게 돈을 빌려주면서, 만약 갚지 못하면 1파운드의 살을 베어 내겠다는 무시무시한 조건을 내건다.

《올리버 트위스트》에서 아이들을 소매치기와 도둑으로 길러 내는 악당 페긴도 유대인이다. 디킨스가 묘사한 페긴은 쭈글쭈글하고 사악한 인상에, 자신의 목적을 위해 사람들을 교활하게 이용하는 사람이다.

영화 〈베니스의 상인〉(2004).

당시 영국 사회에도 유대인을 향한 반감이 꽤 널리 퍼져 있었기 때문에, 디킨스 역시 별생각 없이 이런 인물을 창조해 낸 것으로 보인다. 디킨스가 이 작품을 잡지에 연재할 때 유대인 공동체의 항의를 많이 받아서, 단행본으로 출판을 할 때에는 '유대인'이라는 글귀가 나오는 대목을 많이 삭제했다고 한다.

위대한 작가들도 그들이 살고 있던 당시의 사회적 편견에서 벗어나기란 쉽지 않았던 모양이다. 사회의 모순을 절묘하게 그려 낸 디킨스조차도.

유럽 사람들이 유대인을 어떻게 생각하고 있는지를 단적으로 보여 주는 그림.

로 하루 종일 고된 노동에 시달리는 세계의 아이들을 한 번쯤 생각해 보면 어떨까?

찰스 디킨스, 영국 사회의 모순을 날카롭게 꿰뚫다

찰스 디킨스는 1812년 영국의 포츠머스에서 여섯 남매 중 둘째로 태어났다. 해군 회계과 서기로 일하던 아버지 존 디킨스는 사교적이고 활달한 사람이었지만 경제적인 관념이 전혀 없어서 가족들을 가난에 허덕이게 만들었다. 디킨스는 가난 때문에 태어난 직후부터 수없이 이사를 다녀야 했다.

특히 1822년 런던으로 이사한 후부터는 지옥과도 같은 비참한 생활을 해야 했다. 아버지의 빚 때문에 디킨스를 제외한 모든 가족들이 채무자 감옥 생활을 하게 된 것이었다. 꿈 많고 자존심 강한 소년 디킨스는 가족들을 위해 구두약 공장에서 일을 하며 절망과 고통을 견뎌 냈다.

R. W. 버스 작 〈디킨스의 꿈〉(1931).

다행히 할머니의 유산을 상속받아 빚을 갚게 되면서 그 생활은 끝이 났다. 그러나 이 시기에 어린 디킨스가 겪은 일들은 그의 일생에 가장 수치스럽고 충격적인 기억으로 남게 되었다. 그는 그때의 일을 어느 누구에게도 말하지 않았고, 그로부터 삼십 년이 지나서야 자전적인 소설《데이비드 코퍼

찰스 디킨스와 함께한 여인들

찰스 디킨스는 그의 작품 전반에 걸쳐 행복한 가정의 중요성을 설파하고, 《가정 이야기》라는 잡지도 만들 만큼 가정의 평화를 중요하게 여겼다. 그러나 그 자신은 가정에 그리 충실한 사람은 아니었다.

마리아 비드웰과의 첫사랑이 실패로 끝난 후, 디킨스는 너무나 쉽게 캐서린 호가스와의 결혼을 결정한다. 결혼 생활은 이십여 년 동안 지속되지만 두 사람은 기질적으로 너무나 다른 사람들이었다.

디킨스는 끊임없이 활동하고 생동감이 넘치는 반면, 캐서린은 드러나지 않는 것을 좋아하고 조금은 느릿한 사람이었던 것이다. 결국 두 사람은 1858년 공식적인 별거에 들어간다.

다니엘 매클리스가 그린 디킨스 가족의 연필 초상화. 가운데가 아내인 캐서린, 맨 왼쪽이 처제인 조지나이다.

디킨스는 캐서린에게서 얻을 수 없는 지적인 결합을 처제들한테서 얻었다. 결혼 후 일 년 동안 함께 살았던 메리 호가스를 통해 그는 이상적인 여인상을 정립했다. 그녀가 얼마 후에 세상을 떠나자 그는 더할 수 없는 상실감을 느꼈다고 한다. 그 이후 당시 열다섯 살이었던 처제 조지나 호가스가 메리의 빈 자리를 채웠다. 디킨스는 다시 마음의 안

조지나 호가스.

앨런 터넌.

정을 찾았고, 조지나는 결혼도 하지 않은 채 평생 동안 디킨스의 집안을 돌보며 살았다.

디킨스가 캐서린과 별거를 하게 된 이유는 여러 가지가 있겠지만, 여배우 앨런 터넌과의 관계도 한몫했다고 전해진다. 1858년 연극 공연을 준비하면서 만난 두 사람은 얼마 동안 관계를 지속하지만, 그다지 행복하지는 않았다고 한다.

필드》속에 생생하게 묘사하였다. 이때 가슴에 새겨진 상처는 그가 헐벗고 굶주리는 어린아이들과, 그런 아이들이 생길 수밖에 없는 사회 구조에 관심을 갖게 하는 계기가 되었다.

열다섯 살 때부터 사회 생활을 시작한 디킨스는 변호사 사무실 사환과 법정 출입 기자, 그리고 의회 출입 기자를 거치면서 당시의 법과 사회 제도에 대해 비판적인 시각을 갖게 되었다. 이는 작품 속에서 판사나 형사, 정부 관리들을 비꼬아 풍자하는 데서 잘 드러난다. 그들은 대부분 바보스럽고 탐욕스럽게 그려져 있다.

디킨스는 1833년부터 몇몇의 단편을 발표하다가, 1836년 '보즈'라는 필명으로 《보즈의 스케치》를 발표하면서 본격적인 작품 활동을 시작했다. 이후 그는 죽을 때까지 총 열네 편의 장편 소설과 단편, 에세이, 희곡, 여행기 등을 남기며 쉬지 않고 글을 썼다. 그는 친구에게 보낸 편지에 이렇게 썼다고 한다.

"나도 어쩔 수가 없네. 쓰지 않고는 못 배기는걸."

디킨스가 소설가로서의 명성을 얻게 되는 것은 《피크위크 페이퍼스》를 발표하면서부터였지만, 이 작품은 소설이라기보다는

에피소드 중심의 이야기에 가까웠다.

1838년 완성한《올리버 트위스트》야말로 작가로서의 위상을 확고하게 해 준 작품이라 할 수 있다. 이 작품은 연재되는 순간부터 폭발적인 인기를 끌었으며, 그의 작품 중에서《크리스마스 캐럴》과 함께 가장 널리 알려진 소설이다.

이후《니클라스 니클비》,《골동품 가게》,《크리스마스 캐럴》,《돔비와 아들》등의 중·장편을 발표하면서 자신이 직접 체험하여 알게 된 사회 밑바닥의 생활상과 그들의 애환을 생생히 묘사하는 동시에, 사회의 모순을 날카롭게 비판했다.

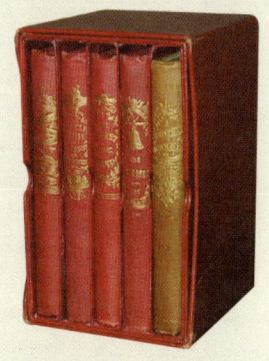

디킨스가 크리스마스 때마다 발표한 작품들을 모은 '크리스마스 세트'. 노란색의 책이 그 유명한《크리스마스 캐럴》이다.

1850년에 완성한《데이비드 코퍼필드》는 자전적인 내용을 담아 냈기 때문인지, 작가가 가장 애착을 가진 작품이었다고 한다. 이 소설을 계기로 디킨스는 사회와 자신의 삶을 객관적으로 바라보기 시작하며, 좀더 성숙한 시각을 갖게 되었다.

이 무렵부터 디킨스 작품 후기의 특징이 나타나기 시작해,《황

《올리버 트위스트》의 등장인물들.

《올리버 트위스트》제대로 읽기 | 269

낭독의 재발견

찰스 디킨스는 인생의 후반기에 글 쓰는 일 외에 다른 활동에서 삶의 기쁨을 느꼈다. 바로 낭독회였다. 그는 1858년부터 유료 순회 낭독회를 열기 시작하여 세상을 떠나기 직전까지 계속했다. 1867년부터 1869년까지는 미국 전역을 돌아다니며 낭독회를 열기도 하였다.

자신의 작품에서 몇 장면을 뽑아 낭독용 책을 만든 다음, 배우로서의 소질을 십분 발휘하여 실감

자신의 작품을 낭독하고 있는 디킨스.

1858년 디킨스의 낭독회 일정표.

나게 낭독한 덕분에 디킨스의 낭독회는 굉장한 인기를 끌었다. 미국의 작가인 랄프 월도 에머슨은 보스턴에서 열린 그의 낭독회를 "온몸이 부서져 나갈 듯이 웃었다."라고 회고할 정도였다.
디킨스는 모두 471회에 걸쳐 낭독회를 가졌다. 그것으로 벌어들인 수입이 어마어마해서, 평생 글을 써서 번 돈보다 훨씬 많았다고 한다.

폐한 집》,《두 도시 이야기》,《위대한 유산》 등은 사회의 여러 계층을 폭넓게 바라보는 사회 소설의 면모를 갖추었다. 이때부터 단순하고 직선적인 주제와 구성에서 벗어나 대중성과 예술성을 겸비한 영국의 대표적인 작가로 자리 잡게 된 것이었다.

디킨스는 작품 활동 이외에도《가정 이야기》,《일 년 내내》 등과 같은 잡지를 발행하였으며, 자선 사업에도 참여하고 극단에서 연출자 겸 배우로 활동하기도 했다. 그의 작품은 대부분 잡지에 연재된 후 단행본으로 출간되었는데, 잡지는 그에게 경제적

인 안정을 주었을 뿐만 아니라 대중과 직접적으로 소통하는 수단이 되어 주었다.

그러나 정력적으로 활동하고 쉴 새 없이 글을 쓰는 동안, 디킨스의 가정은 서서히 붕괴되고 있었다. 결국 1858년 아내인 캐서린과 별거에 들어가고 말았다. 별거 후 잠시 은둔 생활을 하기도 하지만, 그것은 디킨스에게 어울리는 생활이

디킨스가 1856년에 구입한 갯즈힐 저택. 그는 이 저택을 무척 좋아하여 이곳에서 여생을 보냈다.

아니었다. 그는 곧 자기 작품의 순회 낭독회를 시작했는데, 이것이 상당한 인기를 끌어 엄청난 돈을 벌게 되었다. 그는 한쪽 다리가 마비될 만큼 건강이 좋지 않은 상황에서도 영국 전역과 미국을 돌아다니며 쉬지 않고 낭독회를 했다.

1870년 6월 8일 저녁, 디킨스는 갯즈힐 저택의 서재에서 글을 쓰고 난 후 쓰러져 다음 날 세상을 떠났다. 《에드윈 드루드의 미스터리》를 미완성으로 남긴 채.

푸 른 숲
징 검 다 리
클 래 식
006

올리버 트위스트

첫판 1쇄 펴낸날 2006년 11월 1일
35쇄 펴낸날 2025년 4월 15일

지은이 찰스 디킨스 **옮긴이** 왕은철
발행인 조한나
주니어 본부장 박창희
편집 박고은 정예림 강민영
디자인 전윤정 김혜은
마케팅 김인진 김은희
회계 양여진 김주연

펴낸곳 (주)도서출판 푸른숲
출판등록 2003년 12월 17일 제2003-000032호
주소 경기도 파주시 심학산로 10, 우편번호 10881
전화 031) 955-9010 **팩스** 031) 955-9009
인스타그램 @psoopjr **이메일** psoopjr@prunsoop.co.kr
홈페이지 www.prunsoop.co.kr

ⓒ 푸른숲주니어, 2006
ISBN 978-89-7184-491-3 44840
       978-89-7184-464-9 (세트)

* 잘못된 책은 구입하신 서점에서 바꾸어 드립니다.
* 이 책 내용의 전부 또는 일부를 재사용하려면 저작권자와 푸른숲주니어의 동의를 받아야 합니다.